替身

The Understudy

Sophie Hannah 蘇菲・漢娜
B. A. Paris B.A. 芭莉絲
Clare Mackintosh 克萊爾・麥金托
Holly Brown 荷莉・布朗——著　　楊睿珊——譯

替身

第一季

序幕

蘇菲・漢娜

潔絲

二〇一八年八月十三日

對方一共有三個人。站出來的那人比我矮，兩側和後腦杓的頭髮剃短，只留頭頂染成金色的扁塌長髮。他的左耳戴了一只小巧的金環。「有啥東西可以給我？」他頭歪一邊問我。他的兩個朋友膚色一白一黑，站在他的兩側，看起來就像來助勢的。

他似乎在等我回答，於是我說：「沒有。」

「妳總該有點錢吧。像妳這種女生，不可能沒帶錢在市區晃。」

這裡還是市區嗎？我以為我已經走夠遠了。我很肯定曼徹斯特比倫敦小，但它感覺更大，更無邊無際。在倫敦，你總是會知道自己是否身處於市中心。

「像妳這種大小姐。」塌髮男又重複了一遍。

我昨晚睡在長椅上，全身髒兮兮，頭髮亂糟糟。他不論是衣服或臉都比我乾淨，但他依然認為我是大小姐。我有點好奇他為什麼這麼想，但我想盡快結束話題。

「我一毛錢都沒有。」我說。

「算了吧，兄弟。」白人朋友說。黑人朋友一副百無聊賴的樣子，頻頻看向旁邊，可能是在留意警車吧。

或許不該用「朋友」這個詞。這種人有朋友嗎？不過這些人可能比我和我的任何朋友更要好吧。就算我再好聲好氣，也不會有朋友願意跟我一起攔路搶劫。

塌髮男把手伸入運動褲口袋，接著銀光一閃，他亮出了一把刀。「妳想被捅嗎？」他問我。「不想的話就應該給我點什麼吧，不是嗎？」

這問題問得直接，讓我心頭一緊。他的意思是，他可能會把刀刺進我的身體。寒意緩緩滲入內心，過了幾秒，我才發現那是名為恐懼的情緒。

我可能會死。或許機率不大，但不排除這個可能性。身處異地，在遙遠的曼徹斯特被陌生人殺死，這件事完全有可能發生。至少不是因為私人恩怨，這點令人感到欣慰。這個持刀的陌生人和我想逃離的那個人不同，他不知道我的名字，也不在乎我是誰，傷害我或許也不會讓他獲得樂趣。

「我沒有現金。」我告訴他。

「那妳要給我什麼？總該有些什麼東西吧。」

他不挑，只要給他些什麼就好。

「我有一支iPhone和一張信用卡。」我說。只要配合就好。這個狀況我能搞定。

「可以。」

我稍微考慮一下逃跑的可能性——他們似乎都嗑了藥，我大概能跑贏。而且如果他拿了我的手機和信用卡，我就別無選擇了。我只能跟別人借手機打給媽媽，然後回家。

一切都直截了當，沒有心機。我給他他要的東西，他把刀收起來，我回家……回到露比的手掌心。謝天謝地，她不住在我家，但除此之外，她簡直是陰魂不散，上課時坐在我後面，排演時在劇場後台等著我。我無法與她正面對峙，因為她不可能看著我的雙眼，直接告訴我她想要什麼。眼前的白痴還好打發，但露比想要的東西，我不明白也無法給予。我想她是把自己的心理問題怪罪到我身上，但這也只是猜測，有誰知道露比．唐納文心裡在想什麼呢？我不想知道，我只想不惜一切代價擺脫她，所以我現在才在這裡。

露比絕不會拿刀恐嚇我，但我寧願她這麼做，畢竟明槍易躲，暗箭難防。

「交出來唄。」塌髮男說。他似乎連話都懶得說出口了。

我從口袋掏出手機交給他。

「信用卡咧？」

「夾在手機殼裡面。」

「PIN碼呢？啊，媽的該閃了！」他突然將身體後傾，稍稍拉開距離，一邊看向我身後，一邊把刀塞回口袋。我暗自希望他不小心刺傷自己的大腿。

我轉過身，看到一位穿著襯衫和西裝褲、打了領帶的中年男子。「小美女，這些小伙子是妳的朋友嗎？」他問我。他並不特別高大，但不知為何，他的到來破除了那些男孩的魔咒。

三個混混試圖擺出架式，用兇狠的目光震懾對方，但他們撐不了多久。這些人一副有氣無力的樣子，肯定有嗑藥。這個男人似乎不怕他們，為什麼呢？不過塌髮男只看了他一眼，就把刀收起來了。我也不再怕這三個萎靡不振的毒蟲了。「他們在搶劫。」我指著我的手機說。「他拿的是我的手機。」

「把手機還給她。」我的救星不耐煩地說。

「是她自己給我的。」

「廢話少說。我給你三秒，把這位小姐的手機還給她。」

真有趣，三個年輕小伙子和一個年紀較長的男子不過是互相打量，就馬上分出勝負了。雖然中年男子是一對三，又手無寸鐵，氣勢上卻更勝一籌。

我也能變得那麼強大嗎？該怎麼做？

黑人朋友向前一步，從塌髮男手中抽出我的手機，猛然推到我面前。中年男子走向前，接過手機再遞給我。「謝謝。」我說。

他和我一起目送那三個小伙子離開。他們一言不發，有如無聲的殭屍，漫無目的地踉蹌而行。「妳怎麼這麼晚還一個人待在外面？」我的救星問我。「妳應該趕快回家。」

「謝謝你的幫忙，我沒事。」我沒事，因為露比在遙遠的別處。她不知道我在哪裡，我可以假裝再也不會見到她。這個男人對付盜匪的方式，用在露比身上可行不通。她會讓你以為雙方已和好如初，等到你放下戒心……。

「要不我送妳回家？」

「不用了，謝謝。」

「妳還要冒著再被騷擾的風險待在這裡嗎？」

「我要睡在那裡。」我指著一張長椅。只要能一直躲著露比，要我一輩子睡長椅也行。

「真是瘋了。」他咕噥著，並轉身離去。「隨妳便吧。」

我內心有股瘋狂的衝動，想對他大喊：你根本不懂，我在這裡比回去安全多了。

他走了之後，我拿出手機拍下周圍的照片，並特別小心不要拍到「公主街」的路牌。我把照片上傳到ＩＧ，露比看到我在陌生的地方，就會知道我成功逃脫了。我做了讓她出乎意料、也讓所有人意想不到的事。

或許我還有進一步反擊的能耐，誰知道呢？也許有一天，在家也能像在這裡一樣輕鬆——直面敵人、一刀兩斷。

替身

第一季第一集

音樂盒

荷莉．布朗、蘇菲．漢娜、克萊爾．麥金托、B．A．芭莉絲

坎朵

那一瞬間，你只看得見她的美，因為唯有自身想看到的美麗事物，才會吸引目光、映入眼簾：臉龐完美無瑕，金髮盤成圓髻，手臂優雅地向外延伸，舞者般輕盈的身體彷彿隨時準備飄然飛昇。但當她慢慢轉向你，你才赫然發現……她那天藍色的緊身衣濺滿了鮮血。她少了一隻手臂，另一側的腳則扭曲變形，構築出充滿暴力的畫面。英文俗語「break a leg」是祝人演出成功的意思，沒想到這位舞者是真的斷了腿。

我知道一個地方，那裡從未有人迷失……我知道一個地方，那裡從未有人哭泣……

那輕柔婉轉的歌聲令人難以忘懷。這並不令人意外，因為聲音的主人正是潔絲．莫杜。她和我女兒露比一樣才華洋溢，但論外表，我家女兒卻難以望其項背。我當然不會跟露比說，但我想她心知肚明，畢竟潔絲貌美出眾。

現在，我們四位母親在校長室，被眼前的景象震懾得說不出話來。我感覺到潔絲的母親卡洛琳正對我怒目而視。我不想看她，不想看桌上那充滿惡意的音樂盒，我也不想低下頭，因為那就好像在承認我或露比有罪一樣。她不可能做出這種事，這才不是露比的作風。

其他母親對我和露比、以及我們之間的關係一知半解。她們都是英國人，所以這或許是文化差異吧。她們無法想像，把丈夫留在洛杉磯，自己搬到倫敦，獨自撫養小孩是多麼困難的事，何況是像露比這樣情緒不穩定的女兒。

露比的夢想是進入一個崇尚美麗的世界工作，但在那樣的圈子，她永遠也無法像潔絲一樣，因為外貌受到特別待遇。有時她會被自己的不安全感所吞噬；有時一切都會失控，然後她會為自己的所作所為誠心懺悔，這點我很肯定。

音樂盒越轉越慢，叮鈴作響的琴鍵聲開始變得不規律，舞者的動作也忽動忽停，最後隨著音樂消失而完全停止，讓人鬆了一口氣。「反常的行為引起了反常的紛擾。」亞當・拉奇輕聲說，不知道是在自言自語還是在跟我們說話。他可能怕我們聽不懂，又補充說：「引自《馬克白》。」

卡洛琳搖搖頭，毫不掩飾對校長的不屑。「你應該知道這首是什麼歌吧？」她質問校長。她和潔絲一樣高，但身材魁梧，和女兒的楊柳細腰形成強烈對比，她也不透過化妝讓陽剛的外表變柔和。她身體前傾，手指戳向音樂盒和拉奇先生。雖然我坐在她左邊第二個座位，卻感覺她的盛氣完全是針對我而來。「這首歌是〈雲端城堡〉，是潔絲試鏡時唱的歌。這意味著什麼，我想你們都心知肚明。」

「我們都還不清楚這意味著什麼。」拉奇先生用洪亮的聲音說。他沒有英俊的外貌，卻有強大的氣場，難怪他年輕時能在西區劇院[1]（West End）闖出一片天。牆上展示著他以前

1　位於英國倫敦西區的主流劇院，在英國相當於美國的百老匯劇院。

表演的照片，他畫全妝站在舞台上，身邊都是……我不認識什麼英國戲劇大師，但我知道他們都是戲劇界的權威。我喜歡校長常常引經據典的習慣，雖然引用太多拉丁文也有些煩人。

「我們不知道是誰把這東西放在潔絲的置物櫃。」

我當然不會說是另外兩個女孩做的，但不知為何，她們的母親布蓉妮和伊莉絲也被叫來了。布蓉妮坐在卡洛琳和我中間，正好作為緩衝區，伊莉絲則坐在卡洛琳的另一側。我們的女兒都在奧拉弗琳戲劇學院主修音樂劇。為了保護寶貝女兒，為人母的都是赴湯蹈火，在所不辭，利益衝突時自然也會針鋒相對。這一秒同心協力，下一秒就矛盾相向。我得承認，有時我們就和一群十六、七歲的小屁孩沒兩樣。

儘管露比對去年的「事件」負起全部的責任，其他女孩也已經重新接納她了，但卡洛琳一直都沒有原諒她，或許也沒有原諒我。這整件事違背了她的正義感，畢竟她是法學教授，她認為露比沒有得到應有的懲罰。

我不是要幫去年露比的行為找藉口，但霸凌這個概念過於單純簡化，無法一概而論。

我瞥了布蓉妮一眼，感覺她正默默支持著我。在四位母親當中，她是心地最善良的，但她通常不會太早發言。她的女兒安娜蓓兒也是甜美溫柔的女孩，和母親一樣都會避免選邊站。

向伊莉絲尋求支持則毫無意義。她全身散發不耐煩的氣息，那精心整理的狐紅色鮑伯頭像惱怒的節拍器一樣，隨著她的踏腳聲左右搖擺。她巴不得用這個時間來賺大錢，畢竟她是實用主義者，也是工作狂，和女兒莎蒂一樣。

很難想像去年，我們四個就跟女兒一樣是好麻吉。我們的個性大相逕庭，但她們是我的依靠。我好想念她們。

「是露比做的。」卡洛琳斬釘截鐵地說。難道只有美國採用無罪推定原則嗎？

「這種威脅事件，學院絕對不會坐視不管。」拉奇先生說。「學生安全至上。但在沒有目擊者，也沒人自首的情況下，我們必須謹慎處理。」

卡洛琳大笑後起身，開始在其他母親的椅子後面來回踱步。這讓我相當不安，但我不會表現出來。

「我很遺憾潔絲必須經歷這些……」卡洛琳一停下腳步瞪他，拉奇先生就住嘴了。他決定向眾人尋求支持，便凝視著所有母親說：「我請妳們四位來，是因為我們必須合力營造出充滿愛與同理心的環境，這樣做出這件事的人就會明白……」

「同理心?!」卡洛琳大發雷霆。「有人威脅要讓我女兒斷手斷腳！」

「我和這幾個女生都談過了。露比矢口否認自己有涉入此事，也沒人看見事發經過。」亞當把視線從卡洛琳身上移開。去年，他沒有屈服於卡洛琳施加的巨大壓力而讓露比退學，我到現在還是不敢相信他有那樣的能耐。

事實就是露比和我都還在這裡，想到這點，我稍微坐直了身子。卡洛琳不是唯一願意為了女兒奮戰的母親，我只是擅長使用其他武器罷了。我向前傾，故意用柔和的聲調跟拉奇先生——亞當——說話，和卡洛琳的咆哮聲形成強烈的對比。我真希望自己還有一頭金色長髮可以往後甩，也希望自己穿得跟過去一樣性感，但在化療和乳房腫瘤切除手術後，我那龜速生長的頭髮目前只留到肩膀，而且是原來的栗褐色，跟露比一樣。「露比沒有理由威脅潔絲。」我告訴亞當。

卡洛琳逼近我，高大的身軀壓迫感十足。「這是去年事件的後續！」她幾乎是對著我的臉大吼。我試著不要退縮，不能表現出恐懼。

「卡洛琳，請妳坐下。」拉奇先生跟女孩們說話時，應該就是用這種充滿威嚴的口氣吧。卡洛琳看拉奇先生似乎要等她照做才會繼續說，大聲哼了一聲，但還是坐下來了。

「我當然會進一步詢問，並加強安全措施，但在場的每個人都要扮演好自己的角色。畢竟世界就是一個舞台，我們必須當女孩們的好榜樣。開學才幾週，大家都不想重蹈去年的覆轍吧？」

布蓉妮眉頭深鎖，點頭如搗蒜，但伊莉絲的腳踏得更快了。「無論是去年的鬧劇，還是音樂盒事件，都跟莎蒂無關。我就是女兒的好榜樣。」她說。

「去年的事件對整個團體都有影響，甚至差點擴及到全校。」拉奇先生說。「青少女很容易互相影響，每個人都有責任。」

「不。」卡洛琳說。「這完全是露比的問題。她早就該被退學了，但現在退學也不遲。」

「不是露比做的。」我告訴拉奇先生。露比最近比以前理智多了，她一心一意追求打從四歲就訂下的目標，不會讓任何事情分散她的注意力。她一定會成為大明星。

我確實會擔心有一部分是我的錯。我得癌症的事讓露比飽受煎熬，好幾位諮商師都說會出現這樣的宣洩行為很正常。真希望我當時的反應有所不同，但我不能抹殺過去。我們跨海來到倫敦，就是為了重新開始。

但這絕對不是露比做的，她答應過我的。

「露比在本質上也是個心地善良的女孩。」布蓉妮說。我真是太感謝她了。

「『心地善良』？」卡洛琳身體轉向布蓉妮，但無法將矛頭轉向她，因為就連卡洛琳也奈何不了小鹿斑比。「亞當，這完全就是露比會做的事。」她直呼名字的方式和她的眼神一樣犀利。

他移開視線。該死，身為露比的母親，我必須做些什麼。「這根本不是露比會用的手法。」我說。

卡洛琳顯然很喜歡我的用詞。「所以她有特定的犯罪手法囉？」

我不理她，拉奇先生才是我真正的目標。「如果真的是露比做的，你和她當面對質時，她會承認自己的所作所為，並且後悔不已。」

「妳的意思是她會哭。」卡洛琳說。「那跟後悔完全是兩碼子事。她畢竟是個演員。」

「他們都是。」布蓉妮說。我不知道她是指我們的四個女兒，還是所有青少年。誰沒有祕密？又有誰從沒說過謊呢？

「她跟校長說不是她做的，我相信她。」我的語氣堅定，或許我也有點表演天分。雖然我基本上相信露比，但心裡有一小部分還是會胡思亂想。可是我不能表現出來，不能讓卡洛琳有機可乘。

但事實上，我很害怕，因為恐怕只有我知道露比失控究竟有多可怕。

「你們都被她操控了。」卡洛琳如此斷言。「而她現在打算變本加厲。難道沒人察覺到這究竟有多危險嗎？」

伊莉絲突然起身說：「這一切的確讓人難過，我也為潔絲的遭遇感到遺憾，但這跟莎蒂或我一點關係也沒有。」她走向校長室的門，轉頭問：「布蓉妮，妳要一起走嗎？這跟妳和蓓兒也無關。」布蓉妮猶豫不決，伊莉絲嫌她停頓太久，便猛地拉開門說：「再見。」就走出去了。

拉奇先生似乎逐漸無法掌控局面。就連我都必須承認，他去年的作為根本是徒勞無功，導致情勢對露比和我有利。但卡洛琳可能忽略了其他變數。就算要打出癌症這張牌，或是來個漂洋過海的落難女子戲碼，我都會不擇手段。或許這就是她現在怒不可遏的原因吧。她這個人輸不起，如果再次被我這個臭皮匠擊敗——她肯定難以承受這樣的屈辱。

又或許她只是很疼愛女兒，不想再看到她受苦，我也能理解。如果像這樣的音樂盒出現在露比的置物櫃……我連想都不敢想。

「少胡扯了！」卡洛琳破口大罵。「你他媽的再給我找出一個嫌疑犯啊！」

我懇求拉奇先生為我辯護。「卡洛琳這樣死咬著露比……」

「明明是反過來的！露比對潔絲一直糾纏不放，我真他媽的受夠了！」

「罵最多髒話的就有理嗎？」我問。

拉奇先生看起來有點可憐，可能一時找不到讓大家團結一心的劇場名言。接著他兩手交握，對大家微笑。包括我在內的所有人都對這個表情不陌生，當他突然決定世界需要的是愛，就會露出這表情。是啊，的確很老套，但他的心腸不壞，而這點經常對露比有利。這代表他總是會看到露比最好的一面，再給她一次機會。我睜大雙眼好奇地看著他，同時也感覺到卡洛琳緊張起來，再度瀕臨爆發邊緣。或許我不該因為她的反應暗自竊喜，特別是這種時候，但我在抗癌過程中學到，世事難料，禍福無常，所以時時刻刻都要充分享受生活。

「我有個好辦法。」他說。「今天早上，學院來了一個轉學生。她的名字是伊莫珍・柯伍，她對女孩們以及她們的過去一無所知，也不知道音樂盒的事。新成員加入小團體通常可以讓彼此的關係產生劇烈變化，或許女孩們需要的正是這種刺激。」

「你是認真的嗎？」卡洛琳問。

「非常認真。」他的語氣相當愉快，顯然認為自己無意間找到了兩全其美的解決辦法。「伊莫珍的到來可以作為大家重新開始的契機。」「重新開始」是我最喜歡的用詞之一，事情發展實在太順利了。「透過歡迎新朋友，女孩們將有機會化解彼此的歧見，我們身為大人也能適時鼓勵她們。」

我對他微笑，好像自己也覺得這個主意很棒，事實上也是，因為這代表露比不會被迫退學，也代表卡洛琳再度吃下敗仗。

布蓉妮也同樣露出微笑。她也沒什麼選擇的餘地，畢竟對方是她老闆。身兼員工和學生母親的角色，常常左右為難，必須小心行事。

卡洛琳不發一語，衝出校長室。

有些人就是不管怎樣都不高興，誰不喜歡新的開始呢？

卡洛琳

我坐進駕駛座，把車門砰的一聲關上，然後閉上眼睛，開始數數。

一、二、三……

為什麼人在情緒激動時會數數呢？難道數字本身有鎮定作用嗎？來試試看吧。

四、五、六……

根本沒用，不管是冥想、數到十，還是把房間牆壁漆成白色，在枕頭上噴薰衣草噴霧，全都沒屁用。就算做了這些事，真實世界還是不會有任何改變。

七、八，去她的露比．唐納文。老天爺啊，拜託讓她被一隻從十四樓陽台掉下來的胖河馬壓成肉醬。

真實世界還是沒有改變，而妳又將度過不眠之夜，因為那個狡猾的賤人還在迫害妳女兒。

我聽到乘客座車門輕輕關上的聲音。我知道潔絲無意透過關門的方式來證明她的壓力調適比我好，但我還是忍不住這麼想。

九，去她的露比・唐納文。十，去他的奧拉弗琳爛學校。

我當初應該堅持跟亞當・拉奇一對一會面的，他幹嘛把其他人也叫過去？布蓉妮和伊莉絲根本不必在場，除非他認為可能是蓓兒或莎蒂把那恐怖的東西放進潔絲的置物櫃。當然沒人會這麼想，因為我們都知道是露比做的——就連坎朵在內心深處也無法否認。

我能猜到他集合我們四人的原因：那個老油條想稀釋「卡洛琳效應」（但我的直系親屬一定會說：「誰能怪他呢？」他們也認為我應該要覺得很好笑）。

如我所料，布蓉妮和伊莉絲都沒說什麼。布蓉妮就像一把缺了傘架的破傘，沒有半點用處，伊莉絲則毫不在乎，這正合拉奇的意。

我之所以同意召開五人會議，是因為我想見坎朵。我心裡還有一絲天真又樂觀的想法，希望這次會有所不同，坎朵終於不再找藉口，選擇為她那可鄙的女兒負責。如果連這令人毛骨悚然的音樂盒都不足以讓她說出「真的很對不起，我一定會對露比嚴懲不貸」，那她應該就會袒護到底吧。

想到嚴懲不貸，我覺得用磚頭把露比砸成肉醬更好。河馬太可愛了，用可愛的河馬壓死露比簡直太浪……

「媽？」潔絲的聲音打斷我的思緒。「拜託告訴我，妳今天早上沒有衝進去指控露比，還要求她退學。」

我一言不發。

「妳這樣做了對吧？還沒事先跟我商量，媽！」

潔絲或許聽起來像在對我發號施令，但我知道隱藏在嚴厲語氣之下的是焦慮和恐懼。我的女兒跟我一樣，不喜歡示弱。去年，當她受不了露比的愚蠢行為時，她沒有抱怨哭鬧，而是人間蒸發，沒去學校也沒回家。三天後，多虧了她發布在IG的神祕照片，我和丹才在曼徹斯特找到她。那時她已經在長椅上睡了兩晚，臉上髒兮兮的。她還笑著說：「我看起來像不像真正的街友？」我們問她為何要那麼做，她回答：「我需要遠離露比一段時間。別說什麼我再也不必靠近她……不要，我才不會讓她把我趕出學校。現在不管露比想怎樣整我，我都能承受。」

亞當．拉奇相當驚慌失措，但他是擔心潔絲的安危還是校譽受損就不得而知了。但即使如此，他也沒有好好管教露比。他似乎認為潔絲去曼徹斯特當遊民是在練習方法演技[2]，好讓自己更能揣摩角色的性格與想法。既然潔絲堅持留下，證明自己的堅強，我也不能逼她轉學。

「靠，媽，妳不能這樣！」

其他母親會說：「不准對我罵髒話。」其他母親會不顧女兒的反對，誓死保護她們。

如果我聽了潔絲的話而睜開眼睛，就會看到寫著「奧拉弗琳戲劇學院」的招牌。才不要呢，那東西只會讓我想到選擇這所學校的自己有多麼愚蠢。我寧願假裝自己停在某個讓人感到身心舒暢的地方，而不是這個道德敗壞的無良停車場。

我的腦中響起亞當的聲音：「透過歡迎新朋友，女孩們將有機會化解彼此的歧見。」這種小學生程度的操弄手段也太可悲了。你可以叫一群五歲小孩跟新來的小孩做朋友，但這在青少年身上可行不通。難道這是為了讓露比有機會為去年的事贖罪嗎？

潔絲也曾是露比的新朋友，畢竟惡人最愛交新朋友了。新的獵物到手總是讓他們樂不可支。

「媽，不是露比做的。」

「什麼？」我驚訝地睜開眼睛。潔絲和我有時會意見相左，但關於露比的事，我們總是看法一致。

「音樂盒不是她放的。她整個早上都跟我在一起，我發現音樂盒時她也在旁邊，看到時還大驚失色，哭了起來。我當時只是心想：『靠，搞什麼鬼？』」

「這沒什麼奇怪的吧，她透過妳的角度看到音樂盒，因此稍微窺視到自己扭曲的心靈。她會哭我完全不意外，她去年大半時間也是哭哭啼啼不停道歉，但也沒因此停止對妳的迫

2 Method acting，是讓演員完全融入角色中的表演方式，由俄國戲劇大師史坦尼斯拉夫斯基（Konstantin Stanislavski）提倡。

害。」

「妳的論點真有趣。」潔絲隨口抛出這句話。她轉動後視鏡，好檢查妝容。「我以為妳會用更常見的『假裝心煩意亂才能看起來一臉無辜』的說法。」

「我討厭想法被料中的感覺。」我嘟囔著說。

「不管我怎麼解釋露比的思考模式……」

「她就是化身為青少女的化學武器。」

「……都無法說服妳，雖然這根本不是她的作風。我告訴妳很多遍了，但妳完全聽不進去——我和露比已經和好了。我想我去年搞失蹤讓她嚇壞了。她知道如果我陳屍在某個水溝裡，她就會成為眾矢之的。」

就算叫她不要開這種可怕的玩笑，她也只會反駁說這種心直口快的性格是遺傳自我，我也無法否認。

「如果不是露比那是誰？」我問。「蓓兒或莎蒂嗎？」

「當然不是，她們怎麼可能做出這種事！」

這我也同意。「我也這麼想。這所學校除了露比．唐納文，還有其他能做出這種惡劣行為的神經病——這種事我才不買單。」我稍作停頓，開始思考。「誰知道妳的置物櫃密碼？」

「露比、蓓兒和莎蒂，但有個萬能密碼可以打開所有置物櫃。辦公室一天到晚都有學生進進出出，任何人都有可能打開抽屜找到密碼。幹嘛？不如就直說吧，我知道妳心裡在想什麼。」

我才不在乎露比是不是一整天黏著妳，也不管她是用什麼手法，總之她就是罪魁禍首。

「妳為什麼能這樣方寸不亂？」我問。

「唉呀！問得好。」

「謝謝誇獎。」我突然迫不及待想離開這鬼地方，於是發動車子。

「奇怪的是，多虧了露比我才沒有大受打擊。」潔絲說。「她對我關懷備至，蓓兒和莎蒂也是。去年情況糟到我們的四人團體幾乎分崩離析，但現在……不知道耶，感覺我們跟過去一樣如膠似漆。露比還說：『妳去年因為我而受盡折磨，不該遇到這種事。他們應該把音樂盒放進我的置物櫃。』」

「好主意，那麼事不宜遲，回家後我就來做個斷手斷腳的露比娃娃，黏在音樂盒上。」

「不可以，拜託妳什麼都別做，什麼也別說。媽，任何和我朋友有關的事情都讓我自己解決，好嗎？我向上天發誓，如果妳說出『學校簡章』這幾個字……」

我不禁微笑。離開了學院停車場，在回家的路上，我就感覺好多了。難道父母有可能對自己小孩的學校過敏嗎？我是第一個有這種疑問的家長嗎？我用和緩的語氣表現自己願意折衷的態度：「我『今天』還不會跟其他學校要簡介，但既然這所學校有個心理變態，會把精心製作的道具放進妳的置物櫃威脅妳，我就不能讓妳留在這裡。我想我的立場……不無道理。」

「媽，那不是威脅，只是個爛玩笑罷了。而且妳必須讓我留在這裡，因為我想留下。」

我第一次意識到，與其說潔絲不想離開倫敦最好的表演藝術學校，不如說她不願意離開最要好的朋友，包括去年一整年讓她內心飽受煎熬的那位。她雖然天賦異稟，對音樂劇卻不像我那麼執著。如果她的朋友全都轉學到預科學校[3]，她可能也會選擇一起走。

「好吧，前提是沒有發生其他事情。」我平靜地說。當然，這次妥協只是暫時的，我不會一直認輸。如果我現在繼續逼潔絲，她可能會開始站在露比那邊，那樣我會無法承受，至少今天不行。

「嘿，爸！」我們沿著拱門路行駛時，潔絲對丹的腳踏車店揮手。「他好像不在，店看起來沒開。」她說。

「他中午帶洛蒂去做牙齒矯正，後來就回家了。」還決定既然只剩幾小時，下午乾脆不回去工作了。今晚半夜一點，我為了處理堆積如山的緊急工作事項而猛灌咖啡，試圖保持清醒時，絕對不能去想丹偷懶這件事，不然一定會氣死。

我更應該思考的是：音樂盒是誰做出來放在置物櫃的？如果不是整個早上都跟潔絲在一起的露比，那是誰？她一定至少有跟蓓兒和莎蒂其中一人串通好，甚至可能有四人組以外的人涉入。

我不能放任不管，再這樣下去，性格扭曲的露比只會變本加厲。如果所有人都像拉奇先生那樣，打算袖手旁觀，那就讓我來吧。今晚，趁大家都睡著時，我會忽略工作，審慎思量並制定計畫。平時，我會為了更好玩的事而放下工作，例如我正在偷偷撰寫的音樂劇劇本。

現在，我在一首歌遇到瓶頸。我很喜歡目前的成果，卻想不到接下來的發展。我試著說服自己，就算是現在最偉大的音樂劇大師也會有腸枯思竭的時候，例如提姆．萊斯爵士[4]（Sir Tim Rice）、提姆．明欽[5]（Tim Minchin）……

最好是啦，對因為無聊而跑去寫音樂劇的法律系教授來說，可能單純只是沒天分而已。或許我應該改名為提姆。

我一邊開車，一邊哼著寫到一半的歌。寫歌詞時，我突然有了旋律的靈感，雖然我對音樂一竅不通，但我自己滿喜歡的。我在腦中默默唱著歌詞：

我把主角給了你（我寫了這齣戲）
我把英雄的靈魂與台詞給了你
我給你情感與力量，有求必應

3 Sixth form college，是十六到十九歲的英國學生修讀普通教育高級程度證書（A-level）的教育機構。
4 英國音樂劇作詞家，曾與安德魯．洛伊．韋伯（Andrew Lloyd Webber）共同創作《耶穌基督超級巨星》、《艾薇塔》等著名音樂劇，也曾為迪士尼動畫電影《阿拉丁》和《獅子王》等歌曲作詞。
5 又譯作丁門慶，澳洲喜劇家、演員和音樂家。曾為羅爾德．達爾（Roald Dahl）的小說《瑪蒂達》改編的同名音樂劇作詞作曲。

但落幕之時，一切已無蹤無影
或許我早就該這麼說
請別忘了創造你的我
如果可以，今晚演出結束
請別變回原本的俗子凡夫
給我一句承諾
即便下台一鞠躬，褪去服裝
給我一句承諾
即便沒有腳本也有模有樣
你仍舊游刃有餘
給我一句承諾
我已給你千言萬語

「那是什麼曲子？」潔絲問，我不禁感到雀躍。

「怎麼，妳喜歡嗎？」我問。如果第一個聽到我作品的人給予正面評價，那對我會是莫大的鼓勵。

「不知道，很煩，別再哼了。」

我敢打賭提姆．萊斯爵士和提姆．明欽一定沒被這樣嫌棄過。不知道如果是他們，會如何對付露比．唐納文。

當然是她做的。漫長的暑假正適合心懷惡意的聰明女孩想出新的霸凌策略。剛開學的音樂盒事件就是她大膽的聲明，宣布新的犯罪手法有多麼不著痕跡。她讓自己有完美的不在場證明，接著再哭泣並安慰潔絲，暗地裡卻在享受身為幕後黑手的快感，一邊嘲笑輕易上當的潔絲。

大部分的青少女，就算再怎麼奸詐惡毒，也不會想到在音樂盒上裝模仿受害者的殘缺人偶來恐嚇、嚇唬對方。大部分的青少女，應該說大部分的人，無論多麼嫉妒對方，都不至於做出這種事。

露比．唐納文絕不會就此收手，我對此深信不疑。我自己也會為了真正想要的東西竭盡全力，所以馬上就能認出同類。毫無疑問，露比是那種會走火入魔的人，我看她的眼神就知道，不知道她是否也看到了我眼裡映照的自己。

布蓉妮

我往後退，讓女孩們衝進更衣室。她們因為狂奔而臉頰通紅，開始脫下戲服，我也在附近徘徊，準備把衣服掛起來。我很高興看到女孩們按亞當的要求接納新同學。伊莫珍和她們四人站在一起，背對著幫她拉下拉鍊的蓓兒。我對她稍作觀察，想知道她究竟能不能順利融入女孩們的小團體。就我的個人經驗，奇數團體的人際關係比偶數團體更難經營，成員間的互動也勢必會改變。伊莫珍看起來人還不錯，有一頭近乎白色的淺金色長髮，以及一雙略為突出的藍色大眼睛。她比潔絲和莎蒂矮，但比蓓兒和露比高。她們的話題是關於亞當是否會選擇剛剛排練的《西城故事》[6]（*West Side Story*），而不是《窈窕淑女》[7]（*My Fair Lady*），作為期末演出。今天輪到潔絲演瑪莉亞，她的表現相當亮眼，應該會拿到這個角色。儘管我很希望蓓兒當主演，但大概不太可能，雖然以外型來說，留著一頭深色長髮的她應該最適合演瑪莉亞，而且她的聲音確實很甜美。

老實說，如果不是學校的戲劇老師鼓勵蓓兒申請這所學校，她現在就不會在這裡了。她喜歡在學校公演中表演，但從未有成為專業演員的野心。雖然她常常出演主角——她扮瑪蒂達真的很棒——我和卡爾從來沒想過她未來可能會成為演員。當卡特老師把我們拉到一旁，提議讓蓓兒參加戲劇學校的試鏡時，我們倆都大吃一驚。

卡爾不太贊成讓蓓兒試鏡。他抱持傳統觀念，認為女兒應該唸會計，因為那種工作很適合女孩子，而且不怕找不到工作。我一開始也對戲劇學院持保留態度。我不認為蓓兒一定要唸會計，但演戲這條路相當艱辛，充滿挫折和不確定性，作息也不正常，要經常熬夜，而且天知道何時有時間吃飯。我猜要在這險峻的環境生存下來，臉皮應該要厚一點，才不會輕易被他人的批評或侮辱所傷害，但我不確定蓓兒是否擁有這樣的特質。但她自己想去試鏡，我們也只好答應，心想她也不一定會錄取。那之後，我們才知道何謂「台風」，而蓓兒顯然擁有那樣的才能。

我彎腰撿起露比丟在地上的戲服。她在家也這樣隨意亂丟嗎？她和其他女孩站在一起，我試圖和她四目相接，好用眼神稍微責備她，倒不是為了我自己，而是我認為她應該更尊重表演服裝。其他女孩至少都會把衣服掛在掛鉤上，體貼的蓓兒則每次都會用衣架掛起來，減輕我的工作量。但露比有時會有點妄自尊大，她去年就對潔絲做了很多過分的事。我不喜歡蓓兒隨波逐流的態度，但我知道她不太敢違抗露比。

我張開手，看著掌心那一小塊扭曲的粉紅色塑膠，那是芭蕾舞者斷掉的手臂。我不確定是否該馬上拿給亞當看，現在或許時機不對。萬一他再次召集大家呢？我可以想像伊莉絲對此會有多大的反彈。

她上次要我一起走，真的讓我左右為難。如果我真的這麼做，亞當會怎麼想？我還以為伊莉絲能理解我身兼家長和學校員工的尷尬立場，但或許伊莉絲向來只把心思放在自己與工作上。我知道這想法很蠢，但當初接下這份工作時，我還暗自希望她和卡洛琳會更加尊重

6 改編自《羅密歐與朱麗葉》的美國音樂劇，反映出美國社會快速成長的背後，種族歧視、青少年犯罪、暴力和文化代溝等問題。

7 音樂劇，改編自蕭伯納的《賣花女》，一九六四年改編為由奧黛麗·赫本（Audrey Hepburn）主演的電影。

我，畢竟當了全職家庭主婦二十二年，再重回職場也滿不簡單的吧？卡洛琳叫我「服裝管理員」，如果她沒有貶低我工作的用意，我倒也還能接受。但在合約裡，我的正式職稱是「服裝設計師暨裁縫師」，所以我對外也是如此自稱。有時，我真想告訴卡洛琳，自己對亞當來說到底有多重要。但我必須守口如瓶，不然就會危及我所珍視的一切。

當然，這份工作少不了撿拾和修補衣服，但我不介意。我愛我的工作，也很感謝亞當給我這個機會。那是去年期末演出《七對佳偶》（*Seven Brides for Seven Brothers*）時的事。當時，蓓兒告訴我要做的戲服太多，常駐服裝設計師艾琳一個人忙不過來，三位新娘就算了，七位真的不堪負荷。我也對自己的針線活有自信，便毛遂自薦，幫忙修補服裝。結果，我不只做了女孩們跳穀倉舞穿的方格洋裝，還做了最後婚禮場景的服裝。演出結束後，可憐的艾琳就遞上了辭呈，她應該是累壞了，後來亞當就讓我接下她的工作。

我真的很感謝他。蓓兒今年即將滿十八歲，不知道明年此刻，她將身在何方？根據年底試鏡的結果，她可能會上某所大學，或是跟劇團去巡演，這樣就只剩托比一個小孩在家了。三年後，如果他跟隨兩個哥哥的腳步上大學，這樣所有的孩子都離巢了。如果我不接下這份工作，到時該何去何從？

卡爾無法理解我為何會想要這份工作。當我告訴他，小孩逐漸長大，我需要改變生活重心時，他就提議讓我替他的公司算帳，這樣他也省了雇用會計師的錢。但那樣就會是無薪工作，而盧卡斯和喬恩都在念大學，多賺點錢倒也不無小補，我用這樣的論點說服他。而且我一週可以休週二和週四兩個下午，正合我意。

「媽！」蓓兒跑了過來，我趕緊把手握緊，藏住那一小塊塑膠。「莎蒂週五要舉辦睡衣派對，我可以去嗎？」她問。

這種時候我總是有點為難。雖然這樣講有點不厚道，但伊莉絲的教養態度真的有待加強。在我看來，她對莎蒂簡直採放任態度。我最近發現莎蒂的黑眼圈越來越重，跟蓓兒提起這件事時，她只喃喃說莎蒂的母親沒在管女兒的睡覺時間。她欲言又止，似乎另有內情，但我沒有繼續問下去。如果蓓兒有煩惱，她準備好時自然會告訴我。

我遲疑的原因還有一個。雖然蓓兒一臉期待地等著我的回覆，但我知道她其實不喜歡在其他地方過夜。我不是說她很黏人，只是她跟很多人一樣都會認床。

「妳要不要提議在我們家辦睡衣派對？」我說。「我可以做千層麵。」

蓓兒搖搖頭說：「不行啦，媽，是莎蒂先說的。」

「我知道了，妳當然能去。」我雖然這麼告訴她，卻感受到一股失落，因為週五晚上，卡爾會帶托比去上空手道，我和蓓兒則會一起看電影，享受母女時光。到時我要記得帶幾件服裝回家修補，藉此消磨一個人的時間。

蓓兒踮起腳尖，親吻我的臉頰。「謝謝媽，妳最棒了。」我看著親愛的女兒跑回朋友身邊。「我媽說我可以去妳的睡衣派對。」她跟莎蒂說。

「妳要辦睡衣派對？」伊莫珍一臉期待地看著莎蒂。「太棒了，什麼時候？」

莎蒂沒有立刻回答。我看到露比和潔絲互相使眼色，馬上就明白莎蒂原本不打算邀請伊莫珍。看得出來她內心很掙扎，因為她心地善良，不想讓任何人難過。當停頓的時間拉得太長，我開始猶豫是否要介入時，莎蒂聳聳肩。

「週五。」她說。

伊莫珍撲上去擁抱莎蒂，反而讓她露出不安的表情。

「或許妳們可以傳授給我一些訣竅。」伊莫珍繼續說，並看向其他人。「露比，妳的舞姿曼妙，蓓兒，妳的歌聲有如新鶯出谷，而潔絲——妳簡直美若天仙！」

我還以為她接下來要轉過來稱讚我。她這突然的真情流露感覺有點做作，我看到潔絲皺眉，就知道她也這麼認為。事實上，她們聽到這些讚美似乎都感到不自在，伊莫珍一個個擁抱她們時更是如此。

「伊莫珍，可以給我妳的戲服嗎？」我出聲詢問，藉此打破尷尬的場面。

伊莫珍繼續擁抱蓓兒，過了一會才放手。接著，她把服裝從掛鉤上取下來，讓它落到我伸出的手中。同時，她用力盯著我，讓我知道她已經察覺到我是故意打斷她的。那眼神讓我不寒而慄。

亞當提議讓女孩們接納伊莫珍這件事讓我一頭霧水。真希望他在決定前先和我討論，不僅因為我是學校職員，還因為我是蓓兒的母親。如果他有事先詢問我的意見，我會試著勸阻他，因為我不希望又多一個才華洋溢的人，讓蓓兒相形失色。或許我只是杞人憂天；女孩們一直都是四個人在一起，要接納新成員伊莫珍並不容易。

過去，我們四個母親也是莫逆之交，但到了夏季學期結束，坎朵和卡洛琳已經開始冷戰了。我想起音樂盒的事。我認為在沒有證據的情況下，卡洛琳不應該直接出面指責露比，或許我當時應該試著介入調停。的確，蓓兒告訴過我露比嫉妒潔絲，而且露比想成為演員的信念遠比其他人堅定。如果最後潔絲在期末演出拿到主演，而露比是她的候補替身演員……這種事我連想都不敢想。我不認為蓓兒會當上主演，但她應該不會在意。有時我會想，如果有人告訴她說她不能成為演員，她只會聳聳肩說沒差。我和她都不像學院裡某些急於求成的母親那樣企圖心強。坎朵和卡洛琳絕對屬於這種母親，但我比較喜歡在幕後幫助蓓兒實現夢想。

鐘聲響起，女孩們便前往下一堂課的教室，露比和潔絲甚至手勾手，好像星期一的事從未發生過一樣。如果坎朵和卡洛琳能夠向女兒學習就好了。或許下週我應該邀請大家來喝茶，而且這次一定要用馬克杯。上次她們來喝茶是四月的時候，我用漂亮的茶杯和茶碟上茶，結果卡洛琳挑眉說：「真老派！」即便如此，她還是大啖我的司康鬆餅，雖然我暗自希望她會噎到。我不懂她的態度為何總是這麼不屑，她難道不能友善點嗎？

總之，我必須努力讓她們團結一心，因為我需要她們的支持才能募資修繕學校屋頂。希望她們不會以為我是私心想幫卡爾找工作機會，我甚至不知道到時會不會是由他來維修。雖然亞當在暑假的確有問他能否檢查屋頂，但這也不代表他最後會拿到合約。幸運的是，屋頂不用全面翻修，只需要更換幾塊屋瓦，應該不會太昂貴，但學院目前並沒有能力支付。然而，修繕屋瓦必須優先處理，畢竟你永遠都不知道會發生什麼意外。

我再度張開手掌，看著小小的塑膠手臂。或許我還是應該去找亞當。我把它放進口袋，轉身準備離開更衣室，結果差點被嚇得魂飛魄散。伊莫珍靜靜站在那裡，目不轉睛地盯著我。

「伊莫珍！」我的左手撫著胸口，右手還插在口袋裡。「妳嚇到我了！」她一言不發，只是站在那裡看著我，那雙藍眼睛眨都不眨一下，讓我砰砰直跳的心臟又跳得更快了。我等她應答，她卻遲遲不開口。在一片沉默當中，我試圖弄清楚她在那裡待了多久，還有她是否看見了我手裡的東西。

「妳想要什麼嗎？」我問她。

她的嘴角勾起一抹微笑。「已經到手了。」

我本想問她是什麼意思，但又改變主意。「妳不是該去上課嗎？」我說話的同時，感覺到舞者的手臂刺進我冒汗的手心。

「妳說得沒錯，我要去上課。」她轉身離開。「再見，理查森女士。」

我把手抽出口袋，吸了一口氣，還有點驚魂未定。後台，包括更衣室和舞台兩側是我統治的小王國，但剛剛和伊莫珍的互動讓我有種奇怪的感受，好像我們在進行某種權力鬥爭一樣。如果是這樣，伊莫珍小姐最好小心點。我不喜歡在自己的領土被挑戰，更討厭被看扁。

接著，幽幽的歌聲穿越後台，傳入我的耳朵，有人在哼著音樂盒的歌〈雲端城堡〉，也就是潔絲的試鏡歌曲。我不禁脊背發涼，漸漸消逝的聲音也帶走了我一部分的勇氣。

伊莉絲

看到散落在玄關的鞋子，我一邊皺眉，一邊拉開鞋櫃，換上舒適的名牌拖鞋，扭動腳趾。Christian Louboutin[8]的高跟鞋顯然不是為醫院走廊所設計的。

「尤利婭？」我在廚房找到女管家，提醒她說：「大門旁有幾雙鞋子沒收好。」

「好的，龐德夫人。」她離開的同時，我給自己倒了一大杯夏布利白葡萄酒。研究發展部門堅持稱這天為「野外實習日」，好像我們是在進行定向運動的預科學校學生一樣。我對野外實習日又愛又恨，愛是因為可以親眼看到我的團隊所設計的醫療設備，恨則是因為一天沒工作等於要花兩天來補進度。

「整理好了，龐德女士。我去乾洗店拿您的衣服，他們修好拉鍊了。」尤利婭脫下圍裙，放進烤箱旁的抽屜。擦亮的流理台簡直一塵不染。

「謝謝妳，尤利婭。」

「烤箱裡有燉雞，我也為女孩們做了比薩。」

8 法國高跟鞋設計師克里斯提．魯布托（Christian Louboutin）建立的個人品牌，以其招牌紅底高跟鞋聞名。

「女孩們？」

尤利婭面露遲疑。「莎蒂的朋友啊？她說您同意了？」

我的心裡一沉，好像的確有這回事。我依稀記得莎蒂問過能不能辦睡衣派對，而我當時在忙，心想答應比拒絕簡單，僅此而已。「那就沒事了，謝謝妳，尤利婭。」

尤利婭脫下室內鞋，換上一雙醜陋的棕色靴子，準備出門。但她又轉頭過來，整張臉因為焦慮而皺了起來。

我嘆了口氣。「妳又打破什麼了，尤利婭？」

「沒有，我……」她絞扭雙手，顯然很糾結要不要說出心裡的話。我希望她不是想遞出辭呈。尤利婭工作態度認真，一手包辦全家事務，但坦白說，她的薪資微薄。老天，難道這就是她要走人的原因？

「是因為錢嗎？因為……」

「錢？不是，是新來的女孩。」她壓低聲音，語氣相當著急。她向我走近，抓住我的上臂。

「什麼新來的女孩？妳到底在說什麼？」

「看好她，千萬要小心。」尤利婭靠近我的臉，耳語道。我的胸口很緊，心臟砰砰跳。

「她的內心寄居著魔鬼。」她說完就放手，扣上外套的鈕扣。「明天見，龐德女士。」

我喝了一大口酒，試圖安撫動搖的內心。尤利婭非常迷信，她會敲打木頭以避開厄運，打翻鹽罐也會在身上畫十字，但這次又跟之前不一樣。希望她不是瀕臨崩潰——她還沒整理完食品儲藏間呢。

我到樓上敲莎蒂的房門。

「天啊，在我家，大家都隨意進出，沒人在敲門的。」潔絲刺耳的聲音從門後傳來。

「請進！」

她們拉開了沙發床，在莎蒂的特大雙人床和牆壁之間塞了一張單人充氣床墊，還把衣服丟得滿地都是。

「在辦睡衣派對嗎？」

莎蒂嘆了口氣。「我們前幾天講過的吧？」

「如果沒有寫在行事曆上……」我輕敲手機說，她便翻了個白眼。真是的，她明明知道大家的社交活動行程都要寫在共享日記裡，不然家庭要怎麼維持運作？

「嗨，龐德太太。」我花了幾秒鐘的時間，才認出坐在單人充氣床上，手裡拿著離子夾的金髮女孩。

是新來的女孩……

「伊莫珍。」我想起她的名字。「叫我伊莉絲就好，大家都這麼叫我。」伊莫珍露出甜美的笑容。我開始懷疑尤利婭是不是有偷喝酒櫃裡的酒。

「妳的房子美極了。」

「謝謝妳。」雖然伊莫珍只是十七歲的戲劇學院學生，不是什麼《美麗家居》雜誌的採訪人員，但我還是有點受寵若驚。這間房子代表了我努力的成果。我還記得自己當時站在馬路上，手裡拿著建築平面圖，看著推土機把原本難看的平房夷為平地，心想：就是這個，我就是為了這個努力到現在。

手機傳出新訊息的聲音，我便趁機跟女孩們說：「我還有工作要忙，但尤利婭做了比薩，冰箱裡也有蘋果酒。」

「謝謝妳，伊莉絲。」莎蒂說。

「蘋果酒！」伊莫珍幾乎要從充氣床上跳起來，露比和潔絲也興奮地互相使眼色。

「我不能喝酒。」我關上門時聽到蓓兒這麼說。我一點也不意外，因為布蓉妮．理查森的控制慾極強，根本就是所謂的直升機母親。我個人認為喝一點蘋果酒對她們母女倆都好，但比起莎蒂的朋友，我還有更重要的事要擔心。龐德醫技有限公司快要成功與本國首屈一指的私營醫療機構簽訂合約，雖然我有專業團隊參與競標，但我想他們不會介意我再檢查一遍申請內容。

我全神貫注於工作時，聽到有人輕敲門，但沒有發出其他聲音。我稍微等了一下，有時莎蒂知道我在忙就會離開。我瞇起眼睛，眼神堅定地盯著螢幕。數字沒問題，但文字應該更加撼動人心……

敲門聲再度傳來，我嘆了口氣後回應：「怎麼了？」

「伊莫珍一直哭個不停。」莎蒂說。她的臉上塗了一層活性碳面膜。

「她在哭什麼?」

面膜跟著莎蒂的臉一起皺起來。「她不肯說。」

我的手指在鍵盤上抽動了一下。「我馬上就去。」確保高品質及可望成功的服務……我發出嘖嘖聲,想要找到最完美的說法……

「媽。」

她叫我「媽」?我起身。

伊莫珍把頭埋在膝蓋間,手臂緊緊環抱著身體,好像想把自己變成一顆小小的球,小球裡面傳來悶悶的抽泣聲。露比、蓓兒和潔絲坐在莎蒂的床上看《絕命毒師》[9](*Breaking Bad*),潔絲還故意調高音量,莎蒂則在伊莫珍和她的朋友之間游移不決。

我今晚真的不想處理青少年的情緒問題。有時別人會跟我和尼克說,我們有一個穩重的女兒很幸運,她既不會調皮搗蛋,也不會情緒起伏不定。對此,我的回應總是毫不留情:難道你看到別人養的狗學會乖乖坐下,會說他們很「幸運」嗎?

「怎麼了?」雖然有點尷尬,但我還是蹲下來,把手放在伊莫珍肩上。她和其他人一樣穿著睡衣,但上面全是卡通圖案,很像莎蒂十四歲時會穿的款式。她哭得更傷心了。「怎麼

9 美國電視劇,講述高中化學老師患上肺癌末期,轉而販毒的犯罪故事。

了，伊莫珍？」

她慢慢抬起頭，整個臉都哭紅了，好像她剛剛一直在搓臉一樣。伊莫珍的眼袋讓我大吃一驚，十七歲的少女不應該看起來如此憔悴。莎蒂和她的朋友非常注重外表，所以從來不熬夜，她們青春洋溢的臉龐和伊莫珍疲憊的面容形成強烈對比。

她抽抽噎噎地說：「沒、沒、沒事。」

「妳不告訴我的話，我也沒辦法幫妳。」

露比把手指在耳朵旁轉了轉。「有病……」她低聲說。我瞪她一眼。

伊莫珍的下唇顫抖著說：「我不想睡在充氣床上。」

「那就跟睡沙發床的換啊。」我說，但伊莫珍搖搖頭。她把睡衣袖子往下拉，但我已經瞥見她左手腕上的ＯＫ繃。她剛剛是想藏起來嗎？

「我在那裡也睡不著。」她急忙起身，拳頭緊握，後背緊貼著牆壁。她的聲音尖銳，彷彿比其他人小了十歲，但這種印象和她成熟的外表形成反差，令人不安。

她的內心寄宿著魔鬼……

我趕緊拋開尤利婭的警告，問道：「為什麼？」

她雙眼圓睜，話語間夾雜了恐懼的呼吸聲。「床底下有東西，有怪物。」

露比厲聲尖叫。

潔絲打了她一下。「妳這個白痴，害我嚇了一跳。」

「不是我。」露比舉起雙手，手指彎曲成爪子。「是……怪物！」她們倆笑到直不起身子。

我回頭看伊莫珍，發現她正瞪著露比和潔絲，毫不掩飾憤怒。那眼神讓我的後頸寒毛直豎。

伊莫珍站直身體，客氣地微笑，剛剛那個害怕的小女孩已不見蹤影。「龐德太太，我可以睡在大床上，莎蒂和露比的中間嗎？」她問。穿卡通睡衣的青少女用大人的語氣說話，真的很詭異。

其中一個女孩（可能是露比或潔絲）發出驚呼，老實說我也不怪她們。

「不然我一整晚都闔不了眼。」

「闔不了眼」，又是大人才會用的說法，真奇怪。大人？我心想，後來又忍不住想到：還是陰間鬼魂？

她的內心寄居著魔鬼。

該死的尤利婭，盡是灌輸我愚蠢的想法。我是科學家，伊莫珍還只是個小孩，她還會怕怪物又如何？

「好吧，那妳就睡在莎蒂的床上吧。」

「但那不是……」潔絲沒把話說完，只是張大嘴巴看著我。

「我的天啊！」露比猛然轉身，找莎蒂支援。「莎蒂，跟她說！」

莎蒂清楚知道不能忤逆我做的決定。「噢，那好吧，伊莫珍妳就睡在我和露露中間。」

她說。

「媽的，這是哪招啊，莎莎？」我沒看過露比這麼生氣。難道她在嫉妒嗎？在擔心新來的女孩搶走她在小團體中的地位嗎？

「注意用詞，露比。」我說，雖然我完全不在乎別人家的小孩怎麼說話。「那事情就解決了。」

「耶！」伊莫珍一躍而起跳到床上，抱著一顆枕頭盤腿坐下。她笑逐顏開，好像剛剛那半小時根本沒發生一樣，也像一隻弄丟球的小狗又找到新球那樣開心。我起身準備回去工作，但當我經過莎蒂房間的浴室，就不小心看到我的海洋拉娜乳霜被丟在一堆便宜化妝品上面。我不介意莎蒂用我的東西，畢竟投資好膚質永遠不嫌早，但我可不允許她的朋友用光我那一條價值四百英鎊的面霜。

凌亂的化妝台上散落著各式各樣的面膜、去粉刺凝膠、眼線筆和唇彩，這一大堆化妝品的來源便是四個東倒西歪的盥洗包。露比的包是粉紅色的，一側用白色字體寫著「Selfie Kit」，代表裝滿M.A.C和貝玲妃化妝品的玫瑰金包是潔絲的，而只裝了一條小毛巾和一罐美體小舖洗髮精的Cath Kidston包想必就是蓓兒的。那就只剩下……

我往身後瞥了一眼，但女孩們顧著竊竊私語，根本沒注意到我的存在。伊莫珍用的是Ted Baker的黑色盥洗包。我走進浴室，慢慢打開小包。透過盥洗包的內容物可以更了解一個人。她會用清潔、調理和保濕用品嗎？還是只用嬰兒濕紙巾，自然就是美？她會用牙線，還是牙刷用到開花都還不換？

裡面沒什麼東西，只有一把牙刷、一些化妝品和一把剃刀。我不禁想起伊莫珍拉下袖子的行為，難道她會自殘？還是想引人注意？謝天謝地莎蒂很穩重，不會被這種中二潮流所影響。

我的手抓到一小包藥丸，我把藥拿出來，以為是普拿疼，卻看到熟悉的處方籤藥品標示。我手邊沒有平常閱讀會戴的老花眼鏡，只好瞇著眼睛看標籤，看到了眼熟的藥名：奧氮平。

我雖然不是醫生，但我對醫療設備和藥物瞭若指掌。十七歲的青少女怎麼會有抗精神病藥物？我閱讀標籤上的字：每日一次，每次服用10mg阿普唑侖……我停了下來。

標籤上印的病人名字不是伊莫珍．柯伍，是麗莎什麼的，麗莎……戴什麼的。我試圖用手搓掉蓋住姓氏的化妝品。這是偷來的嗎？

我不知道自己感覺到了什麼，但抬起頭時，我差點沒叫出聲來。一雙眼睛透過浴室鏡子和我四目相接，鏡子中的那張臉比伊莫珍．柯伍還要成熟許多。

而且是個危險人物。

「我想妳手裡拿的是我的東西。」

我全身僵住，好像我們身分互換，我變成小孩，而伊莫珍是抓到我做壞事的大人。我把藥袋塞回盥洗包，把包包丟回化妝台上。

「我只是稍微整理一下！」我狡辯道，聲音聽起來比實際上有自信。如果藥是露比、潔絲或蓓兒的，我會問她們為何有這種藥，是從哪裡拿的。但伊莫珍盯著我的眼神讓我口乾舌燥，內心沒來由地感到恐懼。

伊莫珍露出一抹殘酷的微笑。「妳該小心點。」她輕聲說。「妳知道家裡發生意外的機率遠比其他地方高嗎？」她沒有移開視線，而雖然我知道她只是個小孩，內心也沒有寄宿著魔鬼，但我卻嚇得臉色發白。

回到安全的書房後，我的呼吸才平穩下來。露比說得一點也沒錯：伊莫珍．柯伍根本就有病。

♛

「那她為什麼在我們家？」尼克問。他的筆記型電腦螢幕往後傾斜，所以我透過Skype視訊只看到老公一半的頭和一大片飯店的床頭板。我把酒杯推開，免得他看到又碎碎念。

「因為莎蒂不想讓她覺得被排擠。」

他的神情變得溫和。「不愧是我女兒。妳知道演員比一般人更具同理心嗎？我讀過一篇相關研究。」

「很好啊，她可以寫在履歷上。」我不以為然地說。「可以彌補沒有普通教育高級程度證書[10]的不足。」尼克坐在飯店的床上，我則是躺在被窩裡。這裡幾乎是半夜，尼克出差去的康乃狄克州則是接近晚上七點，他會在那待到下週。

他又露出那副表情。「我們已經談過一百萬次了。莎蒂很喜歡奧拉弗琳戲劇學院。」他說。

莎蒂在中等教育普通證書[11]測驗成績斐然。導師知道自己的優秀學生決定念戲劇學院時，差點沒哭出來，我也一樣。

「她在那裡很開心，比在原本的學校還要開心很多。」

「因為比較輕鬆……」

「是因為『壓力』沒那麼大。」尼克打斷我。

在這方面，我們永遠無法取得共識。為何要追求成功機會如此渺茫的夢想呢？

「我得掛了，明天早上還要和 WellFort 衛生保健公司開會。」

「希望一切順利，我愛妳。」

「我也愛你。」尼克的臉定格了一瞬間才消失，螢幕上只剩我自己的臉。我的眼睛很

10 The General Certificate of Education Advanced Level，簡稱 GCE A-Level 或 A-Level。在英國，十六到十九歲的學生完成十二—十三年級的兩年制大學預科的學業後，所取得的證書。

11 General Certificate of Secondary Education，簡稱 GCSE。在英國中學，十四到十五歲的學生修讀兩年或三年的課程，完成測驗後所取得的證書。

乾，而且布滿血絲。我把筆記型電腦推到尼克睡的那一側，醒來時比較好拿。我在好幾年前就放棄對抗失眠了，反而把它視為增加工作時間的機會。我把剩下的酒一飲而盡，心想多少能幫助入眠。

我不知睡了多久，突然被一聲尖叫嚇醒。我瞬間從床上彈起，心臟砰砰直跳。難道我做惡夢了嗎？不是，我聽到奔跑、大叫和哭泣的聲音，還有人大喊：「到底發生了什麼事？」我還有點神智不清，但還是糊裡糊塗地跑了起來，跑到開著燈的二樓平台，不禁眨了眨眼睛。在樓梯頂端，莎蒂、潔絲和蓓兒緊緊擁抱彼此，我看不到她們在看什麼，只知道她們一臉驚恐。蓓兒在哭泣，潔絲雙手摀著嘴巴，好像隨時會尖叫出聲，或是噁心嘔吐。

「媽！」

「發生什麼事了？」我有種奇怪的感覺，好像某種邪惡的東西已經入侵了我們的生活，沉重的空氣壓得人喘不過氣來。

我試圖說服自己是睡眠不足的緣故，睡眠不足加上青少年的小題大作。

莎蒂面無血色，皮膚幾乎變成半透明的。她伸出一隻顫抖的手，指著樓梯下方。蓓兒又開始嚎啕大哭，緊緊抓著潔絲不放。

我的背脊發涼，有種不好的預感。我又往前走三步，直到可以從玻璃欄杆往下看到一樓大廳。

我的手慢慢摀住嘴巴，恐慌在喉嚨裡化為無聲的尖叫。露比從樓梯底部抬頭看我，害怕的神情同時夾雜著些許挑釁。

但我看的不是露比，而是倒在她腳下的伊莫珍。她一動也不動，頭髮散亂，四肢扭曲的角度讓我看了都覺得痛。

伊莫珍簡直就像潔絲置物櫃中那支離破碎的舞者。

♛

好痛，痛死我了。

但我所受到的每一分痛苦，我都會加倍奉還。到時候她們就知道了，她們會跟我一樣生不如死。

憑什麼只有我一個人受苦？

替身

第一季第二集

好戲登場

B·A·芭莉絲

Snapchat 群組：驚奇四姊妹

露比：嘿

莎蒂：妳還好嗎？

露比：抱歉我提早走了，睡衣派對好玩嗎？

蓓兒：沒有妳就不一樣了。

露比：<3

潔絲：露露，妳也用不著嚇成那樣吧？

露比：我以為她死了

潔絲：叫成那樣死不了啦

莎蒂：太誇張了？

潔絲：沒錯！

露比：真希望可以不要跟她在一起

潔絲：我們叫她滾好了

蓓兒：不行啦，拉奇叫我們多照顧她

潔絲：幹他媽的拉奇

露比：我才不「幹」呢！

蓓兒：再給她一次機會吧

莎蒂：但她真的很怪，對吧？

潔絲：她根本就有病！

Snapchat群組：潔絲、蓓兒、莎蒂

潔絲：嘿，露比昨晚到底是怎樣？她整個失控了耶

蓓兒：應該只是伊莫跌下樓梯，讓她嚇壞了吧

潔絲：不對，事有蹊蹺

莎蒂：怎麼說？

潔絲：不知——或許她推了伊莫？

蓓兒：她當時在廚房

潔絲：她「說」她在廚房

莎蒂：伊莫也這麼說啦

蓓兒：但還是很怪

潔絲：在我看來兩個都有問題

布蓉妮

真不敢相信我竟然有辦法讓四位母親聚在一起。繼上週的音樂盒事件，我以為卡洛琳會說，如果坎朵今天要來，她就不來了，反之亦然。但當我打電話提議見面時，她們兩個似乎都很高興。

伊莉絲說由於她的行程緊湊，除非約在她家附近的飯店，不然她無法出席。她還要求一定要約週五，其他天不行。這也正合我意，因為我週五下午要工作，這裡結束後可以直接去學校。但換個角度想，如果今天下午不用工作，我可以待在這裡喝咖啡，一杯接著一杯，純粹享受如此奢華的氛圍。我從沒來過這麼華麗的飯店，粉紅色的大理石地板上擺放著高級天鵝絨沙發，沙發圍繞著金框玻璃桌，還有吊燈呢！我們頭頂正上方就有一盞閃耀奪目的巨大吊燈，當我抬頭看見它，心中閃過的第一個念頭是：如果它掉下來，我們必死無疑，與其說被壓死，不如說會被閃閃發光的雕花玻璃珠如亂刀般刺死。從上面掉下來的東西總是讓人猝不及防。

「蛋糕看起來真美味，對吧？」我說，想盡快結束亞當在期末音樂劇演出究竟會選《西城故事》還是《窈窕淑女》的話題。

坐在對面的坎朵對我微笑。「的確，但或許沒有妳做的那麼美味。」

我巴不得趕快吃掉眼前的紅絲絨杯子蛋糕。「只有一個方法能確認呢。」

「來啊，布蓉妮，開吃吧。」卡洛琳停頓了一下，我等她拋出帶刺的話語：「不用跟我們客氣。」

我忍不住臉紅。其實我一開始看上的是如天堂般美味的巧克力蛋糕，但我不敢想像卡洛琳會做出多麼刻薄的評論。我選杯子蛋糕只是因為不想表現得太貪心。像我這種身材圓潤的人就會特別注意這種事情。

我不知道自己為何無法把卡洛琳的話當耳邊風。卡爾認為在她內心深處，她其實是嫉妒我的。我一開始還不相信他，認為他一定是像平常一樣，想讓我更有自信。但無論是多麼善意的謊言，卡爾的話裡必然會有幾分真相。我意味深長地看了一眼卡洛琳穿的寬鬆T恤和牛仔褲，真希望自己有膽量以牙還牙，批評她在五星級飯店穿得如此隨便。但我當然沒這麼做，只是默默撫平身上碎花裙的皺褶，慶幸卡爾永遠不會知道這件美麗的真絲洋裝花了我多少錢。幸好我開始在學院工作時，堅持開自己的銀行戶頭，這樣至少卡爾看不到我花了多少，還有賺了多少。想到這裡，我開始覺得如坐針氈，但我硬是把這份不安壓抑下來。雖然過不了多久，它又會回來纏著我，但現在，我不允許任何事物打擾我享受美好的早晨咖啡。

「我之前在做癌症治療時……」坎朵開始說，我便伸手拿盤子，心裡感謝她讓我可以放空幾分鐘。我並不是故意無視她，我隨時都願意傾聽朋友訴苦。但去年，我聽坎朵的抗癌故事聽到耳朵都快長繭了，短時間內真的不想再聽。不過我還是很喜歡坎朵，因為她是唯一跟我有共同點的人。我不喜歡卡洛琳貶低他人的行為，而伊莉絲雖然很厲害，擁有光鮮亮麗的生活和無可挑剔的工作，但我們倆的個性天差地別，就算想努力理解彼此都很困難。她剛剛還點了一杯香檳配早晨咖啡，讓我大吃一驚，我是說，現在才早上十點半耶！就算沒人跟著點，她也毫不介意，她就是這麼我行我素。

糟糕，卡洛琳提到音樂盒了，該回神了。既然她選擇這麼敏感的話題，就代表她想趕快結束坎朵的「抗癌之路」。

「太荒謬了。」她把那頭太長太亮的金髮往後一甩。「現在就連我都看得出來那不是露比會做的事。」

坎朵對她微笑，感激之情溢於言表。「謝謝妳這麼說。」

「露比不會做這麼明顯的事。」卡洛琳繼續說，在我聽來，就是暗指露比都是來陰的。卡洛琳很擅長明褒暗貶。

「那是誰做的？」我問。「而且為何這麼做？有誰會破壞音樂盒，再放進潔絲的置物櫃？」

「我一點頭緒也沒有。」坎朵說。「但目前主要的嫌疑犯還是露比。」

「別擔心，亞當一定會查個水落石出。」我說，想讓她安心點。

「哼！」卡洛琳搖頭表示不屑。「亞當就跟妓院裡的牧師一樣，毫無用處。」坎朵笑了，顯然很高興卡洛琳終於站在她這邊。伊莉絲微笑，我則皺眉，畢竟這說法有點粗俗。「強迫女孩們接納伊莫珍有什麼鳥用？」

「我認為他請她們照顧伊莫珍是對的。」我說。「或許小團體有新成員加入，可以緩解緊張的關係。但這並不代表他沒有在幕後調查放音樂盒的罪魁禍首。」

「搞不好是伊莫珍。」伊莉絲說的話吸引了我們所有人的注意力。她微微聳肩，看那肩膀就知道她有勤練瑜珈。「我只是指出她剛好在事件當天轉學過來。」

「但她幹嘛針對潔絲？」卡洛琳問。

「或許純屬偶然。」坎朵絕不會放過另一個嫌疑犯出現的可能性。

「不可能。妳們想，那個人還特地去下載潔絲的歌，設定成音樂盒打開時開始播放。不，這一定是針對潔絲。」

「伊莉絲，睡衣派對那晚發生了什麼事？」我問，一方面想改變話題，另一方面也想知道事發經過，因為蓓兒只告訴我伊莫珍跌下樓梯了。

「伊莫珍跌下樓梯了。」伊莉絲說完就把香檳一飲而盡。看她那一副事不關己的模樣，我真想把她搖醒。

「妳有叫救護車嗎？」我知道她沒有，但我想提醒她這是該做的事。

「沒有，她說她沒事。」

「但她有撞到頭嗎？」

伊莉絲又微微聳肩，她那漠不關心的態度真令人惱火。「應該沒有，她沒說。」

「到底發生什麼事了？」卡洛琳問。「潔絲沒說什麼，因為事發當時她在睡覺。」

伊莉絲雙腳伸直，腳踝交叉，量身訂做的黑色長褲讓她的雙腿顯得更加修長。「一開始是莎蒂來我房間叫醒我，告訴我伊莫珍跌下樓梯了。伊莫珍和露比似乎是想下樓泡一杯熱可可，結果伊莫珍不小心滑倒就摔下去了。」

卡洛琳一副掠食者發現獵物的樣子，問道：「伊莫珍跌下去時，露比在哪裡？」

我也有同樣的疑問，但我不會問出口，因為我不想要坎朵像剛剛看卡洛琳那樣看著我。這樣說吧，要是眼神能殺人，卡洛琳早就斷氣了。

「在廚房裡。」伊莉絲說。「伊莫珍說露比先下樓了。我到樓下時，伊莫珍坐在地上，邊哭邊揉小腿骨。蓓兒陪著她，因為伊莫珍把潔絲、莎蒂和她吵醒了。要我說的話，我覺得她根本是小題大作。」

「如果她在哭，代表應該有受傷吧。」我指出。

「那根本就是鱷魚的眼淚吧。」

「但她身上的確有瘀青，她隔天早上還有給蓓兒看。」

伊莉絲三度聳肩，說：「她跟我說她沒事，還拒絕了蓓兒為她做的冰敷袋。」她壓根沒想過，蓓兒為伊莫珍做的事遠比她自己做的還要多。「我比較擔心露比……她一整個歇斯底里。」

卡洛琳豎起耳朵。「露比？」

坎朵臉紅了。「她只是嚇到了。她一聽到伊莫珍大叫就跑回大廳，當她看到伊莫珍躺在地上時……就馬上想到最糟的情況。正常人都會這麼想。」她又補充道，試圖為自己女兒的行為辯護，接著伸手拿咖啡。

「沒人有辦法讓她冷靜下來。」伊莉絲現在直接對著卡洛琳說話。「她堅持要回家，我只好打電話請坎朵來接她。」

「是喔？」這兩個字說得意味深長。我不確定卡洛琳想表達什麼，但坎朵很不高興。她把杯子重重摔在碟子上，害我和附近的人都嚇了一跳。

「或許她認為雖然自己當時在廚房，但還是會成為眾矢之的。」坎朵厲聲說。「不管是不是她做的，大家都會怪到她頭上。」

「回到伊莫珍身上。」伊莉絲委婉地轉移焦點。「她有點怪呢，妳們有聽說她為了床鬧脾氣的事嗎？」

「要我說的話，我覺得這是權力鬥爭。」卡洛琳對什麼事情都有意見。「她想照自己的意思來，也成功了。」她伸手拿盤子，把叉子刺進檸檬塔。「她就是個麻煩，這點我很肯定，我們最好盯著她。」

我忙著欣賞坎朵試圖冷靜下來的樣子，她閉上眼睛深呼吸，還偷偷把拇指和食指貼在一起。但卡洛琳說的話讓我想起一件事。

「說到這個，妳們有看到亞當寄的信嗎？關於學院裡有毒品的那封？」我問。

「如果妳是說叫家長監督學生的那封信，那我只能說三個字：真可悲。」卡洛琳拉長聲音說。

「他沒有那樣說。」我抗議。「他只是請我們接送小孩時多留心一點罷了。而且他是對的，我們的確該注意，如果以為我們學校沒有任何學生吸毒，就太天真了。」

「是啊，但他沒說『他自己』要採取什麼措施，對吧？」

的確，他沒有，而這點也讓我不太高興，因為上學期就抓到兩個學生在校內吸毒。由於他們即將畢業，這件事沒有張揚出去，但不代表其他學生沒有涉入，所以我才請亞當想辦法預防學院的吸毒問題。在我不斷催促下，他才寄信給家長，但我和卡洛琳一樣對信件內容感到不滿，不過我當然不會告訴她這點。

伊莉絲似乎感到無聊，於是抬起手腕看她的Apple Watch。我怕她在我提出修繕學校屋頂的募款計畫之前逃跑，便想辦法帶入話題，同時也盡量不讓其他人覺得我「又來了」。

「我打算發起募款活動。」我如此開頭。果不其然，所有人都吐出一口氣，好像在說「又來了」，只差沒有光明正大地嘆氣。

「這次是什麼？」坎朵的語氣有些無奈。

「反毒？」卡洛琳打趣說。

「修繕屋頂。暑假時，亞當請卡爾上去檢查了一下，發現很多屋瓦都脫落了，可能是去年暴風雨的關係吧。學院無法負擔所有的修繕費用，所以我就跟亞當說會發起募款活動。」

「然後妳想要我們參與。」

「我希望大家能共同參與。」我的語氣堅定。「像屋瓦脫落這種隱憂應該盡快處理。」

「我很樂意捐款。」伊莉絲說。我一點也不意外，因為她從來不參與，只會安排轉帳。不過由於她的捐款金額通常會超過募款總額，我也沒什麼好抱怨的。

「我可以烤一些美式甜點。」坎朵提議。「要我做什麼都可以，但我沒什麼創意就是了。」

「妳會唱歌嗎？」

「會，而且我自認為歌聲不錯。」

「太好了。」我把手伸入包包，拿出一本戲劇節目手冊。「上週六，我們帶蓓兒和托比到附近的劇院看《媽媽咪呀！》[1]。我想說我們可以辦一場表演，唱幾首ABBA[2]樂團的歌，收點入場費之類的。」

伊莉絲接過節目手冊，我原本希望她會說這個主意很棒，但她卻皺眉。

「妳為什麼把票根釘在封面？」

「噢。」我不禁臉紅，因為我知道聽起來很蠢。「從孩子們小時候，我就有保存節目手冊

1 *Mamma Mia!*，英國劇作家凱薩琳．詹森（Catherine Johnson）所作，音樂劇名稱來自ABBA樂團一九七五年年度排行榜冠軍的同名歌曲，劇中也包含ABBA的多首成名曲。

2 瑞典著名流行樂團，於一九八二年解散，經典名曲包括《媽媽咪呀》和《舞后》等。

的習慣。」

「哇。」卡洛琳說。她那一聲「哇」意味不明，但絕對和欽佩讚賞沾不上邊。

「怎麼，妳不會留嗎？」坎朵前來支援，讓我得以挽回面子。「我也都會留。節目手冊那麼貴，丟掉實在太可惜了。」

「連票根也留？」卡洛琳那語氣，根本存心想消遣我。

「有時會。」

「我要現在轉帳嗎？」伊莉絲把戲劇節目手冊還我，一邊問。

「不，先不用，伊莉絲。或許妳可以在募款活動的蛋糕攤位幫忙，莎蒂看到妳一定會很高興。我會提早告訴妳日期，這樣妳就能寫在行事曆裡面。」

「有何不可？」她說，還露出難得一見的微笑。她平常不苟言笑不是因為憂愁度日，只是因為忙到沒時間笑而已。「妳說得對，這對莎蒂來說是好事。」

我稍微沒那麼洩氣了，因為至少這次，莎蒂會有母親相伴。但沒人對我提出的表演活動有興趣，還是讓我有點難過。我把節目手冊塞回包包。是我活該，我算是會演戲，但對歌喉，我更是感到自豪。老實說，我希望能透過這次機會讓所有人對我刮目相看。大家對蓓兒美妙的歌聲讚不絕口，卻沒想過要問是遺傳自誰。我想讓大家見識我的好嗓子，但我總不能突然站起來高歌一曲吧，他們一定會覺得我瘋了。本來就瘋了，我彷彿能聽見卡洛琳小聲說。幸好她看不到我家那只大木箱，裡面裝滿我這輩子看過的所有戲劇節目手冊。

「卡洛琳，那妳再告訴我妳想幫忙什麼。」因為她什麼也沒說，所以我就直接點名她。

「我想妳一定會想多為學院付出，畢竟洛蒂明年可能會入學，如果她有錄取的話。」

她的眼神略帶警覺，好像突然想到我或許能左右她小孩入學的命運。後來，當她判斷我做不到時，就露出高高在上的微笑。的確，我沒有那種權力，但如果我真的想影響試鏡結果，肯定有辦法。

伊莉絲再次看錶，便伸手拿她的愛馬仕包包。

「該走囉。」她邊說邊起身。

「我也是。」我說，也一把抓起剛剛塞在桌子下的馬莎百貨提袋。

「這麼快？」坎朵驚訝地看著我。「我以為妳一點才開始上班。」

「平常是，但我今天要提早到。」我知道自己說謊時總是會臉紅，但我受夠了。反正我和伊莉絲不在，坎朵和卡洛琳剛好有時間培養感情，或是互相廝殺。至少現在，我不在乎是哪一種。

♛

抵達學院後，我才終於放鬆下來。我不後悔和其他母親見面，但我討厭隨之而來的感覺。我知道她們覺得我很無趣，因為我總是喋喋不休說著募款活動的事。這點我不否認，但總有人要站出來吧。而且修繕屋頂的確很重要，不過大家都是後知後覺，發生意外之後才在想「修繕學校屋頂是當務之急」。她們也認為我沒什麼用，所以我更下定決心要證明她們是錯的。

我前往位於後台更衣室旁的工作間。由於學生們還在中庭午休，走廊上空無一人，只有我的涼鞋在瓷磚地板上啪噠作響。突然，一頭金髮閃過我眼前，消失在前方的廁所裡。我停下腳步，試圖搞清楚狀況，因為走廊上只有我一個人，這裡也沒有其他入口。我聳聳肩，心想大概是看錯了，於是又繼續往前走，但沒走幾步就聽到一聲令人毛骨悚然的哀號。儘管那聲音讓我脊背發涼，勾起最原始的逃跑本能，但我的身體卻不由自主，直直走向廁所。我把門推開，心臟砰砰直跳，有點害怕接下來會看到什麼。從明亮的走廊進入昏暗的廁所，我的眼睛花了一些時間適應光線，這才發現那聲音來自伊莫珍。

「伊莫珍，妳怎麼了？」我急忙丟下包包跑到她身邊。她背靠牆壁坐著，摀著臉嚎啕大哭。

「我……我不能告訴妳。」她抽抽噎噎地說。我必須抑制自己想把她的手從臉上拉開的衝動，因為這實在是太——戲劇化了。

「如果妳不告訴我，我也沒辦法幫妳。」

她的抽搭聲漸漸消失，終於停止哭泣。她把手放下，從袖子裡掏出一張衛生紙，擦乾眼淚和鼻涕。我不禁感到內疚，剛才不該懷疑她是假哭，因為顯然發生了很嚴重的事。

「我不想讓任何人惹上麻煩。」她顫抖著聲音說。「所以才什麼都沒說。」她抬起頭看我，哭紅的雙眼充滿絕望。「但我不確定自己能不能獨自承受下去。」

「何不告訴我呢？」我提議。她一言不發，只是繼續盯著我，我才赫然發現她雙眸的顏色非常淡，淡到幾乎看不出顏色。「如果妳不希望我告訴別人，我會守口如瓶。」我繼續說，心想她可能在等我的承諾。

「妳保證？」

「我保證。」我的語氣堅定。

她微微顫抖著，吸了一口氣，說：「蓓兒有告訴妳，我在莎蒂的睡衣派對跌下樓梯的事嗎？」

我點頭說：「有。」

「是露比。」

「是露比找到妳的？我知道，聽說她非常驚慌。」

「她推了我。」她的聲音小到我以為自己聽錯了。

「什麼？」

「露比推了我。」她重覆一遍。

「可是……」我一頭霧水，一時無法接受。「妳確定嗎？」

「我當然確定！」我被她刺耳的聲音嚇了一跳，她也注意到了，於是說：「抱歉。」她反覆揉著手中的衛生紙。「我知道沒人會相信我。」她聽起來十分難受，我不禁深深同情她。

「我不是不相信妳。」我解釋，同時調整成比較舒服的姿勢，因為一直蹲在她面前很累。「只是大家都說事發當時露比在廚房裡，好像連妳也這麼說。」

「我知道，但我摔下去時撞到頭，腳又好痛，所以我一直哭，又因為害怕所以只好同意露比的說詞。我本來以為她是不小心撞到我，因為她當時在我後面。但之後我想起來，我躺在地上時，她跨過我跑進廚房，我本來以為她要去拿冰塊之類的，但她回來時卻開始哭得歇斯底里，說：『我的天啊，伊莫珍，發生什麼事了？妳跌倒了嗎？』然後蓓兒、莎蒂和潔絲就來了，露比跟她們說她當時在廚房，我也不知道該說什麼。」她停下來吸一口氣。「我是說，她們是她的朋友，我只是新來的。我知道如果我指責她，場面會很難看，尤其是才剛發生音樂盒的事，因為我知道有些人覺得是她做的。但現在我很害怕。」她的聲音不住顫抖。「如果她從更高的地方推我，我可能會受重傷。或許是因為這樣，她等到我走到一半才推我，想要警告我之類的。」她看著我，眼神充滿困惑。「我不明白她為什麼要這樣，我又沒對她做什麼，除非她是介意我想和她跟莎蒂一起睡在床上的事。或許我不應該這麼小題大作，但睡在地上有種被排擠的感覺。」

她情緒激動，開始把衛生紙撕成碎片，我努力不去看她的指縫，心想可能是沾到土或是指甲油才黑黑的吧。「我們必須告訴校長。」我說這話的同時心裡一沉，因為如果她說的是真的，事情會變得很糟。

「不行，妳答應過我的！這樣會鬧很大，我現在已經沒有餘力面對其他事情了。」她眼眶泛淚。「其實我爸……他病得很重。」

「伊莫珍，我很抱歉。」我說。「他怎麼了？」

「他在臨終照護醫院。」

我盯著她。「臨終照護醫院？」

「對。」她的聲音哽咽。「他只剩下幾週可活，我來這間學校就是為了待在他身邊。」

「可是……」我頓時感到一頭霧水，因為亞當應該要把這種事告訴教職員才對，除非……。「拉奇先生知道嗎？」

「不知道。」她搖搖頭，淚如雨下。「我不想讓任何人知道，因為不想要他們同情我，所以我才離開上一所學校。我討厭大家都知道我爸的事，雖然他們都對我很好，但反而讓我一直很難過。我不希望這裡也變成那樣。」

「我能理解。」我溫柔地說。「但我還是認為拉奇先生應該要知道妳爸爸的事。」

「拜託不要告訴他。或許……等時間近一點再說吧，但現在先不要。」

她用那樣的眼神懇求我，我實在難以拒絕。一想到她要承受這麼大的壓力，我就覺得必須答應她，才不會增加她的負擔。

「好吧，我先不說，但如果妳爸爸在臨終照護醫院，妳住在哪裡？妳媽媽應該不住附近吧？」

她搖搖頭。「我和爺爺奶奶一起住。他們住在醫院附近，所以我每天都能去看我爸。」

「幸好妳還有爺爺奶奶照顧妳，但對他們來說應該也很不容易吧。」

「對啊，而且他們自己身體也不好。」

「有其他人可以幫妳嗎？」

「沒有，爺爺奶奶不想讓我以外的人照顧他們。」

「有什麼我可以幫忙的嗎？」

「沒有，謝謝妳，至少目前沒有，可能之後吧。」

我無法想像她有重病的父親，又要照顧年老的爺爺奶奶有多麼辛苦。但如果她不讓我幫忙，我也只能多留意她的狀況。

「好吧，如果有什麼事，妳保證會告訴我嗎？」我問，她點頭。「那妳之後能告訴我妳爸爸的狀況嗎？」

「好的，謝謝妳，理查森女士，我傾吐心事後覺得舒服多了。」她露出擔心的表情。「但妳不會說出去吧？妳不會跟任何人說露比把我推下樓梯的事吧？」她察覺到我的猶豫。「妳答應過的。」她提醒我。

「好吧。」我說。雖然不想食言，但我恐怕還是不得不打破承諾。不說她父親生病的事應該沒什麼關係，頂多是我自己良心不安而已。但對露比把她推下樓梯的事守口如瓶，這種事我怎麼可能做到？萬一又發生類似事件怎麼辦？

她看向我說：「我跌下樓梯可能『不完全』是露比的錯。」

「什麼意思？」我皺眉說，露比要嘛有推她，要嘛沒有。

「因為我們都喝了不少酒。」

「酒？」就連我都聽得出來自己的嗓音瞬間飆高。但自從盧卡斯十五歲時在朋友家喝醉，回家路上差點被警車撞死之後，我們家就嚴禁未成年飲酒。六年前兩名魁梧的員警抓著他站在門口的那一幕，我至今仍記憶猶新。

「對啊，莎蒂的媽媽給我們蘋果酒，露比可能喝得比其他人多吧。莎蒂的媽媽說我們想喝多少就喝多少。」我已經在腦中為伊莉絲打造了一口棺材，聽她這麼一說，我又敲了一根釘子進去。

「哦，那樣就合理了。」我說，因為找到睡衣派對事件的發生原因而鬆了一口氣。「那顯然是個意外。」

「什麼？」

「妳跌下樓梯的事。如果露比真的喝了很多蘋果酒，她可能走路不穩，跟在妳後面下樓梯時，不小心失去重心就撞到妳了。」

「那她怎麼不解釋清楚？為什麼要跑到廚房，假裝我跌倒時她在那裡？」

有道理。「或許她有點驚慌失措。」我提出這個可能性。

「不可能。」她用力搖頭。「我被推絕對不是意外，妳一定要相信我，理查森女士。」她的聲音變成高八度。「我可能會被害死耶！」

「我敢肯定那種事不會發生。」我安撫她。「但如果妳不讓我告訴別人，我也不知道怎麼幫妳。」她似乎在等我繼續說下去，但要應付她的情緒波動，我也開始疲乏了。我知道她很難受，但我有點跟不上她的步調。她上一秒還在指責露比，下一秒又開始為她找藉口。

我注意到她的手腕上貼了OK繃，而且和她的指甲一樣髒，就握住她的手，希望給她一點愛與關懷就能幫助她。「要不要我去拿一個乾淨的OK繃？」我提議。

「不要！」她猛力抽回手，好像被燙傷一樣。「我不想讓任何人碰！」

「好吧。」我溫柔回應。我本想叫她把指甲清乾淨，但還是作罷。我看了一下手錶就起身，因為蹲太久所以膝蓋僵硬。「距離下一堂課開始還有二十分鐘，妳想繼續待在這裡，還是要到我的工作間坐一下？」我問。

「我想待在這裡。」她抬頭看我說，眼神充滿感激之情。「謝謝妳對我這麼好。妳是唯一願意聽我傾訴的人，我也信任妳不會告訴別人。」

我聽到前半句話時瞬間湧升的快感，馬上就被後半句的「信任」抵銷掉了。雖然她說露比可能是受酒精影響，但我還是必須和亞當談談。

「需要找人聊聊時，就來找我吧。」我告訴她。

「妳覺得……」她欲言又止，似乎不確定該不該繼續說。

「什麼？」

「我知道露比去年對潔絲很壞，如果今年輪到我怎麼辦？如果她開始針對我怎麼辦？」

她語氣中的恐慌無庸置疑是真的。「我好害怕，理查森女士，我真的好害怕。」

♛

我一邊前往亞當的辦公室，一邊陷入沉思。這個時間點應該很適合把斷掉的芭蕾舞者手臂給他看。如果我跟他說這是我上週排演結束在露比的戲服口袋裡找到的，再提起伊莫珍剛剛告訴我的事，他就必須對露比採取行動。可憐的坎朵，我真希望自己不必這麼做。不幸的是，我非做不可。

「我不確定這能證明什麼。」亞當說。他仔細檢查握在拇指和食指間的粉紅色塑膠，好像它是什麼奇怪的昆蟲一樣。今天，他在平常穿的黑色高領毛衣上，披了一條橘色佩斯利花紋絲巾。絲巾通常會反映他的心情：橘色代表心情好，黃色更好，灰色則代表心情差。如果他沒戴絲巾，那天最好不要惹他。他今天戴橘色絲巾卻還是皺著眉頭，可能是因為我提起音樂盒事件吧。「妳說妳在哪裡發現的？」

「在上週排演時露比穿的戲服口袋裡。」我又重複一遍。「她把衣服丟在地上，我撿起來掛到衣架上，撫平衣服時就感覺到口袋有東西。」

「那這東西也有可能一開始在地上，不小心跑到露比戲服的口袋裡。」

看來要說服他沒有我想得那麼簡單。我想告訴他這東西不可能自己從地上跑到露比的口袋裡，但我必須謹慎行事。他不只是校長，還是我的上司。

「是啊，或許吧。」我說，有點疑惑他為何不願意接受我的說法。「不過還有一件事。」

我越來越擅長聽出別人試圖掩飾嘆氣的聲音。「什麼事？」

「我剛剛發現伊莫珍在廁所哭。不知道你有沒有聽說，上週五女孩們到莎蒂家辦睡衣派對時，伊莫珍跌下了樓梯。她當時說是意外，現在卻說是露比推她的。」我稍作停頓，給他一點時間消化新資訊。「她拜託我不要告訴任何人，但我覺得這件事不該保密。」

他再度皺眉說：「伊莫珍有受傷嗎？沒人跟我說她發生意外了。」

「沒有，她沒受傷，只有幾處瘀青。但那不是重點吧？重點是她當時可能會受傷。」

「當然，妳說得沒錯。但如果伊莫珍不想讓任何人知道，包括我，我恐怕也束手無策。或許她打算忍氣吞聲。」他用手把濃密的黑髮往後梳，我就知道他又要引經據典了：「我們的生命，是由善與惡之線所編織而成的網。[3]」

「就算是這樣，把人推下樓梯也有點太惡劣了吧。」他聽到我鋒利的語氣，便看了我一眼，因為我通常不會質疑他說的話或引用的名言，但我不敢相信他處理這件事的態度竟然如此輕率。「你不覺得應該跟警察談談嗎？」

「絕對不行。」亞當用力拍桌，嚇了我一跳。「伊莫珍跌下樓梯這件事，既不是在學校用地，也不是在上課期間發生的。說到底，這跟我和學校一點關係也沒有。」

「但如果這只是開端呢？」我繼續堅持。「萬一越演越烈怎麼辦？先是音樂盒，現在又把人推下樓梯。」

「布蓉妮。」他起身，繞過辦公桌到我身邊，把手放在我的手臂上。「妳真的想要警察來學校嗎？」他一觸碰我，我的臉頰就開始發燙。「妳應該不希望他們發現我們的事吧？」他低聲問。

我馬上搖頭。「交給我吧，布蓉妮。」他繼續說。「我會和所有相關的人談談，之後如果我判斷有必要採取什麼對策，我再告訴妳。」

他捏了一下我的手臂，就走回辦公桌後面，打開抽屜，把塑膠手臂丟進去。他坐下後，把鍵盤拉向自己，代表對話已經結束了。我不喜歡他用這種方式把我打發走，好像我是他的學生一樣，明明我對他有多麼重要，我們倆都心知肚明。我不禁怒火中燒。

「噢，布蓉妮？」他在我轉身離開時叫住我。我轉頭，心想他可能要請我找露比來。「我相信妳對剛剛跟我說的事情會三緘其口，尤其是伊莫珍還請妳不要告訴任何人。」他顯然意有所指。

我必須盡全力克制自己不要甩門。他剛剛難道是在譴責我打破和學生之間的約定嗎？我每次都在卡洛琳面前袒護他，但我現在似乎能理解她的惱怒了。他怎麼能對我剛剛說的事如此漠不關心？到底要怎樣才能讓他意識到事情可能會完全失控？

「沒事吧，理查森女士？」我一抬頭，就看見潔絲靠在牆邊，一副被逗樂的樣子。

3 引自莎士比亞的作品《終成眷屬》。

「沒事，謝謝妳，潔絲，一切都很好。」

「因為妳的頭髮滿亂的。」

我不自覺地舉起手，撫平自己的頭髮，但感覺根本沒亂。我嚴重懷疑潔絲在捉弄我，想讓我感到更加不自在。有其母必有其女，我生氣地想，真希望能一巴掌打掉她臉上輕蔑的笑容。

「妳有什麼事嗎？」我此時的語氣完全沒有平時和藹可親的態度。在蓓兒的朋友當中，我最不喜歡潔絲，可能是因為她太像卡洛琳，特別是毒舌這部分。

她拿起一個資料夾說：「我要把這個給亞當。」她是唯一會對學校教職員直呼校長名字的學生，不過她可能像卡洛琳一樣，只把我視為服裝管理員吧。「只是我不想打擾你們倆。」她又補充道。才短短幾個字，卻是話中有話，頗有弦外之音。

我離開門邊說：「那就進去啊。」

她離開牆邊，問：「他今天戴的是哪條絲巾？」她的問題或許很單純，因為學生要進去找他前，常常會問我他的絲巾是什麼顏色。他們都祈禱是黃色的，特別是要被罵之前。但我一點也不喜歡潔絲暗諷的語氣。

「不知道，我沒注意。」我說，並趕緊離開現場，免得我衝動做出後悔莫及的事情。

♛

午休還剩十五分鐘，我前往中庭，心裡還掛念著伊莫珍。我發現蓓兒、露比和莎蒂坐在石椅上，女兒看到我便一躍而起跑過來，一頭深色長髮隨風飛揚。

「嗨，媽。」她親了我的臉頰，問：「怎麼了？」

「我剛剛看到伊莫珍，她好像有點沮喪。或許妳可以邀請她下課後一起去咖世家喝杯奶昔，讓她打起精神。」

「啊……今天嗎？」

「對。」

她有點愁眉苦臉。「噢，媽，一定要嗎？」

「不，不一定要，不過這是一件善事。我可以五點半去接妳，所以只要一小時就好。」

她稍作思考，便問：「我可以邀請其他人嗎？我不介意她們一起去，因為我跟伊莫珍不太熟。」

「那妳可以趁這個機會跟她變熟啊。亞當也說希望妳們能接納她。」我提醒她。

「我們有在努力，但這並不容易，因為她有點怪，媽。」

如果父親命在旦夕，誰都會變得怪怪的吧，但我不能告訴蓓兒，只好說：「高中最後一年轉學到新學校，也不太容易吧。」

「的確。」

「那是『好』的意思嗎？」

「如果其他人能來的話。我現在就去問她們。」

「謝謝妳，蓓兒。」我心懷感激地說。「妳知道妳是世界上最棒的女兒吧？」

「妳是最棒的媽媽！」她一邊大喊，一邊跑回朋友身邊，我忍不住微笑。每次跟別人說我們家完全沒有親子衝突，大家通常會感到驚訝，但這是因為孩子們從來不會提出父母不允許的要求。而當我們需要孩子做某件事，像剛剛蓓兒那樣，我們的問法會讓他們誤以為自己可以選擇要不要做，但事實上，他們別無選擇。

我繼續站了一會兒，一邊看著在中庭閒晃的學生，一邊想著盧卡斯和喬恩，也就是蓓兒的哥哥們。我知道他們在外面不像天使般乖巧。我相信他們有時會喝醉，而且我洗衣服時也曾在他們的口袋裡找到打火機，所以我知道他們會抽菸。重點是他們尊重父母，所以不會在家裡做這些事。他們甚至不會問能不能在家裡抽菸，因為他們不想讓我們處於不得不拒絕的立場。我只希望他們沒有吸毒，希望在我和卡爾三令五申過後，他們已經清楚毒癮的危險性，並且不會去嘗試。在我們家，溝通是關鍵，我們無話不談，而無論卡洛琳怎麼想，我都不是什麼老古板。卡洛琳曾經問過我，盧卡斯和喬恩週末帶女朋友回家過夜時，我會不會強迫他們睡在不同房間，但我不會。只要雙方都是真心喜歡彼此，我不介意他們在我們家同床共枕。蓓兒成年後，我也會讓她這麼做。

每年的這時節，中庭都照不到什麼陽光。我有點冷，就移動到遠處角落有陽光照射的牆壁，一邊享受學生們的問候：「理查森女士好！」像我這種幕後工作者不容易被看見，所以獲得認可時總是很開心。我對每位學生的了解恐怕比他們想像得多，不是因為我可以獲取他們的個人資訊，而是因為我會觀察排演前後，他們在更衣室所展現出的真實模樣。我也偷聽到不少消息，當然，學生們信任我不是大嘴巴，我也會回應他們的期待，除非是生死攸關的大事。說到生死攸關，我又開始擔心露比的事，心想她到底有沒有把伊莫珍推下樓梯。而且伊莉絲還讓她們喝酒，她到底在想什麼？我很驚訝蓓兒沒有告訴我這件事，她通常對我毫無隱瞞。不過她最近說話變得謹慎小心，例如前陣子，她跟我說她要和莎蒂一起表演二重唱的事。

「莎蒂還好嗎？」我注意到莎蒂黑眼圈很重，就問蓓兒。「她最近看起來很累。」

「她沒事。」蓓兒回答得很快，有點太快了。我等了一下，因為我知道她在猶豫要不要繼續說下去。「她的壓力可能有點大。」她說。

「怎麼說？」我問，但蓓兒似乎不願意透露更多。「她唸書太累了嗎？」

她抓住機會迴避問題：「可能吧。」

我知道她不會再多說什麼了，至少那時候不會，但我沒有繼續追問。如果蓓兒想的話，她會自己告訴我，或者是她想告訴我，但莎蒂要求她保密，就像伊莫珍和我的約定一樣。

或許蓓兒是擔心我以後會不准她去莎蒂家過夜，才沒說她們在睡衣派對有喝酒。不知道她自己有沒有喝，是否屈服於同儕壓力，還是有堅持未成年不能飲酒。等我告訴卡爾，伊莉絲讓我們的女兒喝酒，再看看他怎麼說！

我馬上就知道他會說什麼：「布蓉妮，那只是蘋果酒，又不是龍舌蘭。或許蓓兒有喝一些，或許沒有，不用大驚小怪。如果妳想的話，可以和伊莉絲談談，但這樣就好。」

我馬上感覺好多了，就這麼辦吧。我週一去找伊莉絲和她聊聊，點到為止就好。沒錯，這就是正確解答。

我離開陽光照射的溫暖牆面，準備離開中庭時，就看到伊莫珍從建築物走出來。她四處張望後，便衝向蓓兒三人坐著的長椅，撲上去擁抱她們。莎蒂稍微退開，伊莫珍便放開蓓兒，但還是抱著露比。她剛剛說的話和現在的行為有點兩極化，又或許她是想親近敵人吧。接著，毒舌潔絲來了，五人一起聊天，有時還會鬧來鬧去互撞肩膀。突然，伊莫珍已經不在露比旁邊，而是站在她對面，也就是莎蒂旁邊，但我不知道她是怎麼過去的。我明明一直看著她們，卻沒看到她移動，真詭異。我目不轉睛盯著她，看她會不會又瞬間移動到別人旁邊。但過了一陣子，她和莎蒂耳語了些什麼，兩人便走到稍遠處說悄悄話。她們究竟在說什麼呢？難道伊莫珍正在跟莎蒂說露比把她推下樓梯的事嗎？但既然她才叫我不要告訴別人，應該不可能吧。

下午的上課鐘聲響起，我抱著有點忐忑不安的心情到更衣室，花了數小時的時間整理下次大彩排的服裝。只有卡洛琳希望亞當在聖誕節的期末演出選擇《窈窕淑女》，因為她有信心潔絲能拿到主演。由於只有兩位主角，只有她女兒會發光發熱。大部分的學生只能當劇場黑衣人，但這不一定是壞事。他們必須了解在音樂劇界，成為大明星並非一切，就算他們最終沒有當演員，還是可以成為那個世界的一份子。舉例來說，莎蒂冷靜又有條理，想必能成為出色的導演。我也相信潔絲的確會成為大明星，但那樣反而可惜，因為她與其說是為了自己，不如說是為了母親才做的。露比大概經常會擔任候補演員，偶爾可以站在鎂光燈下，但沒有優秀到能夠一直擔任主角。至於蓓兒，她有成為大明星的潛力，如果她想要的話，我會竭盡全力幫助她完成夢想。

檢查完服裝，整理出需要修補的衣服後，我去儲藏室檢查顏料。這其實不算是我的工作範疇，但舞台監督鮑勃有時會怠忽職守，導致學生在畫背景時，某個顏色突然不夠用，因此拖延了整個進度。幸好我決定稍微看一眼，因為黑色顏料似乎快沒了。我在心裡記下來，打算晚點偷偷告訴舞台劇組的年輕人。直接跟鮑勃說是不行的，雖然我們相處融洽，但我可不想讓他知道我在儲物櫃亂翻。

我不想利用蓓兒的善意太久，就快步走到咖世家，提早了十五分鐘到。女孩們似乎聊得很起勁，沒看到我進來。我不想破壞氣氛，就坐到她們後面的長椅上，從包包裡拿出一本書邊看邊等。我並非有意偷聽她們的談話，要不是伊莫珍講話那麼大聲，我什麼也聽不到。但她顯然很享受成為眾人的焦點，我也很高興自己幫助她振作的計畫成功了。

「我爸最近會帶我去看《漢密爾頓》[4]。」她說。我不禁豎起耳朵，因為她才跟我說她父

4 Hamilton，是一部關於美國開國元勳亞歷山大．漢密爾頓（Alexander Hamilton）的音樂劇。

親重病的事，所以這不可能是真的吧。

「哇，好酷喔。」蓓兒說。「我也很想去，但根本一票難求，妳爸一定很早就買票了吧。你們什麼時候去啊？」

「不確定耶，好像是下個月吧。」伊莫珍含糊其辭。我恍然大悟，她沒有要去看《漢密爾頓》，她父親也沒買票，她只是想假裝自己和其他人一樣過著正常的生活，即使只有一會兒也好。

「我去年有看，實在太、讚、了！」潔絲說。

「我們家上週末去看《媽媽咪呀！》，那也很棒。」蓓兒說。

「但沒有《漢密爾頓》那麼好看。」潔絲跟卡洛琳一樣，在出口傷人前都會停頓一下。

「妳媽真的會留每一場表演的票根和節目手冊嗎？」

「會啊。」蓓兒開朗地回答。

「但你們也不會再翻出來看了吧。」

「可能會啊，等爸媽年紀大了，或是如果他們得阿茲海默症，我會用節目手冊喚醒他們的記憶，因為我不希望他們忘記我們共同經歷的美好時光。」

「好吧，妳贏了。」潔絲說。「因為妳是個超級善良的人。」這似乎是她發自內心說的話。

「妳很幸運。」莎蒂說。「就算我媽得阿茲海默症，我也沒有可以喚醒她記憶的東西，除了資產負債表。」她聽起來很悲傷，我真想給她一個擁抱。

我等露比插話，因為她從剛才到現在都很安靜。但我只聽到喝飲料的聲音，於是就靜靜起身，走去她們坐著的地方，假裝我才剛到。

蓓兒抬頭打招呼：「嗨，媽。」

「妳們好。」我環顧四周，發現露比不在，便問：「露比呢？」

蓓兒和莎蒂似乎有點坐立難安。

「不在這裡。」潔絲拉長聲音說，一副很無聊的樣子。她跟她母親真的像到令人難以置信的地步。

「蓓兒？」

「我們比她早一點離開。」她承認。

「早多久？」

「大概半小時。」

「如果妳們是四點半離開的，她應該五點就出發了，那她為什麼不在這裡？」

「天啊，她該不會還在等我們吧？」潔絲冷笑。我真想賞她一巴掌，特別是伊莫珍也跟著一起笑的時候。

「在哪？」我問。

「中庭的長椅那邊。」莎蒂看著我，臉頰有些泛紅，我又注意到她的黑眼圈。「我們以為她知道要來這裡。」

「好吧，大家都起來。」我的語氣堅定。「跟我來。」

「去哪？」潔絲問。

「去找露比。」

「啥？」

「沒錯。」伊莫珍對我怒目而視，但我刻意不理會，用嚴肅的眼神看著她們四人。「這樣做並不對，妳們不能這樣排擠露比。」

「為什麼不行？她去年也這樣排擠我。」潔絲頂嘴。

「我知道，她那麼做也不對，但冤冤相報何時了。把東西收一收吧。」

「我還沒喝完奶昔耶。」潔絲一臉不悅地說。

我刻意看向她的空杯子，她往後坐並雙手抱胸，一副不打算移動的樣子。

伊莫珍馬上了解狀況，便說：「我要待在這裡。」

「好吧，但潔絲、蓓兒和莎蒂要跟我來。」潔絲張嘴準備抗議，但我直盯著她，看她敢不敢反抗大人的權威。我到櫃台買單時，聽到她和伊莫珍私下抱怨，不禁覺得蓓兒當她們的朋友也滿辛苦的。

「謝謝妳請我們喝飲料。」我回來時，莎蒂向我道謝。

「對啊，謝謝妳。」伊莫珍和潔絲也異口同聲說。她們似乎改變心意，已經起身準備離開。

我快步回學院，蓓兒用跑的才跟得上我的速度，但我不想讓露比乾等更久。我也為坎朵感到難過，如果她知道其他人故意排擠露比，她一定會很難受。我知道露比去年也對潔絲做過同樣的事，伊莫珍也指責露比把她推下樓梯，但我討厭任何形式的霸凌，無論對象是誰都一樣。

「為什麼露比被排除在外啊？」我問蓓兒。這整件事讓我很生氣。

「因為伊莫珍不希望露比一起來。她說如果露比要來咖世家，她就不會來，我們必須在她們兩人之間做出抉擇。潔絲選擇了伊莫珍，妳說我要對伊莫珍好一點，所以我也選她。莎蒂也是，因為她也沒什麼選擇。」她遲疑了一下。「我也覺得露比很可憐，但我們已經不知道該怎麼辦了。我和莎蒂被夾在中間也很難受，雖然不想選邊站，但有時卻必須這麼做。」

我們到了中庭前面，我便放慢腳步讓其他人追上。同時，我也意識到這是問出莎蒂狀況的大好時機。

「我知道這對妳們來說很不容易。」我語帶同情。「莎蒂就是在煩惱這件事嗎？」

「什麼意思？」

「她平常那麼活潑開朗，現在卻有點無精打采。」

「可能只是睡眠不足吧。」蓓兒閃爍其詞。「妳也知道她爸媽採放任式教育。他們都不管她幾點睡覺，所以她可能是通宵追劇吧。」

「這樣不好吧。」我皺眉。我考慮跟伊莉絲談談這件事，本想問蓓兒的意見，卻聽到有人放聲大哭。

「誰在哭啊？」蓓兒一臉驚慌。

「是怎樣？」從後面追上的潔絲說。

我望向中庭，看到一個人孤零零地站在長椅旁，淚如泉湧。「天啊。」我喃喃道。「來吧，妳們幾個。」

我們跑到露比身邊，我摟著她顫抖的肩膀。「這只是個誤會。」我告訴她。

「對啊，我們找不到妳。」蓓兒說。「妳是去廁所之類的嗎？」露比猛搖頭。「我們找不到妳。」蓓兒又重複了一遍。「所以我們就先去咖世家，想說妳會直接過去，一直在等妳出現。」

露比不斷搖頭，所以我試著讓她坐到長椅上，但她強烈反抗，好像我是要逼她坐在紅火蟻堆上一樣。

「妳……妳們看。」她伸出的手指和身體一樣顫抖個不停。

我往她指的方向看。在長椅上，有人用黑色金屬漆揮灑出幾個字：露比．唐納文之墓。

我聽到蓓兒和莎蒂倒抽一口氣，潔絲則差點罵了一聲：「幹！」我轉頭看伊莫珍，她臉上的表情只能說是純粹的惡意。她注意到我的視線，馬上張大眼睛，用一隻手摀著嘴巴，表現出吃驚的模樣給我看，但我卻清楚看到她骯髒的指甲。我心裡一震，看著長椅上的塗鴉，回頭盯著伊莫珍的指甲，又把視線移回長椅上。

我把傷心欲絕的露比交到蓓兒手中，因為我需要思考。其他人圍繞著露比，安慰她說：「沒事的，露露，我們一定會揪出犯人。」難道是伊莫珍……？我打斷自己內心的疑問。不，當然不可能，除非她可以同時出現在兩個地方，因為我前往咖世家時有經過中庭，但我敢肯定那時長椅上還沒有塗鴉。我瞥了伊莫珍一眼，我們四目相接，她那淺色的雙眸卻絲毫沒有動搖。我想起之前在後台，她突然出現在我面前，剛剛又在空蕩蕩的走廊憑空出現，跑進廁所，還有在中庭瞬間移動到莎蒂旁邊……我不禁脊背發涼。雖然哪裡怪我也說不上來，但伊莫珍肯定怪怪的，而怪人總是容易被懷疑，對吧？

替身

第一季第三集

追尋真相之路

克萊爾．麥金托

伊莉絲

天氣寒冷乾燥，暗示著秋天的腳步越來越近了。我從下犬式變換到海豚式，前臂平貼在地板上，屁股翹得高高的。十、十一、十二……我收縮核心，感覺小腿肌肉也跟著繃緊。十四、十五、十六……房子建成後，我們馬上著手美化花園，但社區裡的流浪貓都來這裡隨地大小便，所以我半年後又叫人把植物全都處理掉。二十五、二十六、二十七……現在我們有一排整齊的綠雕塑、方形座椅圍繞的煤氣火坑，還有我做瑜珈的人工草皮。三十，在室內做瑜珈空氣太悶，還是在自然環境中練習好多了。

套索式做到一半時，門鈴響了。我不予理會——六、七、八——這才想起尤利婭現在每週六都會休假，莎蒂也睡死了，我只好解開雙手起身。

「噢……嗨，伊莉絲。」布蓉妮看起來有些慌亂，好像我才是不請自來的訪客。她注意到我的穿著，便說：「不好意思，我打斷妳的健身時間了嗎？」布蓉妮下半身穿著緊身褲，上半身有大口袋的藍色亞麻洋裝毫無剪裁可言，從涼鞋露出來的腳趾也沒塗指甲油。

「沒事，我晚點再繼續。」我帶她到廚房。折疊門敞開著，讓微風得以從花園吹進來。「還是妳也想加入？」布蓉妮的表情太經典了，好像我是叫她去開飛機一樣，我不禁咧嘴一笑。「要不喝杯咖啡就好？」

「咖啡聽起來不錯。」

我們坐在廚房中島，啜飲馬克杯裡的現煮咖啡，那台閃閃發亮的咖啡機是我和尼克從美國進口的。換做是布蓉妮應該會拿出蛋糕，我一邊這麼想，一邊在櫥櫃裡找餅乾。此時，我又稍微感受到剛成為母親時的不安全感。對其他人來說，烤餅乾和捏黏土似乎都是小菜一碟，只有我天生缺少這個基因。當時，我的公司也才剛起步，小團隊全都靠我支撐，所以我就找了個有捏黏土基因的保母，莎蒂出生後幾週，我就回去工作了。我有參加新手媽媽團體一段時間，和其他母親保持信件往來，有時也會一起喝咖啡，但最後我發現除了生小孩之外，我們沒有任何共同點。

我去櫥櫃拿了一塊瑞士蓮99％極醇巧克力。「這比那些精製糖好太多了。」我說，雖然一想到布蓉妮做的維多利亞海綿蛋糕，我的肚子就開始咕嚕咕嚕叫。關上櫥櫃之前，我打開放在最上層的罐子，把一粒藥片倒入手掌心。「這是保健食品。」我解釋。「是葛妮絲．派特洛[1]代言的。」我沒配水就直接乾吞，然後坐下來。

布蓉妮顯然有心事，她張開嘴巴，卻吐不出半個字來，我便率先開口：「所以……今天是什麼風把妳吹來了？」

1　Gwyneth Paltrow，美國女演員，一九九八年曾獲第七十一屆奧斯卡最佳女主角。曾在《鋼鐵人》和《復仇者聯盟》系列電影中飾演小辣椒．波茲。

「我好擔心！」這句話像水庫洩洪一樣爆發出來。

「擔心什麼？」我的腦袋瞬間閃過一百種可能性。布蓉妮生病了嗎？遇到婚姻危機？還是負債累累？我不禁心軟。要不是因為我們的女兒是朋友，我和布蓉妮大概不會有任何交集，但她很和藹可親，幾杯黃湯下肚，晚上來個女生專屬的約會一定也會很開心。天啊，希望不是癌症……

布蓉妮眉頭緊皺，困惑地看著我說：「當然是擔心女孩們啊。」她頓了一下。「難道妳不擔心嗎？」

幸好不是什麼嚴重的事。我鬆了一口氣，但布蓉妮這般大驚小怪也讓人不解。

「妳是指歌舞秀嗎？」我猜道。亞當決定採用短劇形式的歌舞秀作為年度演出的試鏡，我個人認為不僅能有效運用時間，也能給學生適度的壓力。如果這些小孩子真的想往表演藝術發展，他們就必須更上一層樓。

「不是，我當然是在說音樂盒的事！」

「喔……那個啊！」我無法理解布蓉妮為何這麼擔心，因為據我所知，沒有人認為蓓兒是犯人。或許是因為她在學校工作，才會比其他家長涉入得更深吧。我剝下一塊巧克力放入口中，讓它在舌頭上慢慢融化。

「那條扭曲的斷腿……我沒辦法不去想它。」布蓉妮簡直快哭出來了。「還有昨天學校長椅上那可怕的文字。」

「什麼可怕的文字？」

「莎蒂沒告訴妳嗎？」

我回顧過去十二小時：莎蒂去上大提琴課，我則在加班。尤利婭做的某種南美洲料理實在太辣了，我得請她下次少加點辣椒……「我不記得她有提到關於長椅的事。」

「噢。」布蓉妮一臉困惑。「妳不會跟莎蒂聊聊她過得如何嗎？」

「當然會！」我厲聲反駁。「不是所有家庭都老是每個人形影不離，好嗎？」

接下來的沉默令人難受。我應該道歉，但我承認那並不是我的強項，而且就算我要找人教我怎麼養小孩，我也不會找現在還在幫離家念大學的兒子洗衣服的女人。

「我在露比的戲服裡找到了芭蕾舞者人偶斷掉的手臂。」布蓉妮說。我不知道這件事，但我沒有露出驚訝的神情，因為布蓉妮一定認為我應該已經從莎蒂口中問出這件事了……不過事情發展真有趣，而且又多了露比是音樂盒事件犯人的證據，如果還需要證據的話。

「現在伊莫珍又說是露比把她推下樓梯的……」

「露比推了她？」我打斷布蓉妮。「不可能，莎蒂很肯定不是那樣。伊莫珍要不是跌倒，就是自己跳下去的。」我聳肩。「那樣的話我也不意外……那女孩肯定有問題，她讓我感到不安。」

布蓉妮張開嘴巴，似乎想幫伊莫珍說話，但她的臉上閃過一絲遲疑，她便改變主意說：

「她只是個孩子，伊莉絲。」

我想起伊莫珍出現在浴室鏡子裡的倒影，和我相交的眼神比她的實際年齡成熟許多。家裡發生意外的機率遠比其他地方高……她說的話讓我不寒而慄。阿普唑侖會讓人放空、昏昏欲睡……難道這就是伊莫珍跌倒的原因？或許她還有服用其他藥物？我想起幾年前有一則新聞，一名服用ＬＳＤ[2]的男孩以為自己會飛，就從高層公寓陽台一躍而下……

「伊莫珍的父親不久於人世。」布蓉妮說。「她需要支持，而不是批評。」

我想像伊莫珍那雙毫無生氣的藍眼睛。究竟是抑鬱還是吸毒？是悲傷抑或瘋狂？不管如何，我不會再讓她踏入我們家一步。「但是蓓兒沒事吧？」我問。不知道布蓉妮為何對這件事抱持這麼強烈的執念，甚至到走火入魔的地步。

「現在沒事，但萬一輪到她怎麼辦？」布蓉妮提高了音調。我從來沒看過她這麼激動，她平常明明那麼溫順，那麼……無趣。「先是潔絲的音樂盒事件，再來是伊莫珍跌下樓梯，現在又有長椅上的塗鴉……上面寫著『露比．唐納文之墓』。」她說話越來越快，雙手緊緊掐住咖啡杯，我還以為杯子會被掐破。「下一個會是誰？」她響亮又刺耳的聲音在廚房裡迴盪。

我刻意放慢說話速度，希望我的語氣能讓布蓉妮冷靜下來。「我想我們應該先評估事情的嚴重性。」布蓉妮的雙手在顫抖，握著馬克杯的指關節都發白了。我伸手拿杯子，說：「給我吧？」那是德國唯寶的杯子，而且這款設計已經絕版了，我可不想白白失去它。我繼續安撫布蓉妮：「如妳所說，她們只是孩子。」不知道布蓉妮是不是快精神崩潰了。

「沒錯！」布蓉妮用拳頭重擊桌面，幸好沒波及德國唯寶杯子，我鬆了一口氣。「是孩子！她們是脆弱的孩子，需要人保護，而妳根本不在乎！」

我嘆了一口氣。我該如何解釋除了這件事，自己還有一百萬個在乎的事情？例如英國脫歐[3]、唐納．川普[4]（Donald Trump）、我的膽固醇數值，還有莎蒂放棄音樂劇這種東西後要找什麼工作。「我當然在乎。」我說，並試著從布蓉妮的角度看事情。她是靠製作戲服賺零用錢的家庭主婦，她沒有雇用一百個員工、主持董事會會議、談判交易或是幫別人收拾爛攤子。她離開了自己的舒適圈，需要人指點迷津。

「她們需要我們的保護，但我們辜負了她們！」她開始大吼大叫，同時全身顫抖，好像被自己的氣勢嚇到了一樣。真是可憐的女人，看了讓人難過。我伸手想觸碰她的手臂，但她馬上縮回去，手指戳向我的胸膛。「妳辜負了她們！」

我怎樣？我對布蓉妮．理查森的同情一剎那就消失了，一丁點也不剩。我冷冷地看著她說：「不好意思喔，伊莫珍跌倒時，我正在睡覺，我不可能避免……」

「妳給她們喝酒！」布蓉妮吐出這句話，好像「酒」這個字本身就很噁心一樣。

「哈！」我大笑了一聲。「一罐蘋果酒根本不算什麼烈酒。」

2　麥角酸二乙醯胺，是半人工致幻劑和精神興奮劑。
3　英國於二〇二〇年一月三十一日退出歐洲聯盟。
4　美國第四十五任總統，於二〇一七年上任。

「她們還是未成年。」

「不到一年就成年了！」我也開始大吼，畢竟有句俗語說，如果打不過對方，就加入他們。我們怒目相視，布蓉妮氣得面紅耳赤，滿腔怒火好像隨時都要爆發。她開口打算繼續罵，但還來不及說半個字，我們就聽到背後有聲音。我們急忙轉身，看到莎蒂站在廚房門口，一邊揉眼睛一邊打哈欠。

「妳們在吵什麼？」

「哈囉，親愛的，妳好嗎？」布蓉妮突然變回平常那種假惺惺又居高臨下的「媽媽語氣」，讓我大吃一驚。她對莎蒂微笑，剛剛那種咄咄逼人的憤怒語調、發白的指關節和氣到顫抖的臉頰，全都在轉瞬間消失了。這反而讓我感到不安，好像整件事都是我自己想像出來的。

「嗯，還好。」莎蒂看著我們兩個。

「布蓉妮只是來關心妳在學校過得好不好。」我嘆了口氣，把剛剛的話轉化為自己的問題。「那……妳在學校過得好嗎？」

莎蒂聳肩。「還好吧。」

「好極了！」我在匆忙之下，撞到早餐吧台旁的鍍鉻高腳凳，它在光滑的瓷磚地板上搖晃了幾下。「抱歉讓妳白跑一趟，布蓉妮。」我走向大廳，她別無選擇，也只好跟著我。我怒火中燒，幾乎無法克制自己的情緒。布蓉妮．理查森竟敢到我的地盤撒野，把錯都怪在我頭上！無論伊莫珍．柯伍是跌倒還是被推下樓梯，唯一涉及到我的，就是事情發生在我家。

我赫然發現我們正踏過她跌下樓梯後倒臥的位置，不禁回想起當時的情景。我想起自己從欄杆往下看到她那一動也不動的身體，恐懼瞬間攫住心頭的感覺。我拚命祈求她安然無恙，同時害怕最糟糕的情況已經發生。

「伊莉絲，我真的覺得……」布蓉妮試著再度開口，但我毫不遲疑，打開門就把她趕出去。

「她們是青少年，布蓉妮，我們在那個年紀也他媽的有病。」我愉快地說聲再見，就關上大門，把瞪大眼睛的布蓉妮關在外面。

「妳真壞。」莎蒂邊吃吐司，邊從廚房走出來。「妳明明知道她很討厭別人罵髒話。」

「我實在忍不住，看看她的表情。請拿盤子，莎蒂，可憐的尤利婭工作已經夠多了。如果妳需要找我，我會在辦公室。」我走向書房，又回頭。「妳應該不需要找我吧？」

「不需要，我要去逛街……可以借我二十鎊嗎？」

「拿五十鎊吧，連午餐也一併解決。」太好了，這樣週六一整天都能安心工作了。

♛

結果到了中午，我除了整理收件匣外，根本沒完成任何代辦事項。研發長針對我們正在開發的超音波細針寫了一篇報告，我正試圖閱讀報告做筆記，但布蓉妮的來訪搞得我心煩意亂，每一段都要看三遍才能吸收。

妳給她們喝酒！……

萬一她報警怎麼辦？這很像布蓉妮這種人會做的事。我彷彿能看到她小跑步到當地警局，百般無聊的值班警官在筆記本上抄抄寫寫，卻隨著故事發展越來越投入。

「妳說她們喝醉了？有人還被推下樓梯？」

「我不想把事情鬧大。」我想像布蓉妮這麼說。「但她們只是孩子。」

我會因為個人疏忽或是讓未成年人飲酒而受罰嗎？如果露比真的把伊莫珍推下樓梯，我得負連帶責任嗎？

「噢，拜託妳幫幫忙，伊莉絲。」我大聲說出來，不僅是為了趕走內心揮之不去的想像畫面，也是想擺脫這個可笑的焦慮迴圈。該死的布蓉妮，一切都是她的錯。如果她今天早上沒來，我就不會知道這些麻煩事，做好注釋的報告也早就交到研發長的桌上了。超音波針已經存在，但龐德醫技正在開發的成像系統品質遠比市面上的產品高，而且更重要的是，這項設計旨在提供專業訓練的家庭醫師使用。想像一下，你因為擔心乳房腫塊走入住家附近的診所，一小時內就能制定好治療計畫，安心無憂。這樁創舉將會改變世界，早在十年前，我就已經開始想像這件事登上頭條新聞：專家預測到二一二〇年，龐德醫技智能針將拯救百萬人……超音波，超智慧：龐德醫技執行長不只有漂亮臉蛋……伊莉絲．龐德出售龐德醫技價格未公開，消息來源稱「令人震驚」。

我還來不及阻止自己，腦中又冒出了一句標題：醫療研究組織執行長供未成年人飲酒，少女跌下樓梯。

我把手埋入頭髮。*伊莉絲，妳他媽的給我振作一點。*

但沒用，我滿腦子只想著龐德醫技的名聲，「我的」名聲。無論我們的產品有多好，如果我被大眾譴責，又有哪間醫院信託會願意和我們扯上關係？

我吃了β受體阻斷劑[5]後，就打給尼克。我們之所以是好拍檔，其中一個原因就是我們很擅長讓彼此振作起來，另一個原因是我們都是奮發向上的工作狂。現在堪薩斯城是早上六點，所以尼克接起電話時，聲音還有濃濃的睡意。

「沒事吧？」

我告訴他布蓉妮來訪的事，還有塗鴉、霸凌，以及她指控我讓未成年人飲酒，背後隱含的威脅。

「不過是蘋果酒罷了，別擔心。」電話另一頭發出一聲悶響，可能是某人在床上翻身，或是伸手拿一杯水的聲音。我閉上眼睛，把電話拿得遠一些。

你不會「決定」採取開放式婚姻，至少我們並沒有公開討論過。不如說，雖然我和尼克彼此相愛，但我們都太獨立、太自私，雙方都不適合一夫一妻制，所以自然而然就演變成這樣了。當然，我們有立下一些規則：只在出差時找對象，在家就要專一；以一夜情為限，兩

5 Beta-blocker，是治療心律不整、高血壓和防止二次心臟病發作的藥物。

次以上就會變成外遇；不拍照，不交換個人資訊，做完就斷絕關係。

我自己還有一個規定，就是和別人在一起時都會關手機，至於尼克嘛……我聽到有人輕咳了一聲，還有尼克起身時，床嘎吱作響的聲音。他走到飯店房間的另一頭，我從他聲音的回音，可以判斷他移動到浴室裡了。

「所有小孩多少都被霸凌過。拜託，我以前的寄宿學校，真的是鞭打、雞姦，無奇不有，但我們最後也沒學壞。事實上，跟我同學院的兩個男生現在還是國會議員呢。」

「她暗示我是個爛家長。」

「妳的教養方式和她不同，僅此而已。我們從不過度保護莎蒂，所以她比同儕都要成熟……那是別人的問題，不是我們的。拜託，她從幾歲開始，吃晚餐就會配紅酒……十四嗎？」

「十五。」我說，因為我突然覺得十四歲聽起來好小，不禁開始質疑過去的我們到底在想什麼，竟然給她喝酒。我開始懷疑，我們一直以來的教養方式到底是不是正確的。

「如果不讓小孩碰某個東西，他們反而會視其為禁果。」尼克說。「等到他們滿十八歲，就會完全失控。蓓兒在十九歲前很可能就會變成吸毒的婊子了，等著看吧。」

我忍不住大笑，心中的焦慮也稍稍緩解，而這就是他的目的。「謝謝你。」我說。

「沒事，我晚點再打給妳，愛妳喔。」

「我也愛你。」

他掛了電話，我吻了一下手機，不去想尼克回到床上，不去想依偎在他身旁的溫暖軀體，不去想對方到底是誰，對我的老公做了什麼事情。我讓手機落到桌上，便起身關掉筆記型電腦。既然無法專心，繼續試著工作也沒意義。

我在家裡四處遊走，想找事情做。尤利婭把晚餐冰在冰箱裡，也做了一碗法式生菜沙拉給莎蒂當點心，雖然她應該會在麥當勞解決午餐。衣服已經燙整並收好，客廳裡的每個靠墊都圓胖飽滿，隨時供人躺上去，地毯邊緣的每一縷穗子也服服貼貼。用高級亮光紙印刷的雜誌在玻璃咖啡桌上呈扇形散開，裡面清一色是成功指南之類的內容。我本想拿一本在花園閱讀，但總覺得會弄亂這個精心擺放的布置，於是便穿上運動鞋去慢跑。我思考布蓉妮說的話，關於我不和莎蒂聊天，不問她在學校過得如何的事。我回想自己和莎蒂的對話，通常都和成績、角色和試鏡有關，雖然我不想承認，但或許布蓉妮的話也不無道理。我上一次和女兒聊她的朋友，是什麼時候呢？成長的煩惱呢？情緒和感受呢？令人慚愧的是，我必須承認我不知道。

莎蒂很晚才回家，還帶了一個朋友，一回來就鑽進房間，只出來拿零食。我第二次聽到她們時，就以泡咖啡為藉口離開辦公室。雖然我根本不想喝，但我突然有股想和女兒互動的衝動。莎蒂的朋友很嬌小，留著深褐色頭髮，雖然很眼熟，但我叫不出名字。莎蒂站在敞開的冰箱前，她朋友在旁邊尷尬地挪動身子，好像她們做了不該做的事被抓到一樣。

「玩得開心嗎？」

莎蒂含糊地應了一聲。

「很開心，謝謝。」朋友說。她叫阿米娜？還是阿德瑞娜？我敢肯定是「阿」開頭的。

莎蒂關上冰箱，手中抱著滿滿的零食，包括馬莎百貨賣的塑膠盒裝夾心橄欖、一口吃西班牙香腸、帕馬火腿和起司。

「要做西班牙塔帕斯[6]嗎？」我故作歡快地說。我想像蓓兒帶朋友回家時，布蓉妮叫兩人下樓吃宵夜的情景。她會說：「有點心喔！」也許是布蓉妮特製濃湯，或是她花了一整個下午削皮的厚切薯條。自卑的情緒像針一樣再次扎進我的內心，我必須提醒自己，我的下午可是奉獻給了能拯救生命的研究。

「可以嗎？」

「當然，親愛的！妳們要看電影嗎？」我感覺自己好像在讀劇本，扮演著我不曾想要的角色。

「《恐怖旅舍》。」莎蒂的朋友興高采烈地說。「超可怕的。」

「那不是十八禁嗎？」我搜尋記憶中關於這部電影的資訊，腦中浮現出各種虐殺畫面。

「妳們確定看這部合適嗎？」我看了朋友一眼。「或許阿……」可惡，她到底叫什麼名字？

「妳朋友的家長不會贊成。」

莎蒂翻了個白眼，還特別加強語氣：「『阿莉莎』的爸媽完全沒問題。」

我用滿面笑容回應，因為我決不會當個老古板母親，只是她們要離開時，我才發現莎蒂手中有幾罐蘋果酒。

妳給她們喝酒!……

「蘋果酒不行。」我情急之下搶過蘋果酒，但動作太過笨拙，把莎蒂手中一半的食物都撞到地上。

「什麼?但妳從來……」

「未成年不能喝酒。」我尖聲說，和今天早上的布蓉妮一樣。我又在讀劇本了，扮演和自己截然不同的角色——害怕的母親。

醫療研究組織執行長供未成年人飲酒，少女跌下樓梯。

莎蒂盯著我，臉上夾雜著困惑與尷尬的情緒，接著她彎下腰撿起零食。「走吧。」她和阿莉莎說。她們走到樓梯口時，我聽到她說：「抱歉，她通常不會這樣。」

我回到辦公室，告訴自己明天要和她聊聊，或許帶她出去吃午餐。尼克週一才回來，我們可以在那之前來個母女約會。但週六半夜，我發現研發報告內容前後不一致，結果整個週日都在處理這件事。

「妳今天要上什麼?」週一早上，我問莎蒂。我通常不吃早餐，但我特別早起去轉角的麵包店買可頌。莎蒂把可頌浸入加了牛奶的咖啡，我則幾乎沒吃，只是稍微撥弄可頌餅皮。

「上學啊?」她故意採用疑問語氣，好像在說：「廢話!」

6 Tapas，是西班牙作為前菜或下酒菜的各式小吃。

「聲音訓練嗎？還是編舞？」我絞盡腦汁，試圖想起兩年前在入學手冊上看到的科目。當時，莎蒂宣布她要放棄學業，走上音樂劇這條路。

「那妳的普通教育高級程度證書呢？妳不想念大學嗎？」真令人難以置信。我覺得這都要怪《英國達人秀》[7]（*Britain's Got Talent*），害每個小孩都以為自己能成為下一個紅髮艾德[8]（Ed Sheeran）。「妳的數學老師認為妳是念牛津和劍橋的料耶。」

莎蒂心意已決，就算我溫柔指出：「親愛的，妳的演技可能不夠好……」她也絲毫沒有動搖。

「我們在準備展演。」莎蒂正在說。「也就是期末音樂劇的試鏡，亞當還邀請重量級星探，所以大家都緊張得要命。家長也可以參加，妳會來吧？」

「如果時間上允許的話。」這是我一如往常的回答，畢竟「保證」是不可能的吧？我怎麼知道到時不會冒出什麼急事要處理？

「新來的女孩讓露比壓力很大。」莎蒂又咬了一口沾了咖啡的可頌，便繼續說：「之前都只有她和潔絲在爭主演，但伊莫珍來了之後，亞當對她的表現讚不絕口，好像她是麗莎·明內利[9]一樣……露比超討厭這樣。」她看了一眼時鐘，說：「靠，我要遲到了。」

露比超討厭這樣……會討厭到把競爭對手推下樓梯嗎？

「我載妳吧。」我突然說。

莎蒂一臉驚訝。「妳不是要去上班嗎？」

「晚點到也沒關係。」我拿起車鑰匙，假裝沒看到女兒瞠目結舌的模樣。拜託，我又不是「從來」沒載她上學過，有一次她要帶大提琴去學校，剛好地鐵又罷工……等等，還是我當時是叫Uber？總之，我一定有做過這件事。

♛

莎蒂一走進奧拉弗琳戲劇學院的大門，我也下車前往校長室。如果是露比把伊莫珍推下樓梯，那伊莫珍就不是跌倒。如果她沒有跌倒，就沒有人會說是因為她喝醉了，而如果沒人說她喝醉了，他們就不能把矛頭指向我，而如果他們沒有……

「龐德女士，請進。」亞當·拉奇打斷了我的思緒。他走出辦公室，到祕書工作的房間，也就是我等待的地方。我不禁注意到我坐著的椅子已經有些老舊。事實上，這麼想來，整間學院基本上已風光不再。布蓉妮說個沒完沒了的屋頂問題早就該處理了，而學院雖然有十分先進的禮堂和舞蹈工作室，幕後卻是相當破舊的老式後台。「我能為妳效勞嗎？」亞當問。

「我希望你讓露比·唐納文退學。」沒必要拐彎抹角。

---

7 簡稱BGT，是英國獨立電視台製作的選秀節目，旨在發掘英國業餘表演人才，優勝者可以在英國女皇面前表演。

8 英國創作歌手、音樂製作人及演員。他取得了二千六百萬專輯和一億單曲銷量，是世界暢銷音樂藝人之一。

9 Liza Minnelli，美國女演員與歌手，一九七二年以電影《歌廳》獲得奧斯卡最佳女主角獎。

「這做法似乎有點極端。」亞當把手肘撐在椅子扶手上，雙手指尖相觸，細長的手指形成了一個尖塔。他的書桌亂七八糟，喝了一半的咖啡杯藏在堆積如山的劇本後面。辦公室電話上貼了十幾張五顏六色的便利貼，上面寫著諸如「打給老維克劇場[10]」和「提交補助申請」等提醒事項。上面寫著「GRACE2504」的心形便利貼邊緣已經捲曲，話筒上的亮綠色便條則寫著「屋頂有無更便宜報價？」亞當．拉奇顯然沒聽過整理專家近藤麻理惠[11]（Marie Kondo）。

「把另一個女孩推下樓梯也很極端。」我把思緒拉回正題。

亞當閉上眼睛幾秒鐘，似乎想讓自己冷靜下來，好像這不是第一次有人和他談伊莫珍．柯伍的事。「關於在妳家發生的事，我已經和女孩們談過了。」是我想太多，還是他在句子開頭有特別加強語氣？難道布蓉妮向亞當灌輸了我疏於照顧的想法嗎？「伊莫珍也清楚表示她只是絆倒，當時沒有人在她附近。」

「她跟布蓉妮．理查森說露比推了她。」

「『憑著我的靈魂起誓，這是謊言，罪惡的謊言。』」亞當似乎在半自言自語。他微笑，輕輕點頭，好像在謝幕一樣。「《奧賽羅》[12]。」他高舉雙手，好像在祈求神聖的啟示，或是將其施予他人，後者感覺比較符合他的風格。「誰知道青少女的內心在想什麼呢？」

我用手指在空中畫引號。「『和我共處一室的代價就是，你如果滿口胡言，我會毫不留情地批判你。』」

亞當面露遲疑。「《兄弟情仇》[13]？」

「史蒂夫・賈伯斯[14]。聽著，亞當，我們都知道露比・唐納文可以有多賤——老實說，就算她推了伊莫珍，我也不意外。只要讓露比退學，就能根除問題。」

「相信我，我強烈要求伊莫珍告訴我實話，而看她哭成淚人兒——相信我，那次對話並不好受——我相信她說的是實話。沒有人推伊莫珍・柯伍，露比更不可能。」

「露比・唐納文是霸凌者。」我可不會輕易放她一馬。「她去年讓潔絲受了多少苦……」

「一切早在夏天之前就解決了。」亞當打斷我。

「顯然沒有，因為可憐的潔絲又在置物櫃裡找到那令人作嘔的音樂盒。」我承認這說法有點奸詐。「可憐的」潔絲可沒那麼容易被打敗，畢竟有其母必有其女。音樂盒說好聽點就是個玩笑，說難聽點也只是有點可怕。

「沒有證據指出音樂盒是露比放的。」亞當重重坐到椅子上，代表我也必須坐下。「我不知道莎蒂有沒有說，但上週，有人在學校公物塗鴉，寫露比的壞話。」

---

10 The Old Vic，是英國倫敦的非營利劇場，建於一八一八年，位於滑鐵盧車站附近。
11 日本專業整理師及作家，曾出版《怦然心動的人生整理魔法》等書，倡導「只留下心動的東西，其他都丟掉」。
12 *Othello*，英國劇作家莎士比亞的悲劇作品。
13 *Blood Brothers*，威利・羅素（Willy Russell）所著音樂劇，探討先天與後天對人的影響。
14 Steve Jobs，美國發明家、企業家、行銷家，蘋果公司的創始人之一，也是皮克斯動畫的創辦人。

我聳肩說：「那就是有人以其人之道，還治其人之身，或是有人想唬弄我們。無論如何，只要排除露比．唐納文，就能讓這個問題從學校消失。」還有從我的人生消失，我心想。

「萬一塗鴉的人是潔絲呢？」

我惱怒地「嘖」了一聲。音樂盒、塗鴉……都是些瑣碎小事。我只想把責任歸咎於該負責的人，這樣就沒人會汙衊在「一片好意」下，給五位「快成年」的青少年喝「一兩罐低酒精」蘋果酒的無辜家長。「那也讓她退學吧。」我不耐煩地說。為什麼要把事情搞得這麼複雜？

亞當頓了一下，接著身體前傾。「不然我讓所有人退學吧？」

我瞇起眼睛瞪他。「你在開玩笑嗎？」

「並沒有，龐德女士。」亞當沒有移開視線。「我可以向妳保證，這種事我可不會開玩笑。」

結果我十點半才到辦公室，四點離開。

「沒事吧，伊莉絲？」我的私人助理是個聰明的瑞典女孩，晚上讀博士班。她習慣看到我早上八點到，十二小時後離開，所以才開口詢問。她從來不會比我早走，不知道今天她會幾點回家。

「我想說偶爾可以去接女兒放學。」

「噢！我不知道妳有小孩。」

瑪雅已經在龐德醫技工作將近一年了。我的心揪了一下，開車回奧拉弗琳學院時，我不是在想伊莫珍．柯伍或露比．唐納文的事，也不是在想我被指控讓未成年飲酒，可能會讓自己名譽受損的事。我想的是莎蒂、尼克和我自己，還有我們堅持養育獨立又能自由思考的孩子，是否其實沒有想像中那麼好。

「妳在這裡幹嘛？」在學院外，莎蒂從賓士的車窗探頭進來看我，似乎覺得我很可疑。

「我想說來接妳放學。」

「妳還載我上學耶。」她坐進副駕駛座，和一起走出學校的露比、潔絲和蓓兒揮手道別。她突然轉頭看我，瞪大眼睛。「天啊，伊莉絲，妳該不會……妳該不會被炒魷魚了吧？」

「莎蒂，那是我的公司耶，我『就是』龐德醫技。」

她鬆了一口氣，但當我開到路上，她又緊張起來。這次，她顯得更加不確定，似乎也不想聽到答案。「妳和爸要離婚嗎？」

爸。莎蒂只有在很不開心的時候，才會叫我們「媽」和「爸」。

「沒有！」我伸出一隻手，握住她的手，試圖在開車的同時看女兒幾眼。「親愛的，不是啦，沒那回事。我只是……」我一時語塞，不知道該怎麼把心中所想化為語言。「我只是覺得這樣也不錯。」

我們沉默了一陣子。因為塞車的關係，花費的時間反而比平常莎蒂搭地鐵還久。

我試著丟話題：「那……妳今天都跟誰一起啊？」

「和平常一樣啊，就露比、蓓兒和潔絲。」

「妳們有一起吃午餐嗎？」老天，真無聊，這就是其他母親在做的事嗎？她們真的樂在其中嗎？我再度布蓉妮上身：「妳今天感覺如何？」

莎蒂斜眼看我。「妳今天超怪的。」

我放棄母女閒聊，單刀直入：「說到怪，伊莫珍．柯伍最近如何？」我查看後視鏡，接著變換車道，切到一心想超我車的公車前面。哈！認輸了吧。

「她還是滿有病的。她今天又發瘋了，因為有人動了她的東西，害她找不到梳子。露比說她拿去刷馬桶了，很明顯只是在開玩笑，但伊莫珍竟然對她大吼大叫耶，超好笑的。」

我開始頭痛了。「布蓉妮．理查森認為露比把伊莫珍推下樓梯。」

「她才不會那麼做。」莎蒂開始解開腿上打結的耳機線。前方剛好紅燈，我便停車，轉頭看向莎蒂。

「老實告訴我，妳覺得露比．唐納文是個危險的人嗎？」

「她是我的好朋友耶！」

我認為這兩件事並沒有互斥，於是又重複了一遍。這次，莎蒂嘆了口氣，把耳機線纏繞在手指上。

「露比有時會有點走火入魔，而且滿專橫的，但她對我很好。」後面的車等得不耐煩，按了喇叭，因為已經綠燈了。「大部分的時候啦。」莎蒂補充說。

我踩下油門。大部分的時候。好，所以露比．唐納文是個雙面賤人，但這是否代表她很危險？

「她覺得自己比我們其他人還優秀。」

「真是如此嗎？」布蓉妮一定不會這麼問，我心想，不禁苦笑。布蓉妮一定會馬上說：「才沒有呢！」還有：「親愛的，不管別人怎麼說，妳都是全學院最棒的。」上帝保佑她。

莎蒂考慮了一下，便慢慢回答：「她比我厲害，但沒比潔絲優秀。雖然有些人不看好蓓兒，但我覺得她是整個年級最有實力的。」

「但露比還是認為自己是眾所矚目的焦點？」

「她來奧拉弗琳之前，美國最棒的戲劇學院都搶著要她。」她說，一邊小心翼翼解開打結的耳機線。我一頭霧水，坎朵和露比是從加州來的耶！好萊塢就近在咫尺！我對演藝圈沒有太深入的了解，但如果想當演員，住在美國不正是個好的開始嗎？

「如果可以去紐約，為什麼要來倫敦啊？」我問莎蒂。「百老匯比西區劇院大吧？那邊觀眾更多，更能發光發熱吧？」

「她們可能比較喜歡奧拉弗琳學院吧。」莎蒂聳肩說：「人生不是一味追求頂尖，有時人們只想開心過日子。」

人生不是一味追求頂尖？要不是莎蒂在波特蘭醫院出生時我也在場，我一定會懷疑她不是我女兒。我轉頭看她，但她終於解開了耳機線，已經戴上耳機，望著窗外聽音樂。看來母女時光到此為止了。

回到家時，我在車上萌生的疑竇已經成長到不容忽視的地步。露比．唐納文的故事不太對勁。我傳了訊息給坎朵。

我想私下問問妳，最近發生的一連串事件讓我開始懷疑奧拉弗琳究竟是不是好學校。我考慮讓莎蒂轉學，妳有推薦美國哪些學校嗎？

餌已經放下去了，只需等待便可。魚兒馬上就上鉤了。

我整個傍晚都待在辦公室，努力趕上今天的進度。怎麼會有人還有時間兼職兩份工作啊？我和莎蒂在廚房擦肩而過，她吃完尤利婭準備的晚餐，把空盤放回去，我則是去拿我的份，其餘時間我都是獨自一人。手機震動時，我正一邊工作，一邊單手吃藜麥。我看到訊息第一句，不禁微笑——我就知道坎朵會忍不住炫耀……

美國所有頂尖學校都搶著要露比，但我們為了奧拉弗琳而全都拒絕掉了，希望這個決定是對的！美國劇場界競爭很激烈，莎蒂在英國可能比較不會有壓力。

我看了很不是滋味。我承認莎蒂沒什麼演戲的天分，但那不代表我想要別人指出這點。有其母必有其女，對吧？不知道坎朵這種被動攻擊式的犯賤行為，露比遺傳到了幾分，而莎蒂和其他女孩是否真能和她好好相處。

我又讀了一遍訊息，字裡行間全是狗屁，好像突然有一群吃了地瓜的狗出現在我家廚房一樣。妳是個騙子，坎朵．唐納文，我心想。只是我不知道妳在隱瞞什麼……

兩小時後，我還坐在書桌前盯著電腦螢幕。又是一個與試算表共度的夜晚……不過這份試算表上不是列著年終利潤、淨利率或預期買入，這份試算表是美國戲劇學校的列表，內含地址、電話號碼和現任校長的名字。最後一列的最上方寫著一個問題：露比．唐納文有到貴校試鏡嗎？

我很幸運，接了第一通電話的助理做事馬虎，沒考慮到個資保護，又或許他根本不在乎。

「等等喔……」我聽到打字的聲音。「沒有喔，紀錄裡沒有這個名字。」

我在最後一列的第一行打了個「X」，又拿起電話。

「我很抱歉，我們沒有留下試鏡紀錄。」

「我不能公開那種資訊。」

「請問您為何想知道呢？」

我掛了電話。沒用的，以比例來說，我問七間學校，只有一位祕書會願意查詢紀錄中有沒有露比．唐納文的名字，另外六位則會拒絕，或是無法回答他們是否見過她。

「妳到底去哪試鏡了，露比？」我向空氣詢問。我坐直身子，嘖了幾聲。我也太無能了吧，切入角度完全錯誤：重要的不是她去哪些學校試鏡，而是她之前念哪間學校。假設露比的所作所為嚴重到讓她進不了美國的學校，她的母校一定有人知道。

我用指尖敲打桌面，接著打開奧拉弗琳學院的網站。

從事醫療研究並非我的本意，我沒有讀醫學院，也沒有當醫生的打算，因為我愛的是科技。我在電腦還跟冰箱一樣大時，就組裝了人生中第一台電腦；我的第一個email信箱還是一串數字呢。我從小就泡在網路論壇上，尼克也是我在Yahoo!奇摩即時通認識的。人類是不可靠又自相矛盾的動物，條理分明的電腦好相處多了。

我瀏覽奧拉弗琳學院首頁，卻沒看到登入區，也沒有「教職員工登入」按鈕。我熟練地把游標移到網址最後面，打上「/admin」。

使用者名稱：＿＿＿＿＿＿

密碼：＿＿＿＿＿＿

我在使用者名稱欄打上「adamracki@ofa.co.uk」，接著按Tab跳到密碼欄。密碼八九不離十會是生日，我在WhatsApp尋找布蓉妮幾個月前傳的訊息：某位校長即將過知命之年啦——我已經開始募款，以感謝他為學校的付出。我勉為其難捐了十英鎊，也簽了布蓉妮的手作卡片，上面貼滿亞當在演藝生涯全盛期的舊照片。

最後機會！這是訊息的後續。明天就是大日子了！

好極了。我在密碼欄打上「140569」。

可惡。我也試了「14051969」，還是得到同樣的結果。

密碼不正確。

不知道亞當有沒有養寵物？布蓉妮應該知道。正當我開始考慮如何傳訊息給布蓉妮，巧妙套出資訊時，就想起心形便利貼上的文字：GRACE2504。

螢幕上跳出「歡迎回來，亞當．拉奇」的文字訊息，我痛飲一大口酒慶祝勝利。現在的人們還是蠢到會把密碼寫下來，誰還需要駭客啊？我一邊哼著愉快的曲調，一邊找到學生紀錄系統。

結果令人大失所望。除了成績列表（我發現潔絲的成績根本沒有卡洛琳去年誇耀得那麼高，這個情報未來或許會派上用場）和繳費紀錄之外，沒什麼其他資訊。沒有任何報告、留校察看或處罰紀錄，但最令人氣惱的是，沒有學生之前讀哪所學校的資訊。

我點回學生名單瀏覽頁面，希望能得到某種啟發。露比、潔絲、莎蒂、蓓兒……

我停下來，又看了一遍名單。

伊莫珍呢？

我總共看了三遍，但只是徒然。伊莫珍．柯伍不在名單上，她不存在。我想起上次在浴室，她突然出現在我後面，頓時覺得不寒而慄。就像鬼一樣，我不由自主這麼想，一個鬼學生。

「夠了。」我大聲說。我還有工作要忙，一定有其他方法可以知道露比之前讀哪間學校。我壓抑住竄改莎蒂成績的誘惑，關掉學校網站，在鍵盤上活動手指。露比．唐納文，妳到底是什麼人？

Google結果的前幾頁都是奧拉弗琳戲劇學院的相關結果。露比．唐納文飾演普利西亞表現出色……奧拉弗琳戲劇學院學生為記憶之巷養老院的居民演唱聖誕頌歌。我不斷往下拉，一頁頁點進去查看，有些連結已失效，有些一點用處也沒有，我還查到愛爾蘭的、加拿大的，甚至還有去俄羅斯交換的露比．唐納文。我找了一張露比清晰的照片，拖曳到電腦桌面，再上傳到Google，以圖搜圖。我不斷找啊找……

我沒在Facebook搜尋露比。她或許有帳號，但她肯定沒在用，而如果她有用推特，她也只會轉推關於傑瑞米．柯賓[15]（Jeremy Corbyn）的精妙見解，或是當露蒂．漢雪爾[16]（Ruthie Henshall）的迷妹。不，我知道現在的小孩都在那裡混。如果露比有在用社群網站，有在哪裡留下足跡，那一定是Tumblr。

想當年，「部落格」這個詞根本還沒出現，人們只是在一個拙劣的平台上寫日記，後來演變成LiveJournal，會用的人大部分都是一些怪咖科技宅。現在這種高科技社會，全世界都有部落格，連老爺爺老奶奶都在用推特。我現在反而不會在網路上分享生活，但那不代表我不了解大家都在用哪些平台。

我花了半小時就找到她了。

露比．唐納文的留言埋在一串一字評論——屌！XD、哭哭——裡面。她的留言寫著「酷」。唉唷，真是個「語言大師」……

引發這些弱智評論的貼文是一張體育館的照片，其中一側有一排長椅，中間地板鋪著藍色墊子，上面有一群身穿紅白啦啦隊服裝、綁馬尾的女孩。其中八個人滿面笑容，趴在墊子上，另外八個人在她們後面站一圈，看著飛越在空中的第十七個成員，她劈開雙腿，開到看起來好像腳脫臼一樣。這張照片裡滿滿都是彩球和閃亮潔白的牙齒。

酷。

點進露比的名字也沒什麼收穫。她雖然有Tumblr帳號，但從不發文。我回到啦啦隊照片，仔細觀察女孩們的服裝，但既沒有學校標誌也沒有隊名……他們真應該建立品牌，我開始想這種無聊事，也意識到自己在浪費時間，畢竟我只找到一張啦啦隊照片，而且就算是網路上搜尋到的，也無法證明露比和她們有關。

不過等等……

照片中有個穿著消防制服的女人。她坐在長椅上，顯然是來看表演而非值勤。我想像她提早下班來看女兒表演，不知道她的同事有沒有說：「我不知道妳有小孩。」我看著她喜形於色、難掩驕傲的表情，一時無法自拔，但我逼自己振作起來。我放大照片，看到她的徽章寫著「洛杉磯消防隊」。洛杉磯……這肯定是露比的母校。

長椅上方掛著一些企業支持贊助的布條。如果公關機會不錯，或是贊助對象的目標很有意義，龐德醫技有時也會這麼做。我仔細找地區性的名字，不是連鎖店，也不是通用名稱……

找到了。

---

15 曾任英國工黨黨魁與反對黨領袖。

16 英國女演員、歌手和舞者，曾飾演倫敦西區版《悲慘世界》的芳婷。

德雷科特餐廳：在太平洋帕利塞德輕鬆用餐。

我又在Google搜尋「太平洋帕利塞德學校」，再輸入「露比・唐納文帕利塞德高中」，就找到想要的結果了。

原來她在這裡：露比・唐納文，帕利塞德高中，二〇一六年。中大獎了。我拿起電話。我不該倒過來做研究的，如果可以直接從控制項著手，何必執著於一百個可能的結果呢？直接從可靠的消息來源問出答案吧。

「喂，你好，請問學校輔導員在嗎？」我讓原本就優雅又自信的口音更上一層樓，變成介於艾瑪・華森[17]（Emma Watson）和英國女王之間的完美腔調。

「請稍等。」

對方幫我轉接電話，我開頭便說：「這裡是倫敦的奧拉弗琳戲劇學院，我是學生輔導負責人。」不錯嘛，伊莉絲，我心想。或許我才應該上台表演……「我有點擔心其中一名學生的情況，所以想知道妳作為她的前輔導員，是否可以給我一些建議？」

「我很樂意幫忙！」輔導員的聲音讓人感到溫暖又安心。

「她的名字是露比・唐納文。」我聽到她倒吸一口氣。「妳記得她嗎？」

「當然，她……我……」對方說不下去，但我沒有接話，因為這樣就能促使她打破沉默，人都是這樣。「你們那裡會出問題，我也不意外。」她終於說，但她特別壓低聲音，好像害怕被人聽見一樣。

「她是個很棒的演員，但她的行為有點……不穩定。」

輔導員笑出聲來，聲音卻毫無笑意。「也可以這麼說。老實說，我不敢相信你們竟然讓她入學。」

我的心跳開始加速。我的手機突然亮起，是尼克打電話過來，我便伸手掛掉。這可是關鍵時刻。「啊，她在貴校也有一些問題，是嗎？」我試著用自然的語氣詢問，但內心的緊張情緒似乎傳到另一頭。輔導員知道我想套出情報，回答得相當謹慎。

「如果妳寄一封正式的email，我可以和校長談談，再……」

「妳也可以直接告訴我……」

「我得掛了。」

「拜託妳！」

「聽著。」她停頓了一下，我知道她正陷入天人交戰。「我不會為了露比．唐納文讓自己的工作不保，妳想要情報就得透過正式管道。我只是想表達你們讓她入學讓我很吃驚而已。她做了那種事，美國沒有學校敢收她。」

她「喀嚓」一聲掛斷電話。我拿起手機，又讀了坎朵的簡訊一遍：「美國所有頂尖學校都搶著要露比，但我們為了奧拉弗琳而全都拒絕掉了。」

17 英國女演員、模特兒兼社會活動家，曾飾演《哈利波特》系列電影的女主角妙麗．格蘭傑。

坎朵・唐納文是個騙子。

「妳覺得她做了什麼？」尼克在一小時前外帶中國菜回家。我們倆都太忙了，很久沒有共度一晚，所以我們現在在客廳，一邊挑挑揀揀地吃剩下的春捲，一邊看上映時就很想看，但一直沒時間看的電影。

「我不知道有什麼事會糟到讓她變成整個國家的拒絕往來戶。」我正在用手機回覆email，又檢查了一遍撰寫內容才按送出。

「在封閉的產業裡，流言總是傳得特別快。」尼克正在讀一篇報告，抬頭看我說。「在戲劇界，大家可能都彼此認識。或許她偷過東西，她下次來我們家，我們應該請尤利婭盯著她。」

我想像露比的模樣，她的確有點賤，也太過自滿，但她同時很幽默活潑，也是莎蒂的好朋友……要調和同一個女孩的兩個面向實在不容易。電視上，伊森・霍克[18]（Ethan Hawke）正在對戒慎恐懼的會眾佈道，我這才發現自己完全不知道電影在演什麼。

「妳何時去舊金山出差？」尼克問。「我在行事曆上沒看到。」他盯著手機，我也跟著看手機，打開我們家的Google日曆。

「週三。」我有寫，只是他沒仔細看。「我們應該找時間邀魯伯特和裘莉來家裡作客。我們過年時有去他們家吃晚餐，你記得嗎？」我們在各自的手機把日曆往下拉，終於找到明年三月的某個週六，兩人都有空。「我會寄一封email給他們，先把日期記起來吧。」

行事曆搞定之後，我們把電影看完，我也回覆完email，收拾桌面。我上樓睡覺時，尼克承諾他馬上就會上樓，我在他的雙唇留下纏綿的吻，會讓人意猶未盡、渴求後續的那種。但一小時後他還沒上來，我進入夢鄉時，還在想如果連「那種事」都要放入Google日曆，會不會太誇張。

♛

我在舊金山和矽谷各待了兩天，和只有我一半年紀、薪水卻是我兩倍的投資者商談。我拿起手機，準備報到回程的班機時，突然靈光一閃。

不行吧。

不行嗎？

我寄信給瑪雅：「幫我更改班機和租一輛車，我需要多待幾天。」她在幾分鐘內回覆：「沒問題，妳要去哪呢？」

我微笑，打出：「太平洋帕利塞德。」

該來挖一挖露比．唐納文的黑歷史了。

♛

18 美國男演員、導演及編劇，曾演出《愛在黎明破曉時》、《愛在日落巴黎時》、《愛在午夜希臘時》等作品。

坎朵在倫敦租的公寓已經很不錯了，但她在加州的房子完全不是同一個等級。我很少會羨慕別人的家，現在卻感到嫉妒不已。我提醒自己這裡氣溫還有二十度，而倫敦則是陰雨綿綿的十二度；陽光下的東西看起來都比較美好。

房子本身沒有緊鄰馬路，而是要通過電動閘門，再沿著蜿蜒的道路往上開，才會到達頂端的房子。由於高低差的關係，雖然房子本身只有三層樓高，卻顯得更加雄偉。上面兩層樓有陽台，我能看到的花園雖然不大，但顯然很精心維護。

要找到地址並不難。

我跟某間商店的男子說，我在找電視聯播網副總裁葛瑞格・唐納文時，他這麼回應我：「讓我猜猜……妳寫了一部大片。」他身體前傾，好像要告訴我一個祕密一樣：「很多想成名的人都會找他。」

「你知道他的住址嗎？」

「這個嘛，我好像記得，又想不起來耶……」

我把一張對折的二十美元塞進他胸前的口袋，他便咧嘴一笑。

「哎呀……我突然想起來了。」

他寫下地址，愉快地和我道別：「祝妳好運，『史匹柏[19]』！」

我按了電鈴。在閘門後面，一輛賓士敞篷車停在三個並排的車庫前面。不知道坎朵的車是不是在裡面；她平常那麼怕進出圓環，還因此改搭計程車，我有點好奇她在美國開什麼車。

「喂？」

我感到忐忑不安，於是假裝自己是來和客戶談生意，把這當成公務比較容易。「嗨，我是伊莉絲．龐德，是坎朵在倫敦的朋友。」對方沒有立即回應，我不禁屏住呼吸。隨即，電動閘門靜靜開啟，我沿著車道走上去，一邊在有限的時間內，絞盡腦汁擬定計畫。

大門在我抵達前就打開了，一名男子頂著濕漉漉的亂髮倚靠在門邊。他將近五十歲，身材高大，輕鬆的笑容露出一口潔白的牙齒。他赤腳，運動褲捲到腳踝處，深灰色T恤緊貼著結實的胸膛。你好啊，葛瑞格大帥哥……

「希望你不介意我突然來訪。」我主動出擊，和他握手。「我在聖塔莫尼卡和客戶碰面，就突然想到坎朵的故鄉在這附近，然後……」我攤開雙手做出「登愣」的手勢。「我們幾個媽媽是好朋友，我就想說，可憐的葛瑞格一個人在這裡……」我噘起嘴。沒錯，我真的噘嘴了。誰會料到我其實有當演員的天賦呢？

「很高興認識妳！進來吧！」葛瑞格的熱情沒有半點虛假，幾秒鐘後，我已經坐在寬大的藍色天鵝絨U型沙發上。一樓客廳位於房子的另一側，陽台的對開門敞開著，外面的海景一覽無遺。牆壁漆成海水藍，我不得不承認坎朵品味真好，除非這一切都是她的設計師一手

---

19 史蒂芬．史匹柏（Steven Spielberg），美國著名電影導演、編劇和電影製作人，主要導演作品包括《辛德勒的名單》、《侏儸紀公園》、《一級玩家》等。

包辦。書櫃佔滿了一整面牆，我歪頭讀書背上的標題：《活出最好的人生》、《如何和孩子溝通》、《你在床上渴求什麼以及要如何滿足》。真令人嗤之以鼻。

「要喝咖啡嗎？還是更烈一點的？」葛瑞格指著的咖啡桌彷彿一塊從海岸邊鑿下來的岩石，上面擺著酒瓶和半杯葡萄酒。桌子的紋理間殘留著細小的白色粉末，旁邊一張孤零零的信用卡馬上洩露了葛瑞格的小祕密。

貓兒不在，老鼠翻天是嗎，葛瑞格？我已經對他有好感了。「小酌一杯也無妨。」我說。他給我倒了一杯，我們向「孩子們」乾杯，閒聊這裡和倫敦的天氣，還有我們支付的高昂學費，只為了讓小孩能完成在台上表演的夢想。

「這是露比從小的夢想。」葛瑞格說。「她小時候就很愛在我們面前表演。有一次，我甚至還帶她去攝影棚，讓她體驗燈光、攝影機和開拍的感覺——妳知道的，就是全套體驗。」

這樣就能解釋露比那種予取予求的優越感了。

「莎蒂也是，她在學業方面成績優異，但她最期待的是週六的戲劇課，她總是會……兩眼發亮。」想到這裡，我不禁微笑。以前，莎蒂回家時總是興高采烈，急著秀出新舞步，接著飛奔上樓背台詞。

我曾經跟尼克說：「她有能力，但她對戲劇沒有跟數學方面一樣的天賦。」

「但她很開心。」尼克的問題就是他太溫柔了，太過放縱寶貝女兒。

「你一定很想念她們吧。」我和葛瑞格說。

「她們暑假有回來，但坎朵說下半年可能沒時間……她說要忙著準備試鏡，還有……」他把手伸向酒瓶，我不想打斷這個話題，便讓他把我的酒杯斟滿，反正我可以搭計程車回瑪雅幫我在聖塔莫尼卡訂的飯店。「看來感恩節我可以獨享整隻火雞了！」他大笑，但很快就安靜下來，盯著酒杯。

是時候進攻了。「一定很不容易吧，特別是在帕利塞德高中發生那種事之後。」

葛瑞格猛然抬頭，我馬上露出充滿支持與同情的表情，至少我希望是如此。

「妳知道那件事？」

我「嗯」了一聲，這個「嗯」可以解讀成「嗯，妳老婆有告訴我」，也可以解讀成「嗯，我在網路上肉搜妳女兒，還冒充老師從她的母校套情報」。

葛瑞格長嘆了一口氣。「那時真的很糟。」我感覺自己心跳加速。就是現在，他要告訴我真相了。我在沙發上挪動身子，更靠近他一點，一臉同情地望著他。他身上的鬍後水有麝香和木頭的香味，我的脊背發涼，但這次並不是因為緊張。葛瑞格．唐納文是個很有魅力的男人。

「我們之間的關係變得很緊張。」葛瑞格說。「我和坎朵、坎朵和露比、露比和我……沒有人知道要如何面對。坎朵想要嘗試家庭諮商，但是……」他大笑一聲。「這種事要怎麼跟心理師開口呢？」

「是啊。」我安撫他說。講重點，葛瑞格。我幫彼此都倒了更多酒，拼命思考自己該說什麼才能讓他吐露更多資訊。我想到尼克說露比可能曾順手牽羊的猜測。「警方有介入嗎？」這個問題很大膽，但冒險是值得的。

「他們在醫護人員來之前就到了。」他望向大海，但我仍看不到他重溫場景的全貌。醫護人員？露比到底做了什麼？「在小薇父母的堅持下，他們當然有進行調查，但露比最後洗清了嫌疑。」小薇？小薇是誰？應該是另一個女孩吧……是露比的朋友嗎？

「我為你們感到難過，一定很不好受吧。」我再度挪動身子，我和葛瑞格近到幾乎已經大腿貼著大腿。我能感受到他的身體散發的溫度，但他幾乎沒意識到我。

「老實說，和別人聊聊反而有種解脫的感覺。這個可怕的陰影已經籠罩著我們將近兩年了，坎朵崩潰了，我也沒好到哪去。」他看向我。「很可悲吧？」

「大家肯定都會這樣。」我安慰他，並稍微改變話題走向。「小薇的父母一定也很難過吧。」

「他們悲痛欲絕。」葛瑞格說。「他們失去了唯一的女兒。」

失去了。

我差點倒抽一口氣。失去了。我不知道小薇是誰，只知道她「死了」。

「其實女孩們之間的問題持續了好幾年……我們常被叫到校長室處理她們的糾紛。」他稍作停頓。「露比霸凌了小薇，這就是醜陋的真相。當時要承認讓我很心痛，現在還是很不好受。」

我揭露了坎朵的謊言！這是我的勝利！叫我夏洛克．福爾摩斯[20]、神探可倫坡[21]、瑪波小姐[22]！我的偵探能力無遠弗屆！作為慶祝，我把酒一飲而盡，再把一隻手放到葛瑞格的膝蓋上表示同情。我還能說服你洩露什麼情報呢，葛瑞格．唐納文？

「你能說出口真的很勇敢，很多家長都看不見自己孩子的缺點。」

「這差點導致我們的婚姻破裂。」

「太可怕了。」為了讓他感到安心，我的聲音帶了點氣音。但我心裡卻想著坎朵和露比，她們竟然懷著這個天大的祕密，騙了所有人一年多。

「露比是我的女兒，我愛她，但我有時看著她，還是不禁懷疑：或許真的是她做的……當然坎朵絕不認為露比是故意推小薇的……」

「推她？」我打斷他，才想起我既然假裝知道發生了什麼事，就不應該問。但葛瑞格已經幾杯黃湯下肚，又深陷回憶當中，沒注意到我露出馬腳。

「把她推下樓梯。」

「噢！」我難掩驚訝，不禁脫口而出，才趕忙摀住嘴巴。露比．唐納文曾經把一個女孩

20 Sherlock Holmes，名偵探，是英國小說家柯南．道爾（Conan Doyle）筆下的小說人物。
21 Columbo，美國同名推理影集的主角，是洛杉磯重案組的刑警。
22 Miss Marple，英國作家阿嘉莎．克莉絲蒂（Agatha Christie）筆下的一名女偵探。

推下樓梯。

就像她推了伊莫珍．柯伍一樣。

我必須知道一切，而要達到目的只有一個辦法。

我從口袋拿出手機，看了一眼螢幕上的未接來電，接著按住電源按鈕關機。

看來我今晚不會住在聖塔莫尼卡了。

♛

你知道演員是什麼嗎？

是騙子。

想想看嘛：他們窮盡一生都在扮演別人，試圖說服觀眾眼前所見即是真相。他們躲在服裝、假髮、化妝等層層偽裝後面，還改變聲音、彎腰駝背、一瘸一拐、大吼大叫。全都是謊言。

不過大家都會說謊，不是嗎？彌天大謊、無傷大雅的小謊、善意的謊言……那件洋裝真好看；我會準時到的；不是你的錯，是我……我們為了保護自身、保護彼此而互相欺騙，才不會傷感情。我們不假思索，基於微不足道的理由說謊，就算被揭穿也無所謂。

但有時卻並非無所謂。

有時候，任何人都不能知道真相。

替身

第一季第四集

演出

荷莉・布朗

坎朵

露比一整天都關在房間裡，甚至沒有出來吃飯，而再過不到兩小時，作為年度公演試鏡的歌舞秀就要開始了。我請她讓我進去，也請她出來，但她不肯，也不願意聊聊。睡衣派對已經是好幾天前的事了，但伊莫珍躺在樓梯底部的畫面，肯定在她的心中揮之不去吧。

我當然很同情她，如果我當時在場，一定也會很震驚。但露比完全失控了，引來我們倆都不需要的關注，而雖然她自稱沒對其他人說會暴露祕密的話，但她的行為……在她離開後，其他人肯定會放大解讀她的一舉一動。所以我才一直告誡她：就算不想也要待著，不要給別人機會在妳背後說壞話。人們總愛誹謗中傷他人，也不看看自己是什麼德行。

我再度敲門，但這次我沒有說話，因為她心知肚明。如果她不趕快洗澡、化妝，我們就會來不及。要巧妙遮住青春痘需要時間，而自音樂盒事件以來的幾週，她的痘痘簡直不受控。

據我所知，那件事已經沒有人——包括卡洛琳在內——怪罪露比了。如果還有人懷疑她，她就不會受邀參加睡衣派對，其他母親也不會邀我去喝茶。卡洛琳不是會道歉的類型，但至少她現在把矛頭指向伊莫珍，而不是露比，至少我是這麼聽說的。

我不能讓自己太過偏執，也不能讓露比失控，免得衝動行事。事實上，最簡單的解釋通常就是事實。以這次事件為例，伊莫珍會跌下樓梯，是因為伊莉絲給她們喝酒。伊莉絲總是表現得自信滿滿，不在乎旁人的看法，但她想當受青少年喜愛的酷媽媽。她從來沒問過我們其他母親，對她讓女孩們喝酒有什麼想法。卡洛琳不是會道歉的類型，伊莉絲也不是會請求許可的類型。

老實說，雖然伊莉絲可能不想承認，但我覺得我們兩個有很多共同點。我知道表面故作堅強，內心卻深陷不安全感是什麼感覺，因為我得癌症前也是那樣。我懷疑雖然伊莉絲大肆張揚自己的成功、見多識廣、開放式婚姻和自由放任的教養方式，讓大家羨慕不已，她卻一直認為自己不夠好。我一開始有嘗試和她建立連結，但她不是會與人深交的那種人。雖然潔絲和露比有些衝突，但在那之前，卡洛琳和我是真正的朋友，或許未來也能盡釋前嫌，回到原來的關係吧。

顯然我只是暫時回到她們的朋友圈。雖然我們有一起喝茶，但其他人幾乎沒主動傳訊息給我，只有一次伊莉絲請我推薦美國的表演藝術學校給莎蒂。我不想看到莎蒂心碎，只能老實說那裡的競爭很激烈。我省略了一些個人細節，但她連訊息都懶得回覆。連布蓉妮都很少傳訊息，回應也很敷衍。

我這個朋友似乎還在試用期，這讓我有點沮喪，畢竟去年是我努力促成這個媽媽團體的。她們的意思是我得讓露比守規矩，如果她再走錯一步，我也會被踢出去。

問題是露比擁有鋼鐵般的意志。如果她真的不想讓我知道某件事，我再怎麼樣也問不出來，而如果她有意做某件事，我也阻止不了她。所以這幾天我如坐針氈，好像隨時會失去依靠一樣。對我來說，這個媽媽團體比其他團體都還重要，因為她們都有老公和家庭。我在倫敦的生活圈已經夠小了，我不想讓它再變得更小。

我想的不只是自己，還有露比。我猜想她現在和女孩們的關係也是如履薄冰。雖然她在音樂盒事件已經洗清嫌疑，但那不代表她們完全信任她（她在睡衣派對上的過激反應和提前離席大概只會讓事情更糟）。我也不確定自己現在是否信任她。

自音樂盒事件以來，我好像一直在敲一扇緊閉的門，不是她的房門，就是她的心門。我們在加州親密無間，當然她不會吐露所有事，有時連大事也不說，但青少年都這樣，對吧？我們聊天時，我還能發揮一些影響力，或者至少可以發現警訊，知道她何時可能會爆發。

露比拯救過我，現在換我拯救她了，事情就是這麼簡單。我必須避免她自取滅亡。

我們的兩房公寓很小，只有二十八坪左右，以倫敦的標準來說可能不算小，但我們在太平洋帕利塞德的房子是這裡的五倍大。過去這一年，葛瑞格一個人住在那裡。他來倫敦找過我們兩次，但完全沒興趣認識我或露比的朋友。過去的就讓它過去，專注於新的開始吧。

那晚，當我搭計程車去接露比時（我很討厭在倫敦開車，所以沒買車），她淚流滿面，飛奔入我的懷抱，好像變回了一個小女孩。她只說了一句話：「有人知道了。」

在內心深處，我也很害怕，但我不願屈服於恐懼。伊莫珍跌下了樓梯，僅此而已。所有母親都一致認為那女孩很奇怪。

我在客廳的海水藍沙發坐下，努力忍住不要來回踱步。我不能被露比的情緒影響，必須保持正向。

這個家以淡玫瑰色和淡紫色為主色調，目的是讓人心情平靜。在這裡，不用配合葛瑞格，也沒有大型書架，上面放滿釋一行[1]禪師（Thich Nhat Hanh）、心靈導師狄巴克・喬布拉[2]（Deepak Chopra）、我的歐普拉雜誌收藏，還有最新關於自我疼惜、堅定自信和教養小孩的書籍。我讀的上一本書裡寫說，青少年擁有保時捷的加速系統以及一九五二年雪佛蘭的剎車。基本上意思就是，他們能活過青春期本身就是奇蹟了，但我希望那代表露比無法自我控制只是人格發展的必經之路，她遲早會成熟長大的。

我們要遲到了。我只要衝進她房間就好，用愛來取得主導權。

我大步走到她的房門前，用力敲門說：「露比，妳該去洗澡了。」沒有回答，但她一定有聽到。我提高音量重複了一遍。

「不要。」我聽不清楚聲音，所以很難判斷她的情緒。

「妳不想錯過歌舞秀吧。」

「妳錯了。」我發現不是隔著門的問題，而是她的聲音毫無生氣，好像她縮回自己的殼裡一樣。她放棄了。

1 俗名阮春寶，越南人，是現代著名的佛教禪宗僧侶、作家、詩人、學者暨和平主義者，提倡入世佛教。

2 提倡替代醫學的印度裔美國作家。

我深吸一口氣，說：「親愛的，拜託妳開門。我們還有一點時間可以聊聊，或許我能幫忙。」

「妳幫不了忙。」

聽得出來她已經心灰意冷。沒有人會想聽到自己孩子的語氣充滿絕望，但如果是露比，感覺更加危險。我試著轉動門把，但鎖住了。這是新招吧，我心想，不過我之前也沒試圖強行開過門。「讓我進去，好嗎？」

一片沉默。

「讓我進去。」我命令道，但語氣還是充滿愛意。在我小時候，這種方法叫作「嚴厲的愛」，但我的父母也不怎麼需要扮黑臉，因為我急於討好他們。我也會對他們說謊，但那是因為我渴求他們的認同，有時就必須背離真相。

露比不一樣，她會讓我對她失望，因為她在乎的是其他人的看法。但書上寫說那是因為她對我很放心，她知道再怎麼樣，我都還是愛她。小孩總是闖禍反而是一種恩典，代表親子之間有很強的羈絆。

不過教養書籍的說法也會互相矛盾，有時我只能呆站著，不知道下一步該怎麼說、怎麼做。我該堅決要求她馬上去做準備嗎？要求她和我溝通？還是讓她自己做決定，錯過歌舞秀，再面對後果？

我了解露比，她可能無法承受後果。她最討厭被排除在外，她不去歌舞秀就沒機會唱歌，而這也是試鏡的一部分，那她理所當然就無法參與年度演出。

我知道她今晚不去一定會後悔。

「無論妳現在感覺如何，都不值得為此錯過演音樂劇的機會。妳很有機會成為主演。」

沒有回應。

「我只是想說這不是一切的終結，只是人生的小插……」

露比猛然開門，我不禁被她的模樣嚇到。她的雙眼紅腫到幾乎睜不開，好像哭了一整天一樣。我剛剛那番話是為了鼓舞士氣，但顯然激怒了她，因為她大吼：「露比．唐納文之墓！那是小插曲嗎，媽？這他媽的聽起來像小插曲嗎？蓓兒的媽媽可不這麼認為！」她氣喘吁吁，胸口劇烈起伏。

「妳在說什麼？」她已經很久沒對我咆哮咒罵了，自從……而布蓉妮也牽涉其中？

「媽，有人在長椅上寫了那些字。」

「妳是說有人寫了『露比．唐納文之墓』，像墓碑一樣嗎？」

「我就說吧。」她得意洋洋，語氣帶著幾分歇斯底里。「我就說有人知道，他們知道我們的謊言，想要置我於死地。」

「不一定，也可能是其他含義。」但我也想不出任何其他理由。

先是伊莫珍跌下樓梯，現在又來這個。

我還來不及想好適當的回應，露比就甩上門，再度把我拒之門外。我也不怪她，畢竟有一部分（絕大部分？）的確是我的錯。

加州現在剛過凌晨三點，我想葛瑞格可以再找時間補他的美容覺。我先打他的手機，再打家裡電話。那支電話似乎從來不會響，但話機放在我以前睡的那側的床頭櫃上，所以如果響了，一定會吵醒他。

這是我搬來倫敦之後，第一次半夜打給他，但我還是做好會惹他不耐煩的心理準備。他常常認為我對女孩們之間的口角太過小題大作，有時難以自拔。「妳和妳那些媽媽。」他曾經這麼說，語氣跟伊莉絲一樣不屑一顧。但這次他接起電話，反而聽起來很慌亂。「坎朵？怎麼了？發生什麼事了？」

「拿筆電來。」我說。「我們起碼要面對面談。」

「好。」他好溫順，或許我應該更常在半夜打給他。

他那睡眼惺忪、沒半點皺紋（因為打了肉毒桿菌）的帥氣臉龐出現在螢幕上，看起來顯然很緊張。「坎朵。」他說，聲音充滿糖漿般甜膩膩的愛意，我已經忘了上次聽到是什麼時候了。「能見到妳真好。」

「我也是。」我快速結束問候。「你知道我為什麼打給你嗎？」我突然想到，或許他這麼異常焦慮，是因為露比已經告訴他了。現在是他們之間有祕密，而我已經完全無法掌控局面。

「不知道，我毫無頭緒。」他說，但沒什麼說服力。

「你知道長椅的事嗎？」我逼問。

「長椅？」這次我相信他是真的感到困惑，而且他明顯鬆了一口氣。

「有人在長椅上寫了：『露比．唐納文之墓』，顯然是威脅。」

「或是惡作劇。」

他看我不買單，便開始思考，試圖找到最適當的說法來安撫我的情緒。或許在這種情況下，大部分的老公都會這麼做，但他立即採取這個策略，反而讓我感到不安。他難道都不關心女兒嗎？還是他一開始就預設我很不理性？

過去這一年，我獨力撫養女兒，雖然有跟葛瑞格報告近況，但沒要求他做任何事。他和露比每週都會聊天，我們倆則幾乎每天都會傳訊息，平均一週視訊一次，就這樣，以上就是他對家庭的所有付出。

但他會說這是我的決定，他從來不希望我們離開。

葛瑞格並不壞，以洛杉磯的標準來說，還是個上等好男人，只是我的標準改變了。

「她太沮喪了，不想去今晚的歌舞秀。」或許我應該讓她待在家，她就一定很安全。但這樣等於是屈服於塗鴉的人，讓對方得逞，而露比會失去她最在乎的事物。而且在歌舞秀那種人多的場合，也沒人能傷害她。

「跟她說她別無選擇，這是為了她好。」

他難道一點也不了解露比嗎？露比一直都有選擇。「她把門鎖住了。」

「如果有必要，就拿螺絲起子把門拆下來。妳們去倫敦，不就是為了讓她把握所有機會嗎？告訴她，如果她不做該做的事，那她也不需要待在那裡。」

「你的意思是，威脅要帶她回洛杉磯？」教養書上寫說，如果懲罰讓你難以忍受，最後無法執行，就不應該以此威脅小孩。我不想回去，我做不到。

「或許倫敦行不通，而且還有我和妳遠距離……」我們從來沒有直接談過遠距離對彼此關係的影響。他看到我的反應便退了一步，回到比較安全的話題：「青少年的問題這麼多，妳和妳的朋友也深陷其中。我覺得再討論下去也無濟於事，不然可能會小題大作、弄假成真。」

我突然想起露比說的話，感覺自己好像被打了一巴掌一樣：蓓兒的媽媽不認為這只是小插曲。布蓉妮當時在場，但她從來沒有告訴我發生了什麼事。她可能以為露比有說，但真正的朋友應該會主動詢問露比和我的狀況吧。我不禁怒火中燒。我以為在四個母親當中，我們倆感情最好，我以為她是個好人，但或許這個團體根本就沒有好人。

「抱歉。」葛瑞格說。「我看得出來妳覺得我逾越了本分，所以我平常才沒多說什麼。」這出乎我的意料，我以為是因為和他的電影相比，我們人生的戲碼對他來說太無趣了。「但我人不在那裡，又能做什麼呢？」

他有時會像這樣做出被動攻擊行為。他認為我把露比匆匆帶到倫敦對她沒有好處，偶爾也會針對這點攻擊，就是那種捅別人一刀還要稍微扭一下刀子的心態。

如果我如實吐露自己害怕的情緒，葛瑞格可能會提醒我，青少女這麼戲劇化很正常，只要看看社群媒體就知道，大部分的威脅都只是空談。如果他像一個愛我、支持我的老公一樣說出這些話，可能就有效果，我就會有被支撐、扶持的感覺。好的婚姻就像支撐建築物的鷹架，至少書上是這麼寫的。

我們的婚姻美滿過嗎？這很難說。雖然不想承認，不過當我得癌症時，我最在乎、哭得最傷心的事是掉髮，也就是「失去美貌」這件事。我需要葛瑞格告訴我，我的美麗與獨特和頭髮一點關係也沒有，但他只是拍拍我的背說：「好啦，好啦。」

在那之後，我逐漸開始用鐵石心腸看待他。每次看醫生他都有陪同，醫生和護士在場時，他也對我呵護備至。他問了所有該問的問題，也牽了我的手，但醫生離開時就馬上放手。他會以打工作電話為藉口離開，如果他待在診間，就會滑手機。他只是在維持形象，這點我很清楚，因為我從小到大也都是這麼做的，所以我們當初才會互相吸引。現在可以用六個字總結我們的關係：我變了，他沒有。或是七個字：無法和解的歧異。

我知道他在某種程度上還是愛我的，至少他不希望我死。但同時，我也知道要找到更年輕的美女（或許是女模）取代我，對他來說並非難事。

我原本是房地產仲介，請假養病的期間迷上了勵志書籍。我發現了這個充滿個人反思與對自己負責的領域，便一頭栽進這個新世界。我以前完全不知道它的存在，也從未了解過自己。

病情緩解後，我意識到我並不想變回過去的自己。以前的我很擅長利用別人的不安全感，激發他們購買高價位房屋的慾望，讓對方買下平常想都不敢想的房子。但我不想再這麼做了，於是便辭掉了工作。但接下來該怎麼辦？

我知道必須做出對的選擇，因為我還是難免會在意別人的看法。舊習真的難改，就算是癌症，也只能讓它們陷入沉睡，遲早會醒來的。

所以沒有任何一個母親知道我對葛瑞格有所不滿。我想讓她們相信我有很棒的老公，願意讓我們在倫敦租房子，讓露比去讀著名的表演藝術學院。我讓她們以為這一切都是為了露比，當然這是主要原因，但這對我來說也是逃避過去、重塑自我的機會。

我們在太平洋帕利塞德的房子裝修豪華且乾淨整潔，隨時都很上相。我以前還會在咖啡桌上擺出建築和設計雜誌，等待客人上門。在倫敦的公寓，我們故意改變生活方式。我逼自己把外套丟在椅背上，不馬上把碗盤放到洗碗機，讓髒衣服堆積多一點才洗。這是一種訓練，因為我想讓露比知道，我們可以為自己而活，不用總是在意周遭人的眼光。露比想在舞台上發光發熱，但公寓不是舞台。不過老實說，偶爾有其他母親來拜訪時，我還是會把家裡徹底打掃一遍，還要忍住不擺出雜誌。

對於女孩們之間發生的事情，我盡量不要小題大作，但露比特別纖細敏感，人們又總是誤會她。她只是想被喜歡、被重視，大家卻把那種渴望視為很糟糕的事，好像她是惡棍一樣。但她只是人類，只是個普通女孩，是我的寶貝女兒。

這時，我的恐懼被憤怒給淹沒了。「那些人他媽的又來了！」我說。「她們聯合起來欺負她！」

「妳覺得是整個團體嗎？」

「不知道！但無論是誰，我都不會放過她們。」

癌症教會我重視內心的戰士，她是在發生小薇那些事時出現的。葛瑞格一直都有點怕她，現在他的不安也全寫在臉上，他正在想辦法平息我的怒氣。

「你想叫我別擔心？說一切都會沒事的？」我奚落他、挑釁他。

他別開視線。他從來不喜歡爭吵，我基本上也是，但有時這是必要的。

「我的確覺得一切都會沒事的。」他輕聲說。「但或許妳們只需要回家，全家團聚，問題就會解決。」

在露比即將成為主演時，讓她轉學？這樣或許就正中她——或她們——的下懷了。「你不知道我們需要什麼。」

他嘆了一口氣。「或許吧。」

平常不管我們心裡怎麼想，最後都會說：「我愛你。」但這次我們都沒說。我結束通話。我的眼角餘光瞥見動靜，原來是露比站在房間門口。這公寓不大，她聽見了什麼？

她走過來從背後擁抱我，身上還穿著髒衣服和短褲。「我現在去洗澡，就不會遲到了。」

我很高興她改變了心意，但有點擔心她聽到我和她父親的對話，特別是最後關於回家那段。他不是第一次提起，所幸她之前都不在場。

難道她真正想要的，或是如葛瑞格所說，她真正需要的，就是回家？難道最近女孩們發生的事，有一部分真的是她的所作所為？是她發出的求救訊號，或是她想透過一些行為促使我們回家？這樣比較符合露比的性格。

我硬擠出笑容說：「今晚會很棒的。」

她露出擔心的神情。「妳相信我，對吧？」

「相信妳什麼？」

「有人知道，有人在針對我們。」

我們？「妳覺得我們該怎麼做？」我讓聲音保持平穩。求求妳，別說要回洛杉磯。求求妳，我不能回到犯罪現場。

她聳肩，意思就是我是家長，應該要知道該怎麼做。

所以她並沒有想逼我帶她回葛瑞格身邊，至少不是有意的，但露比的潛意識很強大。在輾轉難眠的夜晚，我有時會想，如果我不是她的盟友，可能就會成為她的目標。

她愈發焦慮，像個小孩子一樣，不安赤裸裸地寫在臉上。「無論發生什麼事，妳都會一直陪著我吧？」她確認道。

意思就是，無論她做了什麼可怕的事嗎？但我必須告訴她實話：「無論發生什麼事，我永遠都在。」

♛

我在奧拉弗琳學院大廳看到的第一個人是伊莉絲。正確來說，她不是第一個，附近還有其他家長，但她那一頭紅髮，還有自以為是老大的氣勢，總是讓她特別顯眼。不過她女兒是最缺乏才能的，我還可以稍微幸災樂禍一下。我每次都一臉無辜，故意戳她的痛處，有時會達到預期的效果。她被激怒時就無法保持完美的形象，變得幾乎像普通人一樣。

我沒看到其他母親。伊莉絲正在和舞蹈老師聊天，但她一看見我就直直朝我走來，好像她一直在等我一樣，這相當不尋常。

「妳要去禮堂嗎？」她問。這是個蠢問題，因為歌舞秀十五分鐘後就會在禮堂開演。要讓露比下計程車，到她該去的後台並非易事。「一起去吧。」

「好啊。」我說。她挽著我的手臂，我忍住不對她投以奇怪的視線。「妳最近好嗎，伊莉絲？」

「和往常一樣，時差還沒調回來，超累的。」她揮了揮另一隻手。「但我想謝謝妳。」

「謝我什麼？」

「謝謝妳不介意我去找妳老公，我很高興能去洛杉磯找他。一個人出差有時會很孤單，所以我很享受和新朋友喝一杯的時光。」

我們快走到禮堂了，我卻因為她的話大受打擊：她去找葛瑞格，和「新朋友」喝一杯，還迫不及待想告訴我。

「他也很高興認識你。」我說。

伊莉絲看了我一眼，好像她不相信……不相信我知道？還是不相信他也很高興認識她？但看她沾沾自喜的樣子，就像貓吃了金絲雀，我的金絲雀。

伊莉絲很愛炫耀自己的開放式婚姻，證明她和我們這些因循守舊的人不同。不用說，葛瑞格和我並沒有這樣的安排。我想到他剛剛打電話時奇怪的反應，打招呼時太過緊張，還刻意表現出愛意。他以為我叫醒他是要質問他關於伊莉絲的事。

他誰不選，偏要選跟我亦敵亦友的女人共度春宵？肯定不是他主動去找的，是她為了羞辱我才選了他。她現在就是想讓我難堪，我不能讓她得逞。

但現在該擔心的不是葛瑞格的性生活。伊莉絲說他們有喝酒，而葛瑞格酒量很差，一喝酒就口無遮攔。

先是伊莫珍跌倒，再來是「露比．唐納文之墓」，最後是伊莉絲和葛瑞格。葛瑞格說了什麼？伊莉絲又和其他母親說了什麼？

因為我和伊莉絲已經進了禮堂，到其他母親坐的那一排，明明空位不少卻沒人幫我占位子。卡洛琳和她的老公坐在一起，伊莉絲的老公用外套幫她占位子。布蓉妮在後台工作，所以她老公幫她占了位子，蓓兒的兄弟們也都到場了。

「抱歉喔。」卡洛琳的語氣毫無歉意。「沒位子了。」

「對啊。」伊莉絲說。「我們都要跟家人坐。」意思就是，她們都有家人，我則是孤身一人，在伊莉絲擅自去找我老公之後更是如此。

「反正我喜歡坐第一排。」我說。看她們互使眼色，就知道她們不相信我，但我只想逃離這裡。「晚點見。」

我逃到第一排，思緒在腦中翻騰。有人知道，露比說。有人在針對我們。

感覺的確是這樣，他們不只是針對露比而已。我不是附帶的，也不是不相干的。伊莉絲剛才在等我，還針對我和我的婚姻，以及露比和我的祕密。

伊莉絲會這麼做，我不該感到驚訝。我從來不相信我們是朋友，只是維持友好關係。不對，只是以禮相待而已。不對，甚至稱不上以禮相待，因為伊莉絲可不受社會禮節所束縛。這一切都是我的錯，而露比也會跟我一起受苦。我根本不該挖苦伊莉絲，說莎蒂沒才能，或是當伊莉絲說她的公司登上《泰晤士報》或《衛報》的版面時，裝傻說：「我沒看到耶，現在還有人在看報紙嗎？」當時，我只是想打擊她的自尊心，但萬萬沒想到……

我太笨了，這種事只有布蓉妮那種真正單純的人才能做到，但我不行。我戳伊莉絲的痛處，等於是在戳一頭熊的眼睛。

有人知道，但他們到底知道什麼？就算伊莉絲認為枕邊細語最容易從男人口中套出情報——我必須先推開這兩人同床共枕的畫面——葛瑞格也無法告訴她什麼，因為他不知道小薇真正發生了什麼事。

雖然布幕還沒升起，但我能聽到後台喧鬧不已，大家在試音和做發聲練習。潔絲頑皮地拉開一側的布幕偷看觀眾，我能看到她、蓓兒和莎蒂在嘻嘻笑。露比沒和她們在一起，但伊莫珍似乎也沒有。

潔絲的聲音和露比的一樣清澈響亮，再怎麼吵雜也聽得到。我能聽到潔絲在討論知名星探和西區劇院製作人，希望他們也坐在觀眾席，接著又聽到三個女孩興奮的笑聲。

我不知道露比是在孤立自己，還是她們在排擠她。難道母親們有互通電話，消息傳到女孩們那裡，而其中一個人，或是所有人寫了「露比．唐納文之墓」？

不管其他母親知道了什麼，她們也不會輕易讓我知道。我轉頭試著跟她們對上眼，但完全沒有人理我。母親們忙著和老公們有說有笑，我不禁懷疑她們和後台的女兒一樣，故意上演過去的美好時光，讓我和露比深切感受到自己失去了什麼。

她們幹出這種事，我可不會饒了她們，母親和女兒都一樣。

我一肚子火，沉浸在憤怒的情緒幾分鐘後，便沿著四個台階走上舞台，再繞到潔絲她們幾分鐘前躲的布幕後面。我掃視四周，後台和平常一樣：女孩們在長梳妝台前敷粉，或是搶著用布蓉妮服裝部附近的全身鏡（布蓉妮在哪？）。她們正在換裝，有些比較不害臊，有些則會遮遮掩掩，但大家都精力充沛，後台充滿興奮和焦慮的情緒。然而我沒看到露比，也沒看到我要找的人。

我注意到潔絲和莎蒂半躲在梳妝台後面交談，兩人都有點激動。潔絲繼承了母親的正氣和豪語，講話大聲不令人意外，但莎蒂的音量竟然也和她不相上下。幸好我現在都穿平底鞋，而不是高跟鞋，就能更靠近一點。不能太近，畢竟我不想被貼上變態的標籤，但我能聽到隻字片語：潔絲叫莎蒂「全盤托出」。

莎蒂處事圓滑，據我所知，她從未對露比惡言相向，至少在她面前沒有。

但我不能久留，因為後台不是我該來的地方，已經有幾個女孩在盯著我看了。我離開梳妝台，問一個女孩有沒有看到校長。她搖搖頭，顯然有些惱怒。「他剛剛有來。」她回答。「而且他最好趕快回來，不然耽誤到表演都是他害的。」

好像校長是她的僕人一樣，這些小孩真的很自以為是。難道我不在的時候，露比也是這樣說話的嗎？

我還在想接下來該去哪時，就看到了伊莫珍。她獨自一人在舞蹈把桿旁，用一種慵懶、性感的方式伸展腿筋。她低垂著眼簾對我微笑，好像在調情或是吸了毒，或兩者皆是。

我也以微笑回應，但卻感到不安。某種直覺驅使我走到昏暗的後台深處，那裡有繩索、滑輪和只塗了一半的布景。我在那裡找到了拉奇先生。

還有布蓉妮。

她背貼著牆壁，他則是背對著我。他在她耳邊私語，從她痛苦的表情看來，我就知道不是什麼甜言蜜語。雖然他們沒有互相碰觸，這瞬間卻感覺很親密。我撞見他們，覺得有點尷尬，但既然他們還沒看到我，我可以假裝沒看到，趕快離開現場。但我突然想到，讓他們知道被我發現可能是明智之舉。有了這個把柄，在待會和校長的對談，或是未來和布蓉妮以及其他母親的對話中，我就掌握優勢。

「拉奇先生，我得和你談談。」我說。

兩人都嚇了一跳，不過拉奇先生倏地轉身，很快便恢復冷靜，對我投以親切的微笑，毫無破綻。但布蓉妮處在對自己不利的立場時，沒有那麼熟練的應對方式。她匆匆離去，還避開我的視線，或許是因為自己良心不安，或是她覺得我有罪。不管媽媽團體傳了什麼謠言，一定也有傳到她耳中。

所有人都給我去死吧。

「我能為妳效勞嗎，親愛的？」拉奇先生的態度一如往常，讓我懷疑剛剛那一幕是不是真的。或許他和布蓉妮只是想私下討論服裝或其他學校事務。

「或許我們該到別的地方談，不要躲在暗處。」我話中有話，但他只是點頭回應。

不會吧？校長和布蓉妮搞外遇？

太不可思議了，但如果是真的，就代表布蓉妮不是我想的那種人。所有人都表裡不一。

「請跟我來。」拉奇先生說。「還有請注意腳下。」他帶我穿越迷宮般的昏暗空間，跨過地上的電線，抵達明亮的走廊。或許我早就該料到了，奧拉弗琳學院是一棟非常古老的建築物，可能有鮮為人知的通道，有誰進出都不知道。考慮到露比和我的危險處境，這件事不怎麼令人欣慰。

拉奇先生的辦公室在建築物的最前面，他便帶我到空無一人的排練空間。樂團應該才剛離開，因為譜架都還擺著，有些連樂譜都還沒收。

「我本想致電給妳。」他語帶抱歉。「但我忙著準備歌舞秀，時間轉眼間就過去了。正如哈姆雷特[3]所說，就靠這一齣戲。」

我現在能懂為什麼卡洛琳這麼受不了他引經據典。這不是一齣戲，是我女兒的人生。

「如果你當初有打電話，你打算說什麼？」我問。

「睡衣派對不是在學校用地，所以其實不是我要負責的，但由於最近發生了一連串怪事，也有好幾個人來找我談。所以我想問，露比有說睡衣派對那晚發生了什麼事嗎？」

「伊莫珍跌倒了。」

「我不想說不該說的話。」他顯然不太自在，很想逃避這個話題。是因為我剛剛撞見他和布蓉妮在一起嗎？或是他們可能在談我和露比的事，布蓉妮和他分享伊莉絲篩選過的八卦？

「伊莫珍跌倒了。」我重複了一遍，但聲音微微顫抖。

「我很擔心露比，女孩們之間關係緊張，幸好沒有去年那麼糟，但還是該多加注意。『這

3 *Hamlet*，莎士比亞的四大悲劇之一。劇中講述丹麥王子哈姆雷特的叔叔謀害國王，娶了王后並篡奪王位，而哈姆雷特展開復仇的步驟之一，就是搬演一齣劇中劇。

間房子不容許謊言和騙子，把門鎖上。』」我盯著他，一頭霧水。他在說什麼謊言，什麼騙子？「引自《朱門巧婦》[4]。」

「我這裡也有一句：『露比．唐納文之墓。』」那張長椅位於學校用地，他沒有打電話跟我說這件事，現在卻在講發生在校外的睡衣派對，又扯出一堆戲劇典故轉移我的注意力。我知道了，他在做的就是損害控制。英國人沒有美國人那麼愛打官司，但怠忽職守的校長還是會陷入一大堆麻煩。

我可不會讓他推卸責任。他必須保護我的女兒，我這次來就是為了告訴他這點。他到現在都在迴避問題，但我可不會輕易放過他。

「我們把長椅清乾淨了。」他說。「目前正在調查是誰做的。與此同時，或許我們可以再安排一場『手牽手、心連心，大家都是好朋友』的活動。」

真不敢相信我竟然能同理卡洛琳的心情，實在太惱人了，這可是很嚴重的問題。「在長椅上寫那些字的人，或許就是放音樂盒的犯人，他們或許想對學校進行恐怖統治。」

「我以為我已經夠戲劇化了！親愛的，我向妳保證，我在處理這件事，只是現在不能馬上處理，因為已經拖到歌舞秀的時間了。」

讓歌舞秀什麼的見鬼去吧，他哪都別想去。「你說你本來想打給我，我想知道你想說什麼，還有你要如何保護露比。」

「保護學院裡所有女孩是我的職責。」他遲疑了一下。「有人說伊莫珍不是跌下樓梯，而是被推下去的。」

「被推下去？」我一時瞠目結舌，開始往不妙的方向思考，試圖拼湊出事情的全貌。在睡衣派對前，露比被女孩們重新接納，但她現在又被踢出來了；伊莉絲拜訪了葛瑞格；「露比·唐納文之墓」。「他們說是露比做的嗎？」

他不想回答。

那麼答案就是肯定的，的確有人這麼說。但如果他們知道小薇的事，也可能是其他人推了伊莫珍，藉此陷害露比吧？

他的眼神飄向門口，說：「讓妳心煩意亂，我真的很抱歉，我只是覺得或許妳更了解最近發生的事情，我也想確認露比沒事。」

確認她沒事，意思就是確認她沒發瘋，沒有把音樂盒放在置物櫃恐嚇他人，或是把其他女孩推下樓梯，沒有重蹈覆轍或是出新招欺負別人。

我突然明白了：伊莉絲是在睡衣派對後才去美國的，而那天晚上在伊莉絲家，只有露比知道小薇的事。

轉眼間，我心中那護女心切的戰士便消失無蹤。我回想起在睡衣派對當晚，露比焦慮到必須早走，她在計程車裡對我耳語道：「有人知道了。」我以為她說的是過去發生的事，但

---

4 *Cat on a Hot Tin Roof*，美國作家田納西·威廉斯（Tennessee Williams）的劇作，於一九五五年獲得普立茲獎。

她也可能在說她剛剛做的事。她害怕有人目睹她把伊莫珍推下樓梯。

我從沒直接問過她，是不是她做的，因為我認為不需要這麼做。我們應該已經達成共識，雙方都同意不再重蹈覆轍。這對我們來說是新的開始，也是彼此的羈絆。

「我真的得走了。」拉奇先生說，卻在門口停下腳步，一定是因為我看起來太難受了。雖然他剛剛使我相當不快，但我知道他是個好男人，而好男人不喜歡把女人弄到快哭出來，再丟下她不管。

但他卻告訴我露比不是個乖女孩，而他根本不了解我是什麼樣的女人。

「戲還得照演，對吧？」我斷然地說。

我感覺到他在思考是否該繼續說下去。最後，他的良心勝出了。「我在學院遇過各式各樣的青少女，而露比的狀況比較複雜。」他語帶同情，似乎想讓我知道，我不需要把露比的行為怪罪到自己身上。「最複雜的人反而擁有最簡單的欲望，一心追求某件事物。」

「追求第一。」

「追求『愛』。為了被愛，她會不擇手段。」他現在聽起來很悲傷，好像已經知道她的命運一樣。他從過去就讀於此學院的女孩身上，預見了她的結局。他用同樣柔和的聲音說：「『破滅的希望，以及善意。好、更好、最好，直到跌落谷底。』引自《誰怕吳爾芙》[5]。」他就是忍不住要對我說教，是吧？「露比迷失了，但舞台實在不適合尋找自我，因為你一直在扮演其他人。」

有人敲了門，一個女孩的聲音說：「校長，我們需要你！」

「我很抱歉。」他說。我不知道他是指把我丟在這裡的事，還是他對露比的狀況，以及之後可能的發展深表遺憾。

我幾乎是跌坐在椅子上。他的意思是露比沒有被愛的感覺嗎？如果那是真的，那我就沒能履行為人母親最重要的職責。拉奇先生沒有肯定露比是犯人，但我感覺他是這麼想的，他相信像露比這種有狀況的女孩可能會做出這種事。

但我不懂他為何含糊其詞。伊莫珍是說她自己跌倒了，還是她被人推下去了？難道她太害怕露比接下來會做出什麼事，所以才不敢說她是被推的嗎？還是有另一個女孩自稱是目擊者，但不願表明身分？

露比才不是什麼惡棍，她不會到處去恐嚇、威逼他人，那根本不是她的作風。

但她會衝動行事。我不知道在睡衣派對，伊莫珍對露比說了什麼，或許露比一被她刺激就理智斷線了。我相信她之後一定很後悔，內心飽受折磨，所以她最近狀態才會不穩定。之後，伊莫珍就寫了「露比．唐納文之墓」作為反擊。

嗯，這樣就說得通了。

---

5 *Who's Afraid of Virginia Woolf*，美國劇作家愛德華．阿爾比（Edward Albee）的戲劇作品，一九六六年改編成電影《靈慾春宵》。

不，不對，露比今年這麼努力，狀況明明那麼好。

如果露比推了伊莫珍，她應該會告訴我才對。她知道她能信任我，因為無論她做了什麼，我都和她站在同一陣線，我們已經向彼此證明這點了。

無論發生什麼事，她稍早不是這麼說的嗎？

這一切都是我的錯。

我得回到禮堂看歌舞秀，再怎麼難受都要去看露比的演出，不然她會更沒有被愛的感覺，到時誰知道她會做出什麼事來。

不，我懂我的孩子。

我記得自己生病時，十三歲的她會蜷曲身體，窩在我身邊，有時我甚至看到她在吮吸大拇指。雖然她是演員，但那不可能是演出來的。

我回到座位上，精神有點恍惚。我不再轉頭，因為不想看到那些如此相信自己和小孩的母親們。

觀眾席燈暗，舞台燈亮，第一個學生開始唱歌。老實說，她根本只是在亂飆高音，跟露比完全不是同一個等級。我不該這樣評斷他人，但這幾乎是反射行為，畢竟她也是競爭者之一。我希望露比能拿到主演，她就會知道自己已經夠出色了，不用再拼命追求完美。一直以來，我都很努力想幫助她坦然接受失敗，結果看看下場如何，所以我只能希望她獲勝。我也希望拉奇先生只是太累了，所以才把露比和其他女孩搞混了。

有人坐進我旁邊的空位，我瞥了對方一眼，以為是家長，希望是布蓉妮要對我解釋一切，結果卻是伊莫珍。她的頭髮上編了花朵，看起來可愛又端莊。我回想起她伸展時散發出充滿誘惑的氛圍，幾乎就像是另一個人。為了不干擾演出，她低聲說：「妳是露比的媽媽，對吧？」

「對，而妳是伊莫珍。」

她點頭，似乎很開心，我忍不住心想，她根本不像是最近有被推下樓梯的樣子，何況她現在還接近嫌疑犯的母親。拉奇先生一定是聽錯了，不然就是女孩們在逗他。潔絲在後台究竟對莎蒂說了什麼？她們必須全盤托出，或許意思是她們得告訴拉奇先生和母親們真相。

伊莫珍讓我感到毛骨悚然。她直直盯著我，行為太過孩子氣，我可不買單，真希望她走開讓我好好思考。「妳不用去做準備嗎？」我問。她今晚也要表演吧。

「我不喜歡過度排練，我想保持自然，妳應該懂吧。」

我想問她為何要找我，睡衣派對上發生了什麼事，還有她到底想怎樣，但不行，這裡不行，而且她就是有哪裡怪怪的……反正我不會相信從她口中吐出的半個字。

我對她微笑，表現出結束話題的樣子，便轉回去面對舞台，假裝聽演員唱歌。

但我的眼神一直飄回伊莫珍身上，她的身體傾向我，好像巴不得我問她一樣。有人寫了「露比．唐納文之墓」，而伊莫珍就坐在這裡。我向她靠過去，低聲問：「學校生活還開心嗎？」

「噢，是的，非常開心！」她高聲說，導致幾位家長對她投以責備的視線。她用嬌媚的眼神窺視著我，好像是我和她一起惡作劇一樣。接著她降低音量：「大家都很親切。」

「妳是說四人組嗎？」

她笑了。「她們以前都這樣自稱嗎？」

「有時吧，不常。」

「好吧，我想現在還是四人組。」她正在看表演，但我知道她的意思：她取代了露比。

「對啊，現在還是。」我繃著臉說。「露比、潔絲、莎蒂和蓓兒。」

她斜眼看我。「那不是我的錯喔，我一點也不介意五人組。」

意思就是，不是她排擠露比，是其他女孩，但究竟是所有人，還是只有一個？潔絲的可能性最高，或許是針對去年的小小報復。「妳知道露比為什麼被排擠嗎？」我很不想徵求她對這個小團體的見解，但也只能這麼做了，因為她在沒人想跟我說話時來找我。

「不知道耶。」她漫不經心地回答。

「但妳說不是妳排擠她的？」

她一臉無辜地說：「跟露比有過節的是其他人吧。」

是沒錯，但我沒理由相信她。她讓我去懷疑別人，搞不好自己才是罪魁禍首。「有特定哪個女孩對露比有意見嗎？」

她轉回舞台的方向，沒有回答我的問題。

她似乎在玩弄我，而在某種程度上，我也對此表示歡迎，因為比起露比，我更希望有反社會人格的是伊莫珍。當然，這所學校沒人有病是再好不過的了，但往往天不從人願。

「伊莫珍，睡衣派對到底發生了什麼事？」

「就是年輕女生會做的事呀。」她一再惹惱我，卻似乎樂在其中。我完全懂想把她推下樓梯的心情。

當然不是說我能縱容這種行為，但如果真的發生了，也不一定是露比做的。伊莫珍似乎很喜歡激怒他人，那晚她也可能有針對其他女孩。

伊莫珍坐我旁邊並非偶然，她想讓我知道一些事，或許是其他女孩推了她，再嫁禍給露比。說不定伊莫珍是露比的守護天使，事已至此，再怎麼奇怪的事都有可能。

我偷偷轉頭看了卡洛琳和伊莉絲一眼。是我的想像力太豐富，還是她們看到我和伊莫珍說話，顯得不太高興？

「妳是怎麼跌下樓梯的？」我問。誰知道呢，或許單刀直入，伊莫珍反而會回答。

這是她坐下後第一次露出不安的模樣。她的眼神游移不定，是在找誰嗎？還是她害怕誰？或是她想要我認為她害怕誰？

這些女孩都是演員，所以很難分辨真偽。

但她們也只是青少年，愣頭愣腦，有時會很殘忍，但絕對不是什麼犯罪首腦。

「我跌倒了。」伊莫珍說，一副非要我相信她不可的樣子。

「妳們有喝酒吧？」我問。看吧，這是伊莉絲管教上的疏失，不是我的錯。勾引別人老公的是伊莉絲，不是我。不能信任的是伊莉絲，而必須全盤托出的是她的女兒，不是我的。

伊莫珍又迴避了我的問題，還故作開朗說：「那露比最近如何呢？」

「她在後台，妳可以直接去問她。」我突然脊背發涼。我去找拉奇先生時沒看到露比，但如果現在去確認她的狀況，只會引人懷疑。

「露比好像不太喜歡我。」伊莫珍說。

「妳為什麼這麼想？」我已經沒心情扮演偵探了。我不想繼續跟這個女孩講話，我想找「我的」女兒。

「我的演技一流，因為我擅長解讀人心。模仿他人也是我的強項，我總是向周遭的人學習。」伊莫珍盯著我，眼睛眨也不眨，更讓我不寒而慄。她的意思是以其人之道，還治其人之身很公平。既然露比先攻擊她，她現在就有權反擊。

「妳為什麼在這裡，伊莫珍？」她有什麼打算？她為何來到奧拉弗琳學院？

「沒人坐在妳旁邊，我想說或許妳想要人陪。」

現在，第二個女孩唱完了，但我半個音都沒聽進去。我把注意力全放在伊莫珍身上，想判斷究竟是她威脅到我女兒，還是正好相反。我的直覺告訴我事情非常不對勁，但我的直覺完全是自私自利的。我希望壞人是她而非露比，其實誰都可以，只要不是露比就好。

「露比的爸爸呢？他怎麼不在這裡？」

「他在美國。」

「在洛杉磯，對吧？那裡不是表演藝術的核心重鎮嗎？」

我有點生氣。「對音樂劇來說不算。」

「為什麼不申請紐約的學校，離百老匯比較近？」

我感覺她正在仔細觀察我。聽說反社會人格者很擅長模仿正常行為，或許她幾分鐘前說的就是這個意思：她試圖藉由觀察，學習扮演正常人。

不到一週前，伊莉絲才在問美國學校的事，後來還跑去勾搭我的老公。現在換伊莫珍提到葛瑞格和學校，這是巧合嗎？

「露比為什麼不想待在美國，坎朵？」伊莫珍問。

「這跟妳無關。」我厲聲說。「還有不要叫我坎朵。」

「那不是妳的名字嗎？」

「妳要叫我唐納文女士。」我都讓露比的朋友叫我坎朵，但伊莫珍絕對不是露比的朋友，也不是我的。

我所有的肢體語言都在暗示伊莫珍閉嘴，但她仍緊咬不放。「和老公相隔兩地，要經營婚姻肯定不容易吧？如果是我的話，除非是要逃離什麼，不然應該不會跨海搬到另一個洲。」

伊莫珍調整成像心理師一樣的姿勢。我能想像她有一些諮商經驗，現在正完美模仿她看過的心理師。我被診斷出癌症後也諮商過一段時間，露比也試了幾個心理師，但她不喜歡跟他們說話，她說她寧願跟我聊。

我的心中冒出了一個令人反胃的念頭：伊莫珍有反社會人格，不代表露比就沒問題，這兩者不是互斥事件，可能兩個都有反社會人格。她們認出了同類，並且同性相斥、互相爭霸，而目前是伊莫珍占上風。

我瘋了吧。露比沒有推伊莫珍，我了解我的女兒。

「露比肯定希望她爸在這裡。」伊莫珍說。

「那妳家人呢？」我反擊。我理智上知道她只是個十七歲少女，但感覺並非如此。我現在也不像平常的自己，更像卡洛琳。僅此一次，我不在乎其他人怎麼看我，因為我已經沒耐心維護形象了。

她轉回舞台的方向。「我沒有媽媽，我爸生病了。」她的語氣毫無起伏，和露比稍早隔著門說話的感覺極為相似。「他快死了。」

「我很遺憾。」我說，但我心裡沒有一絲真正的同情心，至少現在沒有。

「真的嗎？」她又盯著我看了。「請妳發自內心說這句話，坎朵。」

我真的無法接受一個小女孩這麼肆無忌憚，但她說自己沒有家教，畢竟媽媽死了，爸爸又生重病。她簡直是個野孩子。

我希望她走開，但她沒有。她肯定是把這種緊張關係當成她的養分。我告訴自己露比沒事，她到了鎂光燈下就會蛻變，因為表演就是她的生命。

女孩們一個接著一個唱歌。我渾身不舒服，已經快受不了了。不知道能不能請拉奇先生調整順序，讓露比早一點表演。或許我能告訴他，在我們談完之後，我就不太舒服，他很容易被這種事情影響。這樣我就有藉口到後台確認露比沒事了。

拉奇先生完全不覺得露比沒問題，他認為她推了伊莫珍，我希望這是不可能的，但不幸的是並非如此。

我在腦中回想和露比談過的話，還有跟拉奇先生和伊莫珍的對話，再加上葛瑞格沒說出口的話，以及伊莉絲幹的好事。這一切實在難以承受，我不知道該相信什麼，或是相信誰。

莎蒂站上舞台，看得出來她有充分練習，技術精湛，堪稱完美，但還是一如往常缺乏魅力。我知道她這次還是會被降級到合唱團。我回頭看其他母親，想要幸災樂禍一下，但伊莉絲和她老公（我根本沒見過他，也不記得他的名字）很專心在看表演。而且令人驚訝的是，她還把頭靠在他的肩膀上，一副如膠似漆，共同為女兒感到驕傲的模樣。我很想哭，又想大吼大叫，問他是否知道他老婆到底是什麼樣的人，去洛杉磯到底做了什麼。那兩人知道他們在舞台上的小天使必須「全盤托出」嗎？

仇恨盤據我的內心。伊莉絲和葛瑞格發生了關係，而她肯定知道不忠是婚姻破裂的一大因素。她想毀了我和露比，讓我的家庭分崩離析，為什麼呢？至少卡洛琳表面上是在保護女兒潔絲，但伊莉絲不一樣，她已經清楚表達自己不屑處理青少年的無理取鬧，所以肯定另有原因。一定是因為我看透了她，直達她缺乏自信的靈魂深處，因此她要我付出代價，而且會利用我的女兒達到目的。

安娜蓓兒上台時，我還在強壓怒火。蓓兒一開口便稱霸舞台，成為全場矚目的焦點。我轉頭看伊莉絲是否有注意到蓓兒和莎蒂的差距，卻看到伊莫珍盯著指甲，顯然很無聊的樣子。她似乎根本不在意其他女孩的水平，不是自信滿滿，就是根本不在乎有沒有被選上。如果我的母親過世了，父親快死了，我可能也不會在乎這種事吧。

或許伊莫珍瘋瘋的，但這只是暫時的，也許是她悲痛欲絕所導致的。她可能是因為即將失去父親，才把滿腔怒火發洩到露比身上。或是她根本沒對露比做什麼，她只是有社交障礙，而我方才對整個互動的解讀都是錯誤的。

蓓兒的表演來到了尾聲，卡爾和他的小孩們都起身鼓掌。其他家長都沒為自己的小孩起立鼓掌，因為我們為了公平對待每位學生，並不鼓勵大家這麼做，但沒人能怪理查森一家人。他們的內心充滿愛，才會忍不住為家人喝彩，這是很正向的衝動。驅使他們的是愛，而驅使露比的是……我想不是恨吧。她並不恨潔絲，畢竟是她最要好的朋友之一，但伊莫珍又是另一回事了。

卡爾知道布蓉妮剛剛在跟校長幽會嗎？

換潔絲走到舞台中央。和往常一樣，她都還沒開口，便已擄獲人心。接著，音樂開始播放。

是音樂盒的那首歌〈雲端城堡〉。我回過頭，用難以置信的眼神看著卡洛琳。她的老公很認真聽女兒唱歌，完全沒意識到有什麼不對勁。他可能根本不知道那是潔絲的試鏡曲目，或是音樂盒放的是同一首歌。奧拉弗琳學院果真是卡洛琳的地盤，不過話說回來，哪裡不是呢？

卡洛琳沒有轉向我，也沒有轉向別人，而是目不轉睛看著舞台。伊莉絲也毫無反應，我不禁懷疑她是否早就知道了，或許這是她和卡洛琳共同計劃的，她們還自以為聰明而沾沾自喜。

潔絲是個堅強的女孩，她不喜歡示弱，但這肯定是卡洛琳策劃的。這表明了潔絲不會退縮，她會奪回她的試鏡歌曲，但這也意味著音樂盒事件沒有被遺忘。

這是給露比的訊息，不對，是給我的，畢竟淪落到只能一個人坐的是我。
露比之墓，再來就是裝作好母親的坎朵之墓。

潔絲快唱完第一段時，我心頭一緊。我不想聽到接下來的歌詞：「我知道一個地方，那裡從未有人迷失／我知道一個地方，那裡從未有人哭泣。」那斷手斷腳、支離破碎的芭蕾舞者開始在我的腦海轉個不停，揮之不去。我注意到卡洛琳不再笑了，或許她發現自己無法掌控全局，她女兒這樣是在嘲諷她的迫害者。當潔絲唱到那段歌詞，誰也不知道會發生什麼事。音樂盒究竟只是威脅，還是預言呢？

突然，後台傳出令人毛骨悚然的尖叫。

我認出了那個聲音，立刻奔向後台，伊莫珍則緊跟在後。她幾乎毫不遲疑，好像早就準備好一樣。但她過去十五分鐘都坐在我旁邊，所以是清白的。

我坐在第一排，所以比其他坐在觀眾席的家長更快抵達後台。我推開擠在一起的女孩們，來到渾身顫抖的露比身邊。

布蓉妮已經到了，她看起來心急如焚，卻沒有接近露比。所有人圍成了一個圈，但保持距離，好像我的寶貝女兒是什麼痲瘋病人一樣。

我將露比擁入懷中，喃喃說沒事的，無論發生什麼事，我都會永遠陪在她身邊。

我回頭看追上來的其他家長，馬上注意到卡洛琳和伊莉絲。卡洛琳的表情冷酷無比，伊莉絲則介於好奇和困惑之間。

布蓉妮神情恍惚，茫然問道：「誰會做出這種事？」

「某個神經病吧。」卡洛琳說，但我注意到她在看我和露比。

但伊莫珍……她不在人群當中，而是在我們身旁，撫摸著露比的背。伊莫珍的眼眶泛淚，不了解她的人可能以為她真的充滿同情心。

我已經不知道該相信什麼了。

接著，我的視線落到導致露比放聲尖叫的東西上面。牆上有一排表演前掛戲服的掛鉤，現在除了露比的都是空的。那東西懸掛在她的掛鉤上，有如一條致命的項鍊，充滿威脅與死亡暗示。那是一條絞索。

替身

第一季第五集

交錯的真相

蘇菲・漢娜

Snapchat群組：那個來了

莎蒂：露比親親妳還好嗎？WTF？？

蓓兒：那東西真他媽的詭異，為什麼大家都叫它腳索？

潔絲：是絞，絞肉的絞，那東西叫絞索。

蓓兒：那是什麼鬼？

露比：還好謝謝莎蒂🖤

伊莫珍：妳真的是露比嗎？老實說，如果有人在我的戲服領口套了絞索，我一定會超級不好。太惡劣了

潔絲：蓓兒妳真的不知道絞索是什麼嗎？就是掛在露比戲服上的繩子，用來吊死別人或自己上吊。

伊莫珍：RIP哈哈💀

露比：抱歉大家可以不要再說這件事了嗎💔💔

莎蒂：「RIP哈哈」？搞屁啊，伊莫珍？

潔絲：敏感屁啦（蓓兒妳知道絞索是什麼嗎？）

伊莫珍：我只是想讓露比打起精神，緩和氣氛啦！😆😆

蓓兒：煩耶沒聽過絞索又不是我的錯。莎蒂妳還好嗎？

伊莫珍：莎蒂為什麼會不好？

莎蒂：還好謝啦蓓兒

潔絲：莎蒂搞什麼啊？她幹嘛問妳？妳們兩個有什麼祕密？

莎蒂：沒有啦😆

露比：上面纏著金色的長髮

潔絲：妳說絞索？

露比：對啊

潔絲：哪種金髮？我這種還是妳那種？

蓓兒：哈哈潔絲妳明明是棕髮又不是金髮

潔絲：我他媽的就是金髮，少在那裡ㄎㄅ😆😆😆

蓓兒：哈哈鬧妳的啦我超羨慕妳的頭髮，我的才是醜醜的棕髮

露比：是伊莫珍那種金髮

蓓兒：或許那是在針對伊莫珍

伊莫珍：別嚇我啦！！

潔絲：或者那是伊莫放的

伊莫珍：蛤就因為露比說那頭髮跟我的髮色一樣？根本沒人看到，也沒辦法證明它存在。

露比：我看到了

伊莫珍：天啊露比妳是說妳覺得絞索是我做的？

莎蒂：大家可以先冷靜思考嗎？沒人知道是誰做的，露比才剛經歷那麼可怕的事情，別把事情搞得更糟。

伊莫珍：潔絲，做絞索的人也毀了妳的表演，在妳唱到一半就搞破壞。我幹嘛做那種事？

露比：那……妳是說我會囉。把錯怪到受害者身上，妳很會嘛

潔絲：我不認為是妳做的，露露，音樂盒也是，不過老實說我媽很懷疑妳。伊莫珍，給我閉嘴。

伊莫珍：只有露比看到那頭髮，還宣稱跟我的髮色一樣

[通知：**露比**已退出群組]

莎蒂：她走了。

潔絲：ㄎㄅ喔，伊莫珍

伊莫珍：拜託我真心不懂為何她可以指控我，我就不能反駁？潔絲妳明明知道她去年對妳做了什麼

潔絲：那妳就不能閉嘴嗎？妳才來奧拉弗琳三分鐘，知道個屁啦

伊莫珍：音樂盒事件讓人覺得她又開始了對吧？

潔絲：那、不、是、她、做、的。

伊莫珍：哦是喔

［通知：潔絲已退出群組］

卡洛琳

我、伊莉絲、布蓉妮和坎朵四個人坐下時，我既興奮，又有些害怕。我們來到了我最愛的餐廳之一：阿爾伯馬爾街上的金卡納印度料理。這裡環境高雅，帶有嚴肅而近乎詭祕的氣氛：裝潢以深色木頭和柔和色彩為主，人們在這裡會不自覺壓低音量，正適合伊莉絲對我們揭露她天大的祕密。我試圖說服自己，我不介意不事先知道真相，就算跟布蓉妮和坎朵同時聽到也沒關係。

我越和伊莉絲接觸，對彼此的關係反而越沒把握。我喜歡她嗎？她喜歡我嗎？我又幹嘛在意這種事？

約四人一起吃午餐是伊莉絲的主意，但她卻指派我安排聚會。她傳了訊息給我：我們必須盡快談談：妳、我、坎和布。我今天排滿了會議……妳能安排嗎？明天午餐或晚餐，不能再拖了。可以吃壽司或義式料理。妳肯定猜不到我在美國發現了什麼！

告訴我！！我回傳訊息。

不能用訊息，必須面對面談，她如此回覆。

她知道自己在幹嘛嗎？不知道她是不是故意的，假裝傾訴卻要說不說，特地先告訴我再把我推開。還是這一切都是我想太多，其實伊莉絲根本沒想得那麼複雜？

她暗示我比她閒，讓我相當不滿，但我還是按照指示安排了聚會。我只在餐廳選擇方面違背她的意思，選了高檔印度餐廳，而非壽司或義式料理。

我沒差，但妳可能要在價格方面做期望管理（針對布蓉妮），畢竟看起來滿貴的，伊莉絲回傳訊息。

我看到她寫「期望管理」，卻毫無諷刺意味，不禁皺起鼻子，降低對她的評價。這是一個操控人心的狡猾手段，我無法理解為何人們可以厚顏無恥地說出這幾個字。「我想針對她做期望管理」就相當於「我想控制她的想法」，只是說得好聽點罷了，真令人作嘔。還不如直接告訴大家真相，讓他們自己決定要如何反應。

「別擔心，午餐我請客。」我咬牙切齒，衝動之下便回了訊息。「卡洛琳，妳真可悲。」我喃喃自語。伊莉絲在那邊耀武揚威（還是其實沒有？或許她只是急著想把事情搞定），我一生氣就忍不住反擊。現在我得請三個女人吃昂貴的午餐，而且她們甚至不是我的朋友。

結果最先提到價格的是坎朵。她一邊翻菜單，一邊說：「哇，看看這價位。」

「卡洛琳要請客。」伊莉絲說。

「妳確定嗎，卡洛琳？」布蓉妮問我。「我很樂意分攤費用。」

「我確定。」我說，心想她的金錢觀還變了真多。不久前，她光是買一杯連鎖咖啡店的拿鐵，就開始唉聲嘆氣，宣稱付不起計程車錢，必須冒雨跑到地鐵站。或許她是想藉此機會表現出慷慨的樣子，因為她知道我不可能接受她的提議。

「好吧，那下次換我請客。」布蓉妮微笑說。她坐在我的正對面，讓我們這桌顯得相當不平衡，因為我和布蓉妮這一側的氣氛明顯好很多。坎朵和伊莉絲面對面坐在靠牆那側，兩人卻都沉著臉。坎朵看起來很緊張，她一定在想為何我們在「絞索之夜」刻意疏遠她，現在卻又讓她加入。真希望「絞索之夜」不要念起來那麼順，這樣或許我就不會繼續這麼稱呼它了。

伊莉絲開口了：「今天的午餐恐怕會有點難以下嚥。」

「我是不會。」我打趣說。「我要跟往常一樣點『羊絞肉佐山羊腦』。」

「呃，好噁心。」布蓉妮說。「妳認真的嗎？」

「沒錯，那可是人間美味，我每次來都點這個。」

「我要說一些嚴肅的事，有人聽了可能會不太高興。」伊莉絲繼續推進話題。

「什麼事？」坎朵問。「與其在那邊拐彎抹角，妳何不直接講？妳在說我對吧？不管妳要說什麼，聽了會不太高興的是『我』。」

「我們要不要先點餐？」我提議。「我快餓扁了。」

「我也是。」布蓉妮附和道。

我對餐廳另一頭的服務生揮手，他點點頭。

「妳對我們撒了不少謊，對吧，坎朵？」伊莉絲說。「妳和露比都撒了彌天大謊。在我告訴大家之前，妳想澄清一下嗎？」

一開始，坎朵沒有說話，接著，她幾乎是咬著牙說：「妳這麼肯定，是不是？」

「肯定我在美國發現的事是真的嗎？沒錯，我很肯定，要不是這樣，我也不會安排這次的午餐。」

「妳很肯定自己比我好，還擺出一副高高在上的樣子。」

「這是怎麼回事？」布蓉妮先是看我，再轉頭看伊莉絲，最後視線又回到我身上。來點餐的服務生不是我剛剛朝他揮手的那位。「早安，女士們。噢……很抱歉，已經下午了。之前有來用餐過嗎？」

只有我來過，所以光是點餐就浪費了很多時間。坎朵只點了健怡可樂。服務生一離開，伊莉絲就不帶感情地說：「我沒有認為自己比別人好。如果我們就事論事，不要互相指控或進行人身攻擊，要解決問題就容易多了。坎朵……妳要跟她們說，還是我來？我很樂意說明，或許這樣妳也比較輕鬆，但是……妳必須明白，這件事已無法避免。」

「誰來告訴我到底是怎麼回事。」我說。

坎朵低頭看著桌面。

「首先，美國最好的戲劇學校並沒有搶著要露比。」伊莉絲說。「事實上，根本沒有學校要她，因為她被列入黑名單，所以她才會申請奧拉弗琳學院，來倫敦念書。唯有離開美國，她們才找得到地方待。」

布蓉妮轉向坎朵，問：「那是真的嗎？」

「是真的。」伊莉絲的語氣堅定。「問題是，如果遠在英國的亞當．拉奇沒收到假的推薦信，就連他也不會錄取露比。而那些信就是妳偽造的，坎朵。」

「妳怎麼會知道這些事？」坎朵低聲問。

「等等……所以這是真的？」我問。

「我已經說是真的了。」伊莉絲迅速地說。她顯然沒想過我會懷疑她。「事已至此，妳應該不會再狡辯了吧，坎朵？希望不會。」

「妳這個以恩人自居的婊子！」坎朵怒斥。

伊莉絲舉起雙手說：「抱歉，我無意以恩人自居，但這裡就別岔開話題吧。妳為了讓露比入學，替她偽造了好的，甚至可說是亮眼的推薦信。但妳也因此剝奪了亞當．拉奇保護其他學生的能力，不是嗎？」

「保護？」布蓉妮焦急地說。「從……從露比手中嗎？」

一位女服務生端著飲料出現了，她把飲料一杯杯放到桌上，頂多也只花了幾十秒，我卻感覺像過了十年。不知道她是否能感覺到我們之間的緊張氛圍。

她一離開，坎朵就說：「妳們不懂……根本什麼都不懂。不然我該怎麼做，任憑大家把我女兒想成最糟糕的人嗎？明明我知道她是清白的。」

「清白是指什麼？」我問。整個空間似乎都傾斜了，我的呼吸不禁加速。我們即將聽到什麼？我一直認為露比．唐納文大有問題，她絕不只是個犯賤的青少女而已。這個想法要獲得證實了嗎？

「露比在美國霸凌了一個女孩……就像她去年霸凌潔絲一樣。」伊莉絲說，視線從沒離開坎朵。「結果有一天，這個名叫小薇的女孩在露比家，也就是坎朵家，從樓梯上摔到地下室，就這樣死了。」

哇，難不成露比殺了人？如果沒有其他證據，我敢說是她做的。我很肯定露比．唐納文是個殺人犯。

「不對！」坎朵哀號，她已淚如雨下。「露比絕對沒有霸凌小薇……那是個謊言，那他媽的是個謊言。」

剎那間，原本就安靜的餐廳變得鴉雀無聲。人們紛紛轉過頭來，卻又尷尬地轉回去看自己桌上的食物，每個人都盡其所能不要多管閒事。

坎朵壓低音量說：「露比和小薇的關係……完全不同……她們根本不是朋友。露比和潔絲是朋友，而露比的確因為嫉妒潔絲所以做了壞事，但小薇呢？露比不可能嫉妒她，因為她很怪，令人毛骨悚然，而且……長得不好看。」

「不好看？噢，我的天啊。」我脫口而出。妳女兒他媽的是個殺人犯。

「卡洛琳。」伊莉絲的語氣很嚴厲，好像她是我媽一樣。

「小薇總是纏著露比，露比明明不想跟她當朋友，她卻不接受。」坎朵只看著伊莉絲說話。「小薇的家長擅自把這件事定義為霸凌……好像露比有義務跟一個她不熟也不太喜歡的女孩交朋友，而且她對露比的痴迷已經到了有病的程度，那些謠言根本是鬼扯。」

「再多說點『她死了』的部分。」我對伊莉絲說。雖然我知道不該認為女兒很邪惡一定是母親的錯，但我現在不想和坎朵說話。我不禁會想：死的人可能是我女兒。露比可能會殺了潔絲，如果我們不採取對策，這件事還是有可能發生。露比夠聰明，或許絞索和塗鴉都是她自己做的，讓別人以為是她被針對，這樣她攻擊真正的目標，也就是潔絲時，就沒人會懷疑她了。回想起來，放音樂盒是不是有點太明顯了？或許她仔細思考之後，就改變了方針？

「官方說法是小薇跌下了樓梯。」伊莉絲說。

「她是真的跌倒了。」坎朵一口咬定。

「但在小薇和露比的學校，卻沒人這麼想。」伊莉絲說。「大家都認為露比推了小薇，是蓄意殺人。他們也都相信小薇的霸凌故事，而不是妳或露比的版本。所以露比才拿不到推薦信，美國也沒有任何一間戲劇學校要錄取她。」

「如果換成莎蒂，妳會怎麼做？」坎朵問她。「如果妳心知肚明她不是大家所想的那種怪物，而妳希望給她第二次機會，讓她重新開始，妳也會做同樣的事！」

「妳說偽造推薦信，欺騙他人，藉此申請到夠遠的學校嗎？」伊莉絲搖頭說：「不，我不會這麼做，我可是有原則的。」

坎朵試著起身，卻因為座位空間太小，又跌坐回位子上。桌子是固定住的，而長椅的坐墊又剛好延伸到桌子邊緣，讓人站不起來。

坎朵表情扭曲，不知道是因為憤怒，還是因為撞到桌子很痛。她怒斥伊莉絲：「露比沒有霸凌小薇，她那天連碰都沒碰到她，更別說殺死她了。妳什麼都不知道。」

布蓉妮雙手抱頭。「太可怕了。」她說。「真不敢相信我們竟然在進行這種對話。」

「我們也得跟亞當．拉奇說。」我說。

「沒錯，而且越快越好。」伊莉絲表示同意。「這很嚴重，最近威脅事件頻傳，亞當卻沒有給我們一個交代。現在我們知道露比被美國學校列為黑名單，因為她母親以外的所有人都認為她殺了一個女孩，亞當必須馬上採取行動。就算撇開偽造推薦信的部分，這還是關乎安全保障的問題。」

「伊莉絲，拜託不要告訴拉奇。」坎朵一把抓住她的手。

「我得告訴他，坎朵，妳必須明白這點。我不是提議背著妳做這件事，事實上，我認為我們應該一起和他討論。我會盡快打給他安排見面。」

「妳還認為我會對妳……唯命是從嗎？」

「她在不在有差嗎？」我問伊莉絲。「我是說亞當會讓露比退學，對吧？事已至此，也沒有其他可能性了。我能理解坎朵不想面對她的謊言和危害我們女兒的後果，那她幹嘛去？」

「妳真的覺得露比會被退學嗎？」布蓉妮問。

「當然。」我盡可能果斷回答，好像語氣夠堅定，這件事就會成真一樣。但事實上，就算是現在，我還是怕它不會發生。

「她恐怕不能繼續留在這所學校。」伊莉絲似乎感到遺憾與惋惜。

「如果她沒被退學，我就聯絡《每日郵報》或《太陽報》，把疑點重重的小薇之死爆料給他們。」我說。「亞當承受這種負面的媒體關注，很快就會除掉她。」

「操妳媽的，卡洛琳。」坎朵低聲說。「妳……去妳的。借過，布蓉妮，我要走了……」

「坎朵，不准走。」伊莉絲命令道。「卡洛琳，妳這樣與坎朵為敵，威脅要操縱亞當，既沒必要也沒幫助……」

「好啦，我閉嘴就是了。」沒幫助？我本來就無意幫忙。伊莉絲或許可以隨時按照策略行事，藉此導向理想的結果，但我做不到，也不想這麼做。我是人，不是什麼跨國公司的行銷部門。現在我已經知道露比可能是殺人犯，就沒辦法壓抑心中的怒火，只想徹底擊敗她——她和她的母親。

伊莉絲已經開始打電話了。「嗨，我是伊莉絲，伊莉絲．龐德，莎蒂的母親。沒錯，我想和亞當．拉奇約時間晤談……這十分緊急。什麼？我恐怕不能詳細說明，必須跟他私下談。不，我不會再多說什麼。抱歉，這件事非常敏感。卡洛琳．莫杜、布蓉妮．理查森和坎朵．唐納文也會參加……如果你這樣告訴亞當，他應該就知道是怎麼回事了。」

「布蓉妮……讓開！」坎朵厲聲說。「我不會去你們的晤談，也不要坐在這裡……拜託讓我離開。」

布蓉妮看向伊莉絲尋求指示。老天，她也太可悲了，怎麼這麼沒主見？伊莉絲點頭說：「明天四點？這是最早的時段嗎……好吧，那就明天四點。」

布蓉妮慢慢起身，她一讓開，坎朵就一把抓起包包，快步走向餐廳門口。「坎朵，請妳明天來參加晤談。」伊莉絲在她身後喊道。「逃避一點意義也沒有。」

坎朵走了，很好，我們兩個都不想跟彼此共進午餐。

「不能爆料給小報，卡洛琳。」伊莉絲對我挑眉。「沒必要那麼做，因為這次亞當不可能讓露比留在學校，而且那種專報八卦新聞的媒體一旦掌握情報，一切就會失控。妳覺得他們不會針對妳嗎？會喔。妳也不想要他們把矛頭指向潔絲，對吧？」

「什麼意思？」

「當他們發現露比去年讓潔絲生不如死，他們會認為是誰用絞索和惡意塗鴉威脅露比呢？」伊莉絲微笑說，好像她在幫我做「期望管理」一樣。「當然是露比的主要受害者：潔絲，或是她的母親，也就是妳，卡洛琳。」

不，不可能吧，我想這麼說。不可能會有人懷疑潔絲和我吧。難道伊莉絲懷疑我們其中一個？或是兩個都不信任？

服務生終於把餐點端來了。幾分鐘前，我還飢腸轆轆，現在卻覺得難以下嚥，或許以後也不會想再來了。

♛

隔天早上我很晚起床，做了早餐，但半口都沒吃就丟掉了。我決定繼續寫我的音樂劇，無視幾週來堆積如山的學校事務。我假裝不想做的事就不存在，已經習慣成自然了，這樣有點可怕。我不知道已經告訴自己幾百萬遍了，我不能丟了工作。我今天也這樣提醒自己，但我第一次注意到內心小小的聲音說：妳知道嗎？沒問題的。就算我提交辭呈，再也不回法律系，我們家也不會有事。

不，這個聲音不存在，我堅定地想。我絕對沒這麼說，甚至連想都不敢想。

雖然不想承認，但我幾乎可以理解為何坎朵會這樣自欺欺人。難道她說服了自己，為了露比偽造的推薦信是真的，因為只有身為母親的她才知道露比擁有善良的內在？我可以想像她那樣欺騙自己。

這跟我和潔絲不一樣，完全不一樣。我知道做絞索的犯人不是潔絲，這點我毫無疑問。

我叫自己不要再想了，便把注意力轉向少了最後一段的音樂劇歌曲。前兩段是在夏天寫的，最後一段我寫了至少十幾個版本，卻全都刪掉了。到目前為止，我寫的最後一段草稿都無法讓這首歌昇華，但我真的很想在結尾處大幅提升作品格局和感染力。

這首歌在音樂劇中不算重要，是由一群配角演唱的，也不是故事主線歌曲，但我個人很喜歡，如果能想到好的收尾，我會希望保留它。如果這部音樂劇有機會登上舞台，這首歌將會引起爭議，或許正因如此我才喜歡，畢竟我就是愛惹麻煩。這首歌叫〈吃我們的藥〉，是一群糟糕的老師對一名叛逆（但心地善良且有點英雄氣質）的學生唱的歌。這個學生其實根本沒做錯什麼事，只是老師們不喜歡他的想法和見解。在這首歌，老師對學生說，要結束留校察看的唯一方法，就是吃藥並默默服從。大家一定會認為是在影射注意力不足過動症和利他能，但不是，這首歌是關於當權者痛恨並畏懼有主見的人。

大家？「大家」是誰？醒醒吧，根本不會有人看到妳的音樂劇，或是聽到這首歌。我叫腦中掃興的聲音少說廢話，繼續盯著螢幕上已經完成的兩段歌詞。我突然靈機一動：通常，青少年不需要老師說服，自己就會因為好玩而吸毒。

我開始打字……

來吃我們的藥
老師有簽名，一切都合乎制度
別聳肩說不要！
你也知道，吸毒的青少年才酷
當你大口喝下
心情立刻平靜，壓力馬上消失
不是故意找碴

這學期太辛苦，吃藥就會沒事
說句：「喔，隨便啦！」把穢物喝下肚
來吃藥，來吃藥，來吃我們的藥

很好，我喜歡，非常喜歡，不過最後還要多加幾句，來一個華麗的結尾……

緊張症根本不算什麼！
說：「謝謝老師我收下了。」
來吃藥，來吃藥，來吃我們的藥

我聽到房間門外有人走上樓梯，急忙闔上MacBook。

門打開了，是潔絲。她的右手拿著手機，最近她沒表演時，手機幾乎不離手。「我必須跟妳談談露比的事。」她皺眉。「妳在幹嘛？」

「在工作。」這才是我該做的事。我突然感覺很糟，好像現實剛剛跟潔絲一起進了房間，把我打醒一樣。如果我丟了工作，丹就必須放棄他開的店，出去好好賺錢。雖然我希望他會自己決定那麼做，但我不想強迫他。

雖然以我的專業和位階，幾乎不可能被解雇，但如果我一直混水摸魚，白領薪水……

妳是劍橋大學的法律系教授，別忘了這個頭銜，因為這就是妳的身分。妳可不是林—曼努爾・米蘭達[1]（*Lin-Manuel Miranda*）。妳在做的是許多人夢寐以求的工作。

「如果妳在工作，為什麼筆電關著？」潔絲很不耐煩，好像她根本沒空揭穿母親的謊言一樣。

我必須更小心，她的感覺非常敏銳，什麼蛛絲馬跡都不會放過。「我……因為我聽到妳的腳步聲。」

「那妳幹嘛關電腦？我搞不好只是問個問題，馬上就走了。」

「我沒有『關電腦』，只是闔上而已，再打開就行了，又沒什麼大不了的。妳幹嘛質問我？」

潔絲瞇起眼睛，想讓我知道她對我有所懷疑。「妳在搞外遇嗎？」

我大笑道：「沒有。」

「那是什麼？妳說『沒有』的感覺很像：『沒有，不是那樣啦……』」

「啊？那只是普通的『沒有』，沒有別的意思。」

「媽，我每次進來，妳都會猛然關上筆電，好像妳是什麼間諜一樣。妳是嗎？」她的手機震動了一下。她看了螢幕一眼，喃喃道：「滾啦，蓓兒。」便轉回來對我說：「我的老天爺，她真的很蠢。算了，我也不在乎……妳要說謊就請便，反正大家都這樣。」

「什麼意思？」

「蓓兒和莎蒂擺明了她們倆之間有祕密，還迫不及待想讓我們知道。她們一直表現出『晚點我們兩個獨處時，再來談談只有我們知道的事』的樣子，但又否認對我們有所隱瞞，真的有夠蠢。我受夠了，反正我也不在乎。重點是……」潔絲嘆了口氣。「妳從來不聽我說，但妳真的該認真聽。我知道妳認為是露比把音樂盒放到我的置物櫃，之後那些事也都是她做的，但不是她。關於絞索那件事……」

「剛好毀了妳的表演，又讓露比變成值得同情的受害者，因此她不可能是犯人……妳指的是那個絞索嗎？」

潔絲搖搖頭說：「聽聽妳自己說的話，妳那麼討厭她，甚至沒辦法用正常的方式談論她，妳會開始像瘋子一樣胡言亂語，聲音還會飆高。」

*露比殺了人，妳知道嗎？這樣會改變妳的看法嗎？*我沒有說出口，因為我和布蓉妮跟伊莉絲都一致同意在跟亞當·拉奇討論之前，我們不會告訴女孩們任何事。或許潔絲永遠不需要知道，先前迫害她的不只是犯賤的青少女，而是冷血的變態殺手。運氣好的話，明天的這個時候，露比·唐納文已經在回美國的飛機上，我們就再也不用擔心她的事了。

我甚至沒告訴自己的老公伊莉絲在美國發現的事情。在我們家，我把自己視為負責解決

---

1 美國男作曲家、作詞家、歌手、演員、劇作家和製片人，以創作兼主演百老匯音樂劇《身在高地》及《漢密爾頓》而聞名。

問題的人，所以我實在不想告訴他這個尚未解決的問題。我不想討論這件事，也可能是怕內心不願承認的恐懼會不小心脫口而出：即使是現在，我還是害怕亞當．拉奇會像去年一樣站在露比那邊。他一定會矢口否認，堅稱自己很公正，只是想找到和平的解決方案……但那根本是個謊言。露比去年對潔絲做了那些事，他應該也能夠讓露比退學，但他卻沒那麼做。對我來說，那就相當於站在她那邊。

「妳想要我說什麼，潔絲？是啊，我認為一切都是露比做的，音樂盒、塗鴉和絞索都是。妳不這麼覺得嗎？我是說……就我們所知，誰是難搞的人？露比。是誰證明自己喜歡讓妳苦不堪言？露比。音樂盒那次她太超過了，嚇到了所有人。突然發生了一件事……她這次不是被動攻擊，而是直接進攻，結果大家就開始同情妳，跟妳不熟的人在走廊上擁抱妳，說妳很棒，而且不只是學生，連老師也是。露比以前那麼嫉妒妳，因此折磨妳好幾個月，她這次可能又心生嫉妒，就開始想：『要怎麼樣才能讓別人同情我，而不是潔絲？』所以才會搞出塗鴉、絞索……」

「不對！媽，我比妳更了解露比，她有時的確很賤，但她不是瘋子。而絞索事件實在太瘋狂了，還有……」潔絲沒有說下去。

「什麼？什麼也很瘋狂？」

「不是『什麼』，而是『誰』。」

「誰？」

「伊莫珍．柯伍。她瘋了，媽。」

「為什麼？」

「不知道是先天還是後天，隨妳猜。」

「不，我是說……」

「別人都看不到真相，但這明明就顯而易見。我覺得一切都是她做的。音樂盒事件是她轉學過來的那天發生的，同一天耶。」

潔絲搖搖頭。

「可是……妳找到音樂盒時，伊莫珍還不認識妳，妳甚至沒見過她吧？」

「那她為什麼會想對妳做那種事？而且她怎麼知道〈雲端城堡〉是妳的試鏡歌曲？」

「我不知道，但是媽，她不太對勁。她偷偷摸摸，行為怪異，而且……有點……該怎麼說呢，令人毛骨悚然，好像鬼一樣，我只要想到她就會不寒而慄。」潔絲停了下來，好像在衡量是否要告訴我某件事，最後還是開口了：「露比說絞索上纏著金髮，是伊莫珍的髮色。」

「就算那是真的，誰知道那頭髮是從哪來的，而且前提是那是真的，消息來源實在……」

潔絲翻了個白眼說：「跟妳講根本沒用，妳已經咬定露比是一切的罪魁禍首。媽，她找到絞索不只毀了我的歌，她自己也沒唱到，甚至根本沒能上台。我了解露比，妳不了解她，妳只是從我這裡聽到二手消息。」

還有從伊莉絲那裡。我試著不要先入為主去看待事情。

「露比知道觀眾席坐滿了劇場經紀人和製作人。」潔絲說。「她絕對不可能蓄意毀了自己的表演機會。我是說，我不像露比那麼渴望成為音樂劇明星，但我那天還是超興奮的。」

既然妳沒那麼想成為音樂劇明星，我們幹嘛花大錢讓妳接受專業訓練？是我的錯嗎？或許現在我是家裡的經濟支柱，但浪費錢的也是我嗎？難道我是因為自己嚮往卻沒能踏上音樂劇之路，才讓潔絲代替我完成夢想嗎？

「妳不需要渴望成為明星。」我說。「但妳要明白，妳是這屆最有才華的學生。妳必須發揮才能，讓全世界……」

「呃，別再來這一套了。妳是全世界最固執的女人，但我想說服妳，露比是無辜的。就音樂盒和塗鴉事件來說，好啦，我沒辦法以生命發誓，但絞索絕對不是她做的。別的都先撇開不談，這根本不符合她的心理。」

潔絲證明完自己的主張，便低頭在手機上打字，手指飛快又靈巧地在鍵盤上移動，好像打字是她的母語一樣。

「什麼心理？」我問。

「等等，我回一下蓓兒的訊息。」

潔絲又用大拇指戳了螢幕幾下，接著抬起頭：「露比最在乎的就是地位，那是她的『點』。她最怕的就是自己的地位一落千丈，從此人間蒸發。別問我怎麼可能，我不是指真的人間蒸發，我不知道怎麼解釋啦。重點是：露比太缺乏安全感，如果她不是團體裡最厲害、最受歡迎的人，她就會受不了，所以她才花了好幾個月的時間，試圖破壞我的自信。她覺得我比較厲害，只是因為我其實不在乎地位或他人對我的看法，至少當時在她眼裡是如此。她開始耍那些手段之後，我有一段時間似乎很不開心，也沒有自信，那就是她想要的。不管是什麼形式，她知道人如果淪為霸凌的受害者，地位就會下降。妳以前的學校也有學生被霸凌吧？」

我點頭。

「那他們是不是最底層的學生？那種誰都不想和他們交朋友的弱者？」

她說的有道理。我想起以前有個叫黛比．利那姆的女孩被班上幾乎所有女生排擠，我當時盡可能對她釋出善意，同時又希望沒人看到我跟她說話，免得自己也降格到跟她一樣的「賤民」階級。

「學院大部分的女生都很受歡迎，有些甚至是人氣王。」潔絲說。「露比死也不會讓自己看起來像是備受討厭的女孩，那種戲服掛鉤上被掛絞索，牆上被畫惡意塗鴉的人。那樣實在太丟臉了，她絕不會對自己那麼做。她想要的不是憐憫，一直以來都不是，她想要的是……社會資本，至少之前是啦。我不確定她現在想要什麼……或許她只想找出是哪個神經病對她做出這些鳥事。」

「而她懷疑是伊莫珍？」

「是啊，而我『知道』是伊莫珍，一定是。」潔絲低頭看手機，接著得意洋洋地宣布：

「證據來了！絞索不是露比做的。看吧，我就知道。」

「什麼證據？」我問。

潔絲的拇指又開始飛快移動，只用兩根指頭，一分鐘就能打九十個字，實在太厲害了。她傳出訊息後，將手機塞到口袋裡說：「蓓兒剛剛傳訊息說，在絞索被發現之前，她媽媽一直都待在服裝室，只離開了十分鐘……而在那十分鐘，露比一直在她的視線範圍內。我已經請蓓兒問她媽媽這十分鐘伊莫珍在哪裡了。除非布蓉妮也說她一直都有看到伊莫珍，而這點我很懷疑，不然……」潔絲聳肩。

我幫她把話說完：「不然就代表露比有不在場證明，而伊莫珍沒有。」

♛

「我想聽布蓉妮親口證實，在那關鍵的十分鐘，她真的一直都有看到露比。」伊莉絲說。我們在她的車上，正在前往和亞當．拉奇開會的路上。中午時，她打給我說要順便載我過去，雖然對她來說一點也不順路。她的理由是：「在和其他人會合前，我想先告訴妳一件事。」

到目前為止，她還沒說，我也沒問，因為問了等於正中她的下懷。上次我太過急切，馬上回傳訊息：「告訴我！！」真是個白痴。我已經下定決心不要重蹈覆轍了。

「布蓉妮可能搞錯了吧。」我說。「或許她記錯了，我是說……布蓉妮．理查森很糊塗已經不是一天兩天的事了。」

我希望露比是所有壞事的罪魁禍首。我需要有人找到她殺了那個叫小薇的女孩的證據，而幾個月後，我也希望能聽到她在美國入獄的消息。

「是沒錯。」伊莉絲說。「但潔絲說得也一點都沒錯：伊莫珍・柯伍令人毛骨悚然。她曾經來我家過夜，妳記得吧？那天晚上實在太詭異了，而且絕對是因為伊莫珍的關係，莎蒂也這麼認為。」

「所以妳同意潔絲的說法嗎？」我問她。「所有危險、可怕的事情都是伊莫珍做的？是伊莫珍，而不是可能殺了小薇的露比？」

伊莉絲似乎思考了一下，便說：「不，我還是認為是露比。犯人是伊莫珍的假設有兩個問題，第一：伊莫珍跟美國的小薇一樣跌下樓梯，而且露比都在場。」

「沒錯。」我喜歡這種推理。

「兩件事有關聯，這是無庸置疑的。」伊莉絲說。「兩個女孩在不同國家、不同場合跌下樓梯，而露比・唐納文剛好都在『意外』現場。我總覺得那不僅僅是巧合。」

「那第二點呢？」

「嗯？」伊莉絲皺眉。

「妳說伊莫珍是幕後黑手的假設有兩個問題。」

「噢，對，第二個問題是伊莫珍・柯伍根本不存在。」

因為塞車的緣故，前方緩慢前進的車子變得停滯不前。伊莉絲低聲咒罵，踩了剎車。

「妳說什麼？」我說。

「這就是我想載妳去的原因。」伊莉絲說。「我想在跟亞當開會前告訴妳，如果亞當不讓露比．唐納文退學，我或許會把得到的情報用作籌碼。妳是法律專家，我想知道如果我透露情報可能會陷入多大的麻煩，所以需要妳的專業意見。」

「妳是說……美國小薇的故事嗎？」

「不是，那個我早就打算揭露了，不然我幹嘛要求今天下午要開會？關於小薇、黑名單和假推薦信，我都是從露比的父親那裡聽來的，獲得那些情報沒有觸犯任何法律。」

「露比的『父親』？坎朵的老公？」這女人到底是何方神聖？她究竟有何能耐？如果她找到了露比．唐納文的父親，還從對方口中獲得這些情報……

「嗯。」伊莉絲說。前方的車子開始移動，我們也跟著加速。「他沒有直接承認，但他顯然認為露比推了小薇，害她摔死。我再次和他確認他是否相信是這樣的，而他沒有否認，只是露出非常痛苦的表情，真可憐。」

「所以……」我絞盡腦汁，試圖跟上伊莉絲的步調，擺脫自己被操縱的感覺。「妳需要什麼樣的法律諮詢？順帶一提，我的專業是國際環境法。」沒錯，實際上就和聽起來一樣無聊。「我不確定能不能幫到妳。」

「或許不能吧，但妳可能比較有概念。」

「我會盡我所能。」我說。

「好，事情是這樣的：這所學院和所有教育機構一樣，都會保存紀錄，對吧？當然，資料庫裡也會記錄學生資訊，包括名字、地址，妳想得到的都有。」

「是啊。」我說。

「如果我說我取得了瀏覽那些紀錄的權限呢？」伊莉絲似乎感到驕傲。「當然是暗中進行的非法行為。」

「妳是怎麼做到的？」我問。

伊莉絲露出了神祕的微笑。

「妳找到了什麼？」我問，一邊咒罵按捺不住性子的自己。

「不如說我沒有找到什麼吧。我沒找到，也找不到伊莫珍．柯伍作為奧拉弗琳學院學生的任何紀錄。」

「什麼？那……可是她的確是這裡的學生，我們都很清楚這點，她每天都跟我們的女兒在一起耶。」

「是啊，但或許她不該待在這裡。根據校方紀錄，這所學校沒有伊莫珍．柯伍這名學生。」

「妳確定妳……」

「沒有搞錯，也沒看錯紀錄或檢查錯年級？是的，我很確定。我們的女兒那屆總共有四十六名學生，但伊莫珍．柯伍不在其中。妳有想過伊莫珍和露比兩人可能都不是好東西嗎？」

我開口想表示抗議，說不，那樣不太可能，不可能有那麼巧的事。突然，一個想法，一個新的可能性向我襲來，像一台全速前進的小火車，撞得我呼吸困難、暈頭轉向。

她們兩個……

「我跟他上床了。」

「什麼？」我勉強吐出這兩個字。

「坎朵的老公，葛瑞格。」

「妳和露比的父親做愛？」

「嗯，他很帥，幸好他和露比長得完全不一樣，不然我可能做不下去。妳反對這種行為嗎？」

「不反對。」我才不在乎伊莉絲跟誰共度春宵。何必呢？我個人是覺得有點怪，但或許是因為我根本沒有餘力考慮搞外遇這件事。我把心力全放在自己偷偷寫的音樂劇上，還幻想作品有一天能在百老匯或西區劇院演出。如果製作人卡梅倫．麥金托[2]（Cameron Mackintosh）能幫忙牽線，我會毫不猶豫跟他做愛，不過他是同性戀。

「事實上，我還幫了坎朵一個忙。」伊莉絲說。「他想和她離婚，而且不只是用想的，他已經準備鼓起勇氣和她說了，是我勸他別這麼做的。伊莉絲．龐德施展奇招，挽救了坎朵的婚姻。」

或許她在等我問她為何這麼做，又是如何做到的，但我毫不在乎。或許葛瑞格・唐納文和魔法少女伊莉絲共度激情的夜晚之後，就決定循規蹈矩了。但誰管他啊？我對伊莉絲、葛瑞格和坎朵的三角關係毫無興趣，我現在只想繼續琢磨我的新理論，而且我越想越覺得有可能。

「看來妳是反對的。」伊莉絲說。「沒關係……我不介意，我不介意別人對我有偏見。」

「伊莉絲，有沒有可能……」

「等等，小……什麼……」

我抬頭，想知道她為何聽起來這麼驚慌失措。接著伊莉絲放聲尖叫。我開口想問怎麼回事，卻聽不見自己的聲音，只聽到刺耳的金屬撞擊聲，還有更多尖叫聲。

如果伊莉絲在尖叫，代表她沒事，她還活著。

車子彷彿以時速一百六十公里的速度打轉，我胡亂揮舞雙手，試圖抓住東西穩住自己。

不知道過了多久，我們終於停了下來。車子靜止不動，但我一時還反應不過來。伊莉絲發出了高亢的奇怪笑聲，接著說：「逃啊，懦弱的廢物！」

「誰？」我問。我們在人行道上，還在車內，也沒翻車，一定是撞擊把我們推上人行道的。我應該沒受傷，但心臟狂跳，感覺好像得了內傷。

2 英國戲劇製作人，主要作品有《悲慘世界》、《歌劇魅影》、《西貢小姐》和《貓》。

「撞我們的人，妳沒看到嗎？有一輛車直直朝我們衝過來……可能是飆車少年吧。他突然踩油門，從後面直接撞上我們，還肇事逃逸。」

「妳有看到他嗎？我是說他的臉。」

「什麼也沒看到。」伊莉絲慢慢吐了一口氣。「車窗貼了膜。」

「所以不一定是男的囉。」

「他開走時輪胎的聲音，根本就是典型的飆車少年。他媽的小屁孩！我的車子沒救了……連修都修不了了。」

響著警笛的警車在馬路對面停了下來。強烈的疲倦感襲捲而來，因為我們馬上就要被事故報告纏身了，真希望能跳過那部分。我看了儀表板上的時鐘一眼，現在是三點四十六分，而我們和亞當・拉奇約四點半。趕得上嗎？警察審訊要花多久時間？

我的腦中有個疑點，我好像快意識到了……但還差一點。到底是什麼？我試圖回想一下，就是這個：車子儀表板上的時鐘，以及時間。三點四十六分，特別是「四十六」的部分……

「妳說我們女兒那屆有四十六名學生。」我壓低聲音說，一邊看著警察下車，朝我們走來。

「不包括伊莫珍。」伊莉絲說。

「那樣不對。不包括伊莫珍的話，那屆應該是三十七人，包括她三十八人。」

伊莉絲嘆了口氣，說：「聽著，偷看紀錄的人是我，我很確定有四十六人。」

「但真的沒有，就是沒有。妳認得每個名字嗎？」

「我是說……不認得。」她頓了一下，便老實承認。「除了莎蒂的朋友，也就是潔絲、露比、蓓兒，我其他都不認得。」

她怎麼能這麼漠不關心？我們明明去了那麼多學校活動，也有看到其他學生和家長。然後我恍然大悟：基本上，伊莉絲都沒出席，她不是在出差，就是待在辦公室忙工作。

「妳為什麼確定只有三十七人？」她問我。

我絕不會告訴她或任何人這個可恥的真相：我之所以知道和潔絲同屆所有學生的名字和人數，是因為在我自欺欺人的愚蠢妄想中，我把她的同學當成了自己音樂劇的演員。過去幾個月來，我好幾次在電腦上打了演員列表，打了又刪，刪了再打，一邊評估學生們的才能和構思我的演出，一邊調動合唱團、配角和主角。

「我就是知道。」我說。「總共三十七人，加上伊莫珍三十八人。」

警察輕拍車頂，伊莉絲便搖下車窗，附近有個男人幫忙說明情況：「另一輛車完全失控了，他開太快，直接撞上她們。」

「我們兩個都沒事，謝謝。」伊莉絲告訴圍觀的一小群人。「受到驚嚇，但毫髮無傷。」

我讓她負責說話，我則思考為何奧拉弗琳的學校系統中有九名不存在的學生，包括伊莫珍，那個「鬼」。她現在在哪？在上課，或許還坐在潔絲旁邊？這念頭讓我不寒而慄。我不相信鬼的存在，但如果是鬼，就能同時出現在兩個地方。剛剛開車撞我們的該不會是伊莫珍……

不對，我真是瘋了，雖然伊莉絲剛剛告訴我學校沒有她的紀錄，但她不可能知道這點，也沒道理認為我們懷疑她。

她不可能知道……除非……

不對，實在太扯了，「好像鬼一樣」只是譬喻，伊莫珍・柯伍他媽的才不是鬼。

♛

「這是真的嗎，坎朵？」亞當・拉奇問。

由於車禍的緣故，我和伊莉絲遲到了一小時，五點半才抵達校長室。剛到的時候，我很驚訝坎朵也在，不過她怎麼可能不來呢？就算她再也不想見到我或伊莉絲，她也會認為自己必須幫露比說話。

「露比沒有殺死小薇。」她低聲說，好像看準了時機。「沒有蓄意，也沒有過失殺人。不管別人說什麼，她都沒有殺人。我知道全世界都懷疑她，但他們錯了。只是因為小薇的家長曲解事實，對學校所有人散布謠言……」

「其他部分呢？」亞當打斷她。「露比亮眼的推薦信，還有美國的表演藝術學校都搶著要她的事？」

「全都是謊言。」我告訴他。

他對我不予理會，視線沒有離開坎朵。

她點頭說：「伊莉絲說的都是真的……除了露比把小薇推下樓梯的那部分。推薦信都是我自己寫的，不是真的，都是謊言，全部都是。我想再給露比一次機會，我不認為這麼做是錯的，也不認為自己有傷害到任何人。我只在乎我女兒，還有我能怎麼幫助她重新開始。」

「這件事很嚴重。」亞當說。

「我覺得你必須請露比馬上離開學校。」伊莉絲說。

他轉身背對我們。天啊，他真沒用，他到底在等什麼？他何時才會明白自己身為校長的身分，開始果斷做決定？再這樣下去，或許我真的得聯絡《太陽報》或《每日郵報》了。我不怕他們問問題，從來都不怕。我當初怎麼會讓伊莉絲把恐懼的種子種在我的心頭呢？

我從來沒想過，但或許伊莉絲害怕媒體的關注。如果她會駭入學校系統，還有跟別人的老公上床，她還會做出什麼不可告人的事情呢？

「為什麼？」坎朵問她。「為什麼露比必須馬上離開學校？」昨天在金卡納印度料理時，她充滿憤怒與恐懼的情緒，今天她卻非常平靜，半滴眼淚也沒流。「是因為我偽造文書讓她入學，還是因為最近發生的怪事？」

「我認為兩者皆是。」伊莉絲看向拉奇。他看著窗外，似乎決定無視我們，假裝自己是獨自一人。

「我不這麼認為。」坎朵說。「亞當已經親眼看到露比有多麼優秀了，我偽造推薦信又如何？以她的才能，顯然有資格待在這裡。」

「坎朵，這不是才能的問題。」伊莉絲說。「沒人否認露比是很有天賦的演員和歌手。問題在於她的人格和其他學生的安全。」

「絞索和最近發生的事情都不是露比做的。」坎朵說。「是別人做的。布蓉妮，告訴他們……告訴他們露比不可能自己把絞索放在那裡。」

「我不認為是她做的，亞當。」布蓉妮稍作遲疑後便說。「我一整晚都待在服裝室，只離開幾分鐘，而且那段時間露比一直在我的視線範圍內。但是……」

「但是什麼？」我問。

「抱歉，坎朵，但我必須要說……伊莫珍告訴我，在伊莉絲家的睡衣派對，是露比把她推下樓梯的。」

「什麼？」伊莉絲皺眉說。「她跟我說的正好相反：她很堅持沒人推她。事實上，我記得她說的方式好像有雙重含義，很奇怪。她明明可以說：『我跌下樓梯了。』但她感覺好像在強調自己是跌倒，而不是別人推她的。」

「妳是說她堅稱沒人推她，聽起來卻像有嗎？」我問。我完全可以想像伊莫珍是怎麼說的。

伊莉絲點頭說：「現在想來，她的反應的確有點太過激烈……或許她是想幫露比掩飾罪行。」

亞當終於加入話題：「如果露比才剛把她推下樓梯，她為什麼要保護露比？」

我聳聳肩說：「不知道，她可能是想暗示露比攻擊了她，但又害怕直接說出口。或許露比跟她說了：『敢告訴別人妳就死定了。』」

坎朵直搖頭。

伊莉絲說：「一旦被人推下樓梯，就代表自己的人身安全受到威脅……我以為那樣就夠可怕了，不可能不說吧。」

「所以她後來說了。」布蓉妮說。「她告訴了我。或許在伊莉絲家，她還不確定該怎麼做，後來想想才明白自己必須說出來。但如果是這樣……她為什麼央求我不要告訴任何人？」

「你們都遺漏了很重要的一點。」我說，並深吸一口氣，準備冒著被罵成瘋子的風險提出我的假設。我的推理怎麼可能會錯？不可能，因為其他解釋都說不通。

伊莉絲對我投以銳利的眼神。我已經發誓不會提到她當駭客的事了。「我認為伊莫珍假冒身分。」我說。

「妳到底是什麼意思？」亞當問。

「我認為伊莫珍．柯伍也許不是她的真名。她的英國腔不管裝得再怎麼逼真，其實都是假的。她很可能是美國人，跟死掉的女孩小薇一樣。這之間一定有關聯：先是小薇跌下樓梯身亡，再來是伊莫珍跌下樓梯，怪到露比頭上……如果伊莫珍是小薇的親戚，或是……他們派來之類的呢？或許他們認定露比殺了他們的至親卻沒被問罪，因此不想讓她得到第二次機會，來英國重新展開生活。」

大家都盯著我。

「想想看吧。」我說。「潔絲發誓說露比不可能把音樂盒放入她的置物櫃，因為她們一整個早上都在一起。那會是誰呢？音樂盒出現的那天，剛好是伊莫珍轉學過來的第一天，第一天耶。那時伊莫珍還不認識潔絲，沒有理由攻擊她。如果說潔絲不是她的目標呢？或許她的目的是嫁禍給露比，逼她退學，不過那樣沒用，因為亞當你不知為何不讓霸凌者退學。所以伊莫珍改變計畫，直接針對露比，才出現了塗鴉和絞索。而如果她的目標是露比，那動機是什麼？如果她真的是轉學生伊莫珍．柯伍，那她和露比根本不熟，也不會想傷害她。至少伊莫珍轉來第一天，也就是音樂盒事件那天，她們根本不認識。她在這裡，還有一切的行為，一定都跟替小薇報仇有關……只有這樣才合理。她在伊莉絲家的睡衣派對逮到機會，便跑下樓梯，躺在地上後開始尖叫，再說是露比推她的……先是暗示，後來又告訴布蓉妮，叫她發誓要保密。」

「我認為我們必須聽聽兩個女孩的說法。」亞當說。「露比和伊莫珍。請大家稍等。」

幾分鐘後，門開了，亞當走了進來，露比和伊莫珍跟在後面。露比正在哭泣，身體微微顫抖，伊莫珍則是直視前方，雙眼圓睜，好像在看著房間另一頭的某個人，但那裡什麼都沒有。

令人毛骨悚然，像鬼一樣。

「女孩們，謝謝妳們願意過來。」亞當說，好像她們可以拒絕一樣。「我們想聽妳們說說最近去莎蒂家的時候發生了什麼事。伊莫珍，妳告訴理查森女士，露比把妳推下樓梯是嗎？」

伊莫珍顯得很吃驚。「沒有，我沒這麼說，沒人推我。」她轉向伊莉絲說：「龐德女士，我當時是這麼告訴妳的吧，妳不記得嗎？我跌倒了，那是意外。」

「伊莫珍，妳不是那麼跟我說的。」布蓉妮抗議道。「亞當，我跟你保證，她真的有告訴我露比推了她。」

「我沒有推任何人。」露比邊哭邊說。「我沒碰她。」

「她真的沒有。」伊莫珍說完便走向露比，給她一個擁抱，說：「沒事的，露露，就算他們不相信我們，我們也知道妳什麼都沒做。」露比掙脫了她的懷抱。

我受夠這種裝模作樣的戲碼了，忍不住跳起來。「把她們趕出去。」我咆哮道。「妳們兩個都給我滾。」

「卡洛琳。」伊莉絲出聲警告我。

亞當看向她，似乎想尋求指示，卻得不到回應，只好說：「呃……好吧，謝謝妳們，女孩們，這樣就可以了。」

她們一走，我便跟亞當說：「如果你在等我道歉的話，可以不用等了。我要她們離開，永遠不要回來。你有理由讓她們兩個退學，而且你最好這麼做，不然我會……」

「我沒有理由讓伊莫珍退學。」亞當說。「沒有證據表明她做錯了什麼。」

「你瘋了嗎？」我厲聲說。「全都是她做的，都是她。」

「她說謊了，亞當。」布蓉妮說。「她對我說謊。」

亞當嘆了口氣說：「我想我必須請她父親過來。妳們都在這裡參與討論，但德瑞克．柯伍卻對此一無所知，這樣不對。」

「他沒辦法來。」坎朵說。「他快死了。」

「什麼？」亞當似乎很疑惑。「不對，沒有啊，我前幾天才看到他載伊莫珍來學校，他開走前還跟我揮手呢，看起來沒什麼事。」

「伊莫珍跟我說他快死了，待在臨終關懷醫院。」布蓉妮慢慢地說。

「又是謊言！」我說。

「我要請德瑞克．柯伍來一趟。」亞當似乎終於做了決定。「在採取進一步動作之前，我也得先跟理事會報告。」

「與此同時，你可以……我是說，你可以請伊莫珍不要來學校嗎？」坎朵問。「你可以讓她停學嗎？我敢肯定我女兒的人身安全受到威脅……當然前提是你也沒有要讓她馬上退學。如果是你的孩子遭遇絞索事件，你會怎麼想？」話一說出口，坎朵便摀住嘴巴。「噢，我的天啊，我沒想到……真的很抱歉。」

「沒關係。」亞當說，不過他的臉沒了血色。「我不知道有多少人知情……有些人可能不知道，因為我不常提起。好幾年前，我的孩子死於急性骨髓性白血病，所以對於我們現在要處理的問題，我絕對不會敷衍了事。請放心，我很重視這件事，我會跟理事們報告發生的所有事，還必須代表學校接受法律諮詢。關於伊莫珍，有些事妳們不知道，或許我不該說，但是……她曾經自殘過。」

「她手腕上的傷口數料。」伊莉絲看向我說。

「我才不管那麼多。」我說完便起身往門的方向走。看來露比和伊莫珍暫時不會被趕出去，所以我不想再看到亞當．拉奇的臉。

「妳要去哪？」伊莉絲在我身後喊道。

沒去哪，只是我必須逃離這裡，不然除了口出穢言，我可能還會忍不住動手。我離開校長室，狠狠甩上門，便靠在門上，閉上眼睛。

幾秒鐘後，我張開眼睛，她的身影便映入眼簾。是伊莫珍，她站在走廊的另一頭盯著我，臉上掛著奇怪的表情，手臂不自然地垂在身體兩側。我發出害怕的聲音，試圖往後退，卻發現自己背貼著門，已經無路可逃。

「沒事的，卡洛琳。」她說。「我不會傷害妳，我只是個普通的女孩，就跟潔絲一樣。」

♛

我喜歡編造「垂死父親」的故事。奇妙的是，很多事情都是真的，幾乎全部都是，除了父親快死了的部分。細節有那麼重要嗎？比起無聊的事實，真實的感情重要多了。我能透過想像失去至親，在五秒內掉淚嗎？可以。我不需要真的有罹患絕症的父親，就能想像那是什麼感覺。我很了解失去的感覺，其實歸根結柢，那就是觀眾想要的：不加渲染，最貼近本質的體驗，也就是典型的苦難。為了帶給觀眾這種體驗，就算必須捏造出臨終照護醫院裡一間不存在的黃色病房，那又如何呢？我甚至還沒跟別人說過病房是黃色的呢，或許以後也不會說。不過，就算有些細節永遠都不會派上用場，也一定要把故事的所有細節銘記在心。細節很重要，實情當然也很重要，但有一項事實遠遠凌駕其上：唯有親身經歷過失去，才能體會失去的痛苦。這就是我來幫忙的原因，不久之後，再怎麼無知的人都會明白的。

替身

第一季第六集

意料之外

B · A · 芭莉絲

Snapchat群組：蓓兒、莎蒂、潔絲

蓓兒：嘿有人知道為何露露刪帳號了嗎？

莎蒂：ＩＧ也是

潔絲：內疚吧

蓓兒：妳們覺得她真的有把伊莫推下樓梯嗎？

潔絲：有！

蓓兒：妳呢，莎莎？

莎蒂：不知道，我不想認為露露會做出那種事

潔絲：真希望我剛剛在亞當的辦公室。妳媽有說什麼嗎，蓓兒？

蓓兒：沒有，只說不要隨意評斷

潔絲：不意外

蓓兒：別吐槽啦。那妳媽呢？她也在啊

潔絲：說好聽點就是……露露是個大騙子。

莎蒂：那伊莫呢？妳相信她嗎？

潔絲：鬼才相信她咧

布蓉妮

蓓兒和我到家時，我已經頭痛欲裂。通常我們會在路上閒聊，但她似乎跟我一樣心事重重。雖然我等不及要把一切告訴卡爾，但看到他還沒回來，我也鬆了一口氣，因為我需要時間沉澱。剛剛在亞當辦公室的晤談是我人生中最難受的一次，而且不只是因為他告訴我們自己女兒過世的事。我探頭進客廳，和正在看電視的托比簡單聊聊他今天過得如何。平常我會催促他去寫作業，但今天我很樂意讓他看電視看到飽。

「要喝杯茶嗎？」我邊脫鞋子邊問蓓兒。「不用了，謝謝媽，我還有事要忙。」她說。

我驚訝地看著她，因為我們每天回家都會一起喝茶，但她已經轉身背對我了。我想起她在回家路上一直都很沉默，本想問她有沒有什麼事，卻又決定我不想知道……至少現在不要，因為我現在要處理的問題已經夠多了。昨天中午，卡洛琳告訴我們坎朵和露比離開美國的真正原因，讓我非常震驚，情緒到現在都還無法平復。

我將茶壺裝滿水，等待水滾的同時，越想越憤慨。真不敢相信坎朵竟然對我們大家說謊。我無法理解的是，如果小薇的死真的只是意外，為什麼坎朵不直接跟我們說呢？她家發生那麼可怕的事情，任何人都能理解她必須逃離那裡的心情。我無法想像住在死過人的房子！如果我是坎朵或是露比，我肯定再也不敢去地下室，只要看到那樓梯，就會看到可憐的小薇躺在最下面。我很驚訝他們竟然沒有決定賣掉房子。

當卡洛琳暗示露比可能與小薇之死有關時，我感到很難受，因為伊莫珍告訴我露比在睡衣派對把她推下樓梯，這件事一直在我腦中揮之不去。我一直沒告訴卡洛琳和伊莉絲，雖然有點想這麼做，但我也不想火上加油。不過亞當把伊莫珍和露比拖進校長室時，伊莫珍親口告訴了所有人。我幾乎沒辦法直視她，真不敢相信父親生病這麼嚴肅的事，她竟然還對我說謊。我覺得自己真蠢……謝天謝地其他母親沒有把我當笑柄。卡洛琳錯過了譏笑我的大好機會，不過多虧了小薇之死，我已經不會再抱持天真的想法了。我對伊莫珍簡直怒不可遏，到底是多麼糟糕的人，才會騙人說父親生重病？她難道不擔心一語成讖嗎？她的父親真可憐，如果他知道女兒這樣說他，不知會作何感想？至於坎朵，我不知道伊莫珍為何要對她說謊。或許她欺騙我是為了博取同情，讓我傾向於相信她說露比推她的事。不過，我才不在乎亞當說她自殘什麼的，我不會再同情她了！

蓓兒從來不會讓我和卡爾擔心，對此我心懷感激。我無法想像坎朵知道自己的女兒是霸凌者的心情，也無法體會卡洛琳知道女兒被人討厭的感覺。換作是我，我肯定會徹夜難眠。莎蒂也一定有狀況，但我搞不好比伊莉絲還擔心。事實上，我懷疑伊莉絲根本沒注意到女兒的異狀。

我把茶包直接放到杯子裡，再倒入熱水。我通常會先用茶壺泡好，不過非常時刻有非常辦法。我把偷懶泡的茶端到桌上，坐下來思考晤談的事。亞當才剛告訴我們女兒過世的事，卡洛琳就憤而離場，這樣感覺不太好，不過她就是那副德性。她一有什麼想法，就會像狗咬骨頭一樣緊咬不放。

「媽？」我抬頭，看到蓓兒站在我面前。「能跟妳談談嗎？」她問。

她似乎肩負著難以承受的重擔，看到她這個模樣，我馬上感到內疚。我明明知道她心事重重，卻沒有關心她，反而優先顧慮自己的需求。「當然。」我說完，便拉開旁邊的椅子。

她坐下來說：「是關於莎蒂的事。」

「真巧，我正好也在想她的事呢。」

「我真的好擔心她！」她就像水壩洩洪一樣，再也抑制不住情緒。看到她淚眼汪汪的模樣，我知道不只是莎蒂熬夜看劇這種程度的問題。希望她沒有懷孕，我心想，一邊緊緊摟住蓓兒。

「妳何不告訴我呢？」我用溫柔的語氣說。「不管是什麼，我們都能想辦法解決。」

「媽，我覺得她在吸毒。」我沒能馬上理解這句話的意思，理解後才明白，不管今天已經多糟了，人生還是能不斷賞我巴掌。蓓兒再也按捺不住擔心的情緒，眼淚潰堤，身體不住顫抖。

「吸毒？」我費了好大力氣，才吐出這兩個字。「蓓兒，妳確定嗎？」

「很有把握。」她伸手拿身後的廚房紙巾，撕下一張來擤鼻涕。「妳也有注意到吧？她看起來很糟，而且她最近幾乎都不吃東西，我問她怎麼了，她卻說她不想談。」

「但那不代表她在吸毒。」我說。「妳自己也說她沒有固定的睡覺時間，或許是她的生理時鐘亂掉了之類的。」

蓓兒猛搖頭，深色頭髮落到肩頭。「今天中午，莎蒂說她需要獨處，沒有等我就走了。我很擔心，就在大門口等她。她回來時，正在低頭讀某個東西，但一看到我就馬上把東西塞到包包裡，好像不想讓我看到一樣。所以我趁她不注意時，就偷偷拿出來看。」她從口袋掏出一本對折的光滑小冊子，就像保健中心會有的手冊。「妳看。」她說完，便攤開小冊子。

封面畫了一瓶藥和一個注射器，上面還寫著「第一步是承認自己有問題」。

「這太糟糕了，蓓兒。」我接過小冊子，頓時覺得這件事超過了我的理解範圍。如果是潔絲或露比在吸毒，我或許會相信……但是莎蒂？她明明比蓓兒更成熟穩重。「我簡直不敢相信，我是說，為什麼？還有毒品是哪來的？」

「取得方式很簡單，媽。只要有錢，在學院裡拿到毒品根本輕而易舉，而莎蒂肯定有錢。她媽動不動就給她二十英鎊，有時甚至給五十英鎊，莎蒂說那些錢是她媽為了減輕罪惡感才給的。『為什麼』就比較難解釋了。」

「妳之前說她壓力很大，或許那就是原因？」

「對啊，但我不是指課業壓力，而且最近她好像對表演沒那麼有興趣了。我有上網搜尋，喜怒無常、沉默寡言、吃不下睡不好都是吸毒成癮的徵兆。」她眼眶泛淚，那雙棕色的大眼睛充滿痛苦。「我們該怎麼辦，媽？」

「我得告訴伊莉絲。」我說，同時心裡一沉。

蓓兒點頭。「妳不會告訴拉奇先生吧？不然她可能會像去年的學生一樣被退學，我不希望那樣。」

「不會，不用擔心。莎蒂需要幫助，而不是被退學。」

「妳何時會跟她媽媽談？」

「越快越好。」我稍作思考。「比起講電話，我覺得面對面談更好。我現在就傳訊息給她，問她明天上班前有沒有空，反正我晚點到也沒差。」

蓓兒靠過來親吻我的臉頰，說：「謝謝媽，謝謝妳每次都陪在我身邊，我覺得那就是莎蒂的問題，她身邊其實沒有人能幫助她。」

我想確認蓓兒沒事，就幫她泡了一杯茶。等她離開去做功課時，心情已經好多了。我去看了一下托比，他簡直不敢相信我竟然還讓他繼續看電視。我從包包裡拿出手機。

伊莉絲，我明天早上能去找妳嗎？看妳何時有空。我又打了「很緊急」，免得她以為我想談募款的事。

我等到快十點才收到回覆。

如果是關於募款的事，我明天會請助理匯款。

跟募款無關！我憤憤不平地回覆。我不想說我得和她談莎蒂的事，以免她開始詢問原因，因為我不想用訊息談這種事。是更加嚴重的事。

下週一如何？

明早如何？我反駁道。

我整個早上都很忙，十二點可以回家，但十二點半要離開，可以嗎？

我想告訴她「我會加快語速」，但她或許只會說「很好」。

所以我最後只寫了「好，謝謝，伊莉絲」。

♛

隔天早上，我很不想上班，之前從未發生過這種事。我以為穿這件漂亮的真絲洋裝會有幫助，因為它會讓我覺得自己明豔動人，而我今天要跟伊莉絲談莎蒂的事，勢必需要有自信。但老實說，我穿什麼都沒差，因為我一看到超級有魅力的伊莉絲，就會覺得自己一文不值。

我必須跟亞當談談，卻又怕他提起昨天的晤談。我也不知道該不該提起他女兒的事，因為如果我不說點什麼，他可能會以為我毫不關心。我在走廊上剛好看到他進校長室，也瞥見一抹黃色。我放慢腳步，試圖理解他為何戴象徵好心情的黃色絲巾，總覺得不太對。

「啊，布蓉妮！」他看到我在門邊踟躕不前，便熱情打招呼。「我正想找妳呢，進來吧！」

「早安，亞當。」我僵硬地說，無法配合他快活的語氣。

「我今天下午會做出名單。」他笑容滿面，看到我不知所措的表情便大笑說：「期末音樂劇的演員名單啦！我決定選《西城故事》了，但別告訴任何人。」他用手指輕拍鼻翼。

「我不會說的。」我說。我現在根本沒心思去想音樂劇的事。「亞當，我今天想提早午休，可以嗎？」

「妳要休息多久都可以，布蓉妮，學院不會長腳跑走的。」

我勉強擠出一絲笑容。「希望如此，謝謝你，亞當。」

「不，是我要謝謝妳，布蓉妮。如果沒有妳，我該怎麼辦呢？」

我一明白他的含意，不禁面紅耳赤。「亞當，我……」但他打斷了我。

「我的意思是學院如果沒有妳，該怎麼辦呢？」他用平順的語氣說。「而妳如果沒有學院，又該怎麼辦呢，布蓉妮？」我默不作聲，只是盯著他。「妳穿的洋裝真美。」他繼續說。「是真絲嗎？」

「就跟你那一堆絲巾一樣，亞當。」我厲聲說，終於抹去了他臉上的笑容。

♛

我不能再繼續下去了，我一邊離開亞當的辦公室，一邊心想。不值得冒這個險，因為我可能會失去一切。卡爾一旦發現就永遠不會原諒我，我也不確定是否能指望亞當站在我這邊。我實在是太蠢了，明明知道這樣不對，但我太過軟弱，亞當又很有說服力。不過事實上我只能責怪自己，我是何時變得這麼貪得無厭的？

上課鐘聲響起，我便前往職員室，心裡慶幸那裡不會有人。雖然沒有特別想喝咖啡，我還是喝了一杯，一邊想在去找伊莉絲之前要如何打發時間。隨時都有戲服需要修補，而且我縫紉時不太需要用大腦思考，於是我把剩下的咖啡倒入水槽，離開職員室。早上第一節課沒有空堂，所有學生都應該在上課，所以當我看到有人偷偷從側門溜出去時，便馬上起了疑心。

「哇，真難以置信。」我發現那個人是伊莫珍，便喃喃道。「她到底想去哪？」我邁步走向她，想問她是不是要去探望生病的父親，只為了看她心虛的模樣。亞當說她的父親是城裡的配鏡師，但我不認為她現在這個時間是要去那裡。她住哪呢？我一邊追在她後面，一邊想。她是和父親住，還是跟祖父母住呢？話說她有祖父母嗎？還是那也是她的謊言之一？

我跟著她穿過中庭，試圖和她同時踩出步伐，她才不會聽到我的腳步聲。她出了大門，走到街上，用跑的穿越馬路，險些被一輛公車撞上。公車司機長按喇叭，呼嘯而過，停在附近的公車站牌前。我準備過馬路，但伊莫珍已不見蹤影。我一頭霧水，四處張望，一邊把開襟衫拉緊，因為空氣中有股寒意。她是怎麼做到的？她剛剛明明還在眼前，下一秒卻消失了。附近沒什麼人，應該很容易找到她……但我卻看不到。然後，公車準備駛離時，我看到她在上層走動，一頭金色長髮在身後甩動。我不假思索，衝過馬路，跳上公車，差點被門夾住。

「好險啊！」司機愉快地說。

「抱歉。」我氣喘吁吁，在包包裡翻找交通卡。「請問這班公車要往哪裡？我想確認沒搭錯車。」

「布里克斯頓。」

布里克斯頓？我的天啊。我跨越其他乘客的腳和購物袋，走到公車後方。如果卡爾知道我要去布里克斯頓，他一定會嚇得半死，因為那是倫敦治安最差的地區之一。我雖然有點不甘願，但還是硬擠在體型比我大兩倍的男人旁邊，因為我想知道伊莫珍在哪一站下車，而只有那個位子可以清楚看到樓梯。真不敢相信我竟然在跟蹤她。首先，這肯定是違法的。第二，萬一被她看到該怎麼辦？我想其他母親不會有這種顧慮，同時也明白了另一點，就是我之所以還能接受跟蹤這件事，是因為當我跟其他母親說時，她們可能終於會對我刮目相看。如果我不去尋求她們的讚賞，人生肯定會輕鬆許多吧。但無論我做什麼，就算只是烤蛋糕這種小事，我還是會不斷想到其他母親。對於我要烤的蛋糕，她們會怎麼想？她們會如何看待我打算買的這件洋裝？對於我想看的這本書，她們有何看法？如果要用蓓兒的青少年用語來形容，那就是「中毒很深」。

我沉浸於心中的場景，忙著想像卡洛琳稱讚我有多優秀，等到回過神來，才意識到我根本不知道自己在哪裡。公車在某站停靠，我有點想趁還有機會回到學院時趕快下車。一雙穿著牛仔褲的腳出現在樓梯上，我鬆了一口氣，開始起身。但令我沮喪的是，那並不是伊莫珍的腳。那雙腳和其他乘客一起下車，公車繼續行駛。我從窗戶盯著外面，看到許多商家門窗都被釘上了木板，成群的年輕人窩在轉角處，這裡到底是哪裡？現在除非有計程車可以直接載我回去，不然我也不敢下車了，但附近似乎完全沒有計程車。

公車停了下來。我一轉頭，剛好看到伊莫珍下車，馬上一躍而起。

「不好意思，借過。」我上氣不接下氣，奮力往前擠。伊莫珍是唯一的下車乘客，所以車門已經關上了，我不禁感到驚慌失措。「拜託，請開門，我要下車！」

擠在門口附近的乘客怕我會吐在他們身上，便往後退，一邊對司機大喊：

「開門！」

「有位女士要下車！」

「快開門啦，老兄！」

幸運的是，門又打開了，等我回過神來，已經站在人行道上，心裡只慶幸沒有一路搭到布里克斯頓。我四處張望，如果這時有回程的公車，我一定會衝到馬路對面，毫不猶豫跳上去，因為我一生中從未感到如此格格不入。伊莫珍在我前方近二十公尺處走著，穿著短版上衣卻似乎不畏寒冷。除了她之外，周圍只有男人，而他們看著我追上去的眼神令我毛骨悚然。別傻了，布蓉妮，我斥責自己。他們只是男人而已，不是殺人犯。

「等等。」一個男人踏出門口，擋在我面前，身材高大，渾身酒味，充滿威脅性。我本能地把包包緊抱在胸前。「妳這麼急是想去哪？」

「我女兒。」我尖聲說。「就是前面那個女孩，我得追上她。」

他不懷好意地看著我的臉說：「妳不想先跟我玩玩嗎？」

「不，不想。」

「你聽到了嗎，凱爾？」他轉身對站在門口的另一個人說。「真沒禮貌，對吧？」

「請借過。」我試著繞過他，但他也跟著移動，擋住我的去路。我的心跳加速，我不想與他為敵，但伊莫珍已經漸漸走遠，該怎麼辦？卡洛琳，想想卡洛琳會怎麼做。

我挺直身體說：「給我讓開！」

他瞇起眼睛說：「妳說什麼？」

「我說給我讓開！」

他將手伸進褲子後面的口袋，向前一步，幾乎貼著我的身體。他身上的味道令人作嘔。

「別浪費時間啦，達茲。」他的搭檔在門口拉長聲音說。「她只是個醜八怪老母豬。」

我一怒之下轉向他說：「你去吃屎吧！」

我幾乎和他們一樣驚訝，我完全不知道自己哪來的勇氣，好像被卡洛琳附身了一樣。幸運的是，「達茲」覺得很滑稽，便捧腹大笑，笑聲很像鬣狗的叫聲。我趁機推開他，繼續追伊莫珍，憤怒使我邁大步走，而不是用跑的。或許是因為我走路的方式散發一種「少惹我」的氛圍，路上沒有人再接近我。

我拼命縮短距離，剛好看到她往左拐入一條狹窄的小路，我小心翼翼地跟在後面。巷子兩側各有一排破舊的排屋，而伊莫珍正走向最近的一間。我躲回轉角後面，心臟砰砰直跳。

我都來到這裡了，而且還嚇得半死，我可不想在最後一刻被伊莫珍看到。先前懷疑她，讓我感覺很糟。就我剛剛瞥見的街道而言，她的祖父母很可能住在這種地方，或許他們從結婚到現在都住在這裡。這棟小排屋可能曾經是他們生活中的驕傲和喜悅，直到他們年老體衰，才發現住在這裡生活不便。我偷瞄了小路一眼，已經開始思考要如何幫忙，例如烤蛋糕讓伊莫珍拿給他們，或是提議讓卡爾協助修繕門面。我看到伊莫珍站在門口耐心等待。

一個男人打開了門，他看起來太年輕，不可能是伊莫珍的祖父。那一定是她父親……不對，不可能，他身上穿著破舊的牛仔褲和髒兮兮的無袖T恤，而且整個手臂都有刺青。我馬上警戒起來，感覺事情不太對勁。我一心只想著，伊莫珍要不是跑錯地方，就是被引誘過來，即將踏入某種陷阱。我向前跨了一步，但還來不及採取行動，伊莫珍就身體前傾，直接親吻男人的嘴唇。我眨眨眼，一時無法相信自己的眼睛。我又偷瞄了一眼，看到那男人雙手抱著她的臀部，將她拉向自己，直到她的身影消失在房子裡。只有大門甩上的響亮聲音，打破了令人毛骨悚然的寂靜。

一個男人推開我，撞了我的肩膀。我倏地轉身，以為他要搶劫，但他似乎根本沒注意到我。我瞥見他兩眼無神的模樣，雖然寒冷，他卻只穿了一件薄T恤，衣服底下凸出的肋骨清晰可見，裸露的手臂上全都是針孔，令人反胃。我離舒適圈太遠了，一心只想回到學院。我回到大路上，回頭看了最後一眼，發現那男人也進入了伊莫珍剛剛進去的地方。噁心和恐懼感同時向我襲來……事已至此，我不可能現在離開，我太擔心伊莫珍了，必須帶她離開這裡。

我沒多想就穿越馬路，直接走到前門，大聲敲門。把伊莫珍拉進屋裡的那男人幾乎是馬上就來開門，他近看的模樣更糟，滿臉疤痕且眼睛凹陷。

「妳想幹嘛？」他的語氣很無禮。

「伊莫珍。」我說，不知道是因為寒冷而發抖，還是別的原因。

「伊莫珍？」

「沒錯。」

「沒聽過那種東西。」他準備關門。「這裡沒有。」

我伸手擋住門說：「沒有她，我不會離開。」我聽起來比實際上還要有把握。

「我已經說我沒賣了，去別的地方問吧。」

「我知道她在這裡。」

「誰？」

「伊莫珍。」

「妳他媽的瘋了，女士。妳不要我有的貨就滾開。」

他把門甩在我臉上，我怒氣沖沖，準備再次敲門，跟他說他才是瘋子，因為伊莫珍不是「東西」，是一個人。接著我恍然大悟，明白剛剛的對話根本是牛頭不對馬嘴，馬上轉身跑回大路上，心跳快到幾乎喘不過氣來。我不可能搭公車回去……我四處張望，看到馬路對面停了一輛計程車，便衝了過去，還差點被腳踏車撞上。我猛然拉開後座的門，看到一個彪形大漢蹲在裡面，不禁尖叫出聲，後來才意識到他只是想下車。我讓他下車後，便在司機開走前急忙鑽進後座。

「你現在可以載人嗎？」我大聲問，難掩焦急的情緒。

「要不然呢？」司機冷冷地說。「去哪？」

我本想請他載我回學校，後來決定乾脆直接去伊莉絲家。我在手機上找到她的地址，順便看了一下時間。現在才十點五十分，所以我會提早到，但沒關係，可以先去附近的咖啡廳。

過了一陣子，我的心跳才恢復正常，但擔憂的情緒仍不斷侵蝕我的內心。或許我應該更堅持要見到伊莫珍，但我一猜到那男人是毒販，就只想逃離那裡。他怎麼可能是她的男朋友？他至少有三十歲吧。萬一他讓她染上毒癮怎麼辦？他會不會是利用伊莫珍滲透學院？蓓兒昨晚說了什麼？在學院裡拿到毒品根本輕而易舉。難道莎蒂的毒品來源是伊莫珍嗎？我想起幾週前看到她們倆竊竊私語，決定必須盡快跟伊莉絲說。還有亞當，因為他必須知道伊莫珍的事。

由於交通壅塞，我只提早二十分鐘到伊莉絲家，所以我決定在附近走走，一邊練習待會要說的內容和方式。社區的房屋都是四層樓高、雙面臨街，且粉刷成白色的透天厝，宛如宮殿，令人驚豔。不知道伊莉絲在不在意自己的房子是整條街上最小的？雖說如此，還是相當引人注目。我看到她穿著高跟鞋走在路上，便過去打招呼。

「希望妳沒有等太久。」她皺眉說。「我有說我十二點才會到。」

「我只早到幾分鐘而已。」我說。不知道她為何總是那麼不耐煩。

我跟著她進門。我在伊莉絲家總是感到不自在，彷彿身處樣品屋，無時無刻不擔心會打破東西，或是在光滑的表面上留下指印，每次去都讓我神經緊繃。我特別不喜歡廚房，她卻偏偏帶我去那裡。她招呼我坐在高得離譜的高腳椅上。

「喝茶嗎？」我爬上椅子時，她問。

「好，謝謝。」

「要薑黃還是茴香茶？」

「等等，我可以改喝咖啡嗎？」

她在廚房走動，準備我的咖啡時，她的身影不斷倒映在光滑的鍍鉻表面上。

「我們可以到客廳嗎？」我問。她雙眼圓睜，好像我是要求從大門進去的送貨員一樣，讓我突然理智斷線。「或許這些高腳椅是最新設計，但它們超級不舒服！而且妳可能喜歡一直看到自己的倒影，但我不喜歡！」

她蹙眉，問道：「高腳椅真的那麼不舒服嗎？」

「沒錯！好像坐在一根竿子上。順便告訴妳，妳的廚房冷冰冰的，根本就像醫院一樣！」

「噢。」她從冰箱裡拿出一瓶水，給自己倒了一杯，再到咖啡機拿我的咖啡。「如果妳這麼想，就跟我來吧。」

我滑下高腳椅，跟著她走到寬敞的客廳。有四張大沙發可以選擇，我不禁想像他們的家庭之夜——伊莉絲、尼克和莎蒂各自坐在自己的椅子上，身體近在咫尺，心卻遠在天邊。或許他們甚至沒有所謂的家庭之夜。

「所以有什麼事嗎？」伊莉絲在一張沙發上坐下。

「莎蒂。」我說，一時不知道我該坐在她旁邊，還是最近的扶手椅，但連那張扶手椅都遠到我必須用喊的，她才聽得到。

「莎蒂？」

「對。」我說，最後決定坐在她旁邊。

她大嘆一口氣，問：「妳要說的該不會是她偶爾會喝酒這件事吧？」她露出百般無聊的表情。

剛剛在等她時，我一直在思考如何委婉說出壞消息，但她的態度直接粉碎了我的好意。

「不是，是她吸毒這件事！」我怒氣沖沖地說。

她一臉困惑。「吸毒？」

「對，妳肯定有注意到她最近看起來有多糟吧？」

伊莉絲搖頭說：「我……」

「妳不可能沒注意到她的黑眼圈吧。」我繼續說，把名為指責的刀刃再扎得更深一點。

「蓓兒說她幾乎不吃不睡。」

「莎蒂不可能吸毒。」她反覆撫平裙子，代表她沒有方才那麼鎮靜。「她很……懂事。」她的聲音微微顫抖。

「我很抱歉，伊莉絲，但有很多跡象可以證明。不幸中的大幸是，她知道自己有問題，似乎在尋找解決辦法。」

「怎麼，妳跟她聊過了嗎？」

「沒有，但蓓兒在她的包包裡找到這個。」我拿出小冊子給她看，她慢慢接過去，研究照片和標題：第一步是承認自己有問題。她的臉頓時沒了血色，她拿起水杯，喝了一大口，爭取思考時間。

「她……她昨晚想找我聊聊，說有東西要給我看，但她找不到，我就說沒關係，反正我很忙，她就開始哭了。我問她怎麼了，但她只是搖搖頭，就上樓去了。」

「妳有追上去問她在煩惱什麼嗎？」她搖頭，瞬間又變得滿臉通紅，我則一言不發坐在那裡，用沉默譴責她。接著，伊莉絲做出令人難以置信的事：她哭了。

「伊莉絲，沒事的。」我說。看到她這麼傷心，好像心被撕裂了一樣，我也不好受。「承認有問題就算成功了一半，而莎蒂已經承認了。妳必須和她談談，問出她吸的是什麼毒品，來源是什麼……還有更重要的是，她為何要吸毒。」

「不是莎蒂。」伊莉絲哭著說。「不是莎蒂。」

「嗯，我知道莎蒂不是毒販。」我安慰她。「但我應該知道是誰。」我嚴肅地補充。

「不對。」伊莉絲猛搖頭，其中一只耳環差點打到她的眼睛。「吸毒的不是莎蒂……是我！」她抬頭看我，在睫毛膏底下，她的眼神充滿痛苦。「我以為她沒注意到，但她肯定有發現，她有時會問我在吃什麼藥，我就說我頭痛，但她可不笨。她拿小冊子是要給我看的，布蓉妮！」

我盯著她。「噢，伊莉絲。」我說。我心裡一沉，想拿她的水喝，才發現手顫抖個不停。

「不，不要！」她大喊，但太遲了，我已經喝了一口。我差點沒吐出來，拼命嚥了下去，可能是因為怕毀了她的沙發或裙子吧。

「這是純琴酒嗎？」我問，忍不住打了個哆嗦，表情扭曲。

「是伏特加。」她說，又開始哭泣。

「但妳剛剛明明是從水瓶倒出來的，我有看到。」

「我知道，因為我不想讓尼克知道我一天喝一瓶伏特加。」她找不到衛生紙，我從包包裡撈出一張。

「這是乾淨的。」我說。「有點皺皺的，但沒用過。」

「謝謝妳。」她擦乾眼淚，擤了鼻涕，努力找回鎮定。「我知道妳一定在評斷我，布蓉妮，但我如果沒有某種支柱，就沒辦法像工作狂一樣做這份工作，根本無法持久。」

「但這樣真的值得嗎？妳已經對毒品和酒精成癮了，伊莉絲！」

她的身體縮了一下。「沒有成癮。」她狠狠反駁。

「這個嘛，我也不清楚。」我的語氣鋒利。「不過中午就喝純伏特加聽起來就像是成癮了，而且我猜這也不是妳今天的第一杯。還有服藥……妳都吃什麼？」

她又做出招牌聳肩動作，好像這根本沒差，我真想猛搖她的肩膀。「興奮劑和鎮定劑。」

「妳需要幫忙，伊莉絲。」

「我知道，但我怕沒吃藥就沒辦法應付工作。我愛我的工作。」

「但妳更愛妳的女兒。」

她的瞬間遲疑肯定是我想像出來的。「妳說得沒錯，我當然更愛她。可憐的莎蒂，她一定很擔心。」

「妳今晚會跟她談談嗎？」

她點頭說：「我會去接她放學。」

「妳下班來得及嗎？」

「我下午不會回辦公室。」她輕笑了一聲。「在處理別人的問題之前，我得先搞定自己的問題。」

「這是很好的開始。我知道這樣講可能有點奇怪，但幸好有問題的是妳，而不是莎蒂。蓓兒也會鬆一口氣。」我頓了一下。「妳介意我跟她說嗎？莎蒂可能需要找人談談，她和蓓兒很親近。」

「我不介意，妳當然可以告訴她，也請幫我謝謝她關心莎蒂，我也要謝謝妳。」她伸手擁抱我，不是敷衍抱一下，而是真心的擁抱。「妳讓我明白了事理。」

「我終於有點用處了。」我說。

「別一直貶低自己，布蓉妮。妳知道嗎？我們都很羨慕妳。」我一臉吃驚地看著她。「是真的，妳擁有世界上最重要的特質：母愛。在這方面我的表現一直是爛透了。」

「但從今以後，妳就不會那麼糟糕了。」她破涕為笑。「我得走了，伊莉絲，我一整個早上都不在學校。」我突然想起還沒跟她說伊莫珍的事……但或許現在不該告訴她哪裡可以找到毒品。

♛

回到學院的路上，我沉浸在思緒中，以至於坐過站，還要往回走。快到學校時，我看到坎朵走在我前面。

「坎朵！」我喊道。

她轉過身來。「噢，嗨，布蓉妮。」她似乎不怎麼高興看到我。

我很高興看到她無法直視我的眼睛。「要不要一起喝杯咖啡？」我問。

「妳不用工作嗎？」

「不用。」

我們前往最近的咖啡廳，幸運的是有窗邊的座位。我們必須擠過嬰兒車和跨過其他客人的狗才能抵達座位。

「妳最近還好嗎？」點了咖啡後，我問她。

「馬馬虎虎吧。」

「妳為什麼不直接告訴我們實話？」我決定單刀直入。

「因為我知道你們一定會往最壞的方向思考。」

「妳刻意隱瞞，反而會讓我們這麼想。」

「聽著，我很抱歉，我希望當初有先告訴你們，但現在我有更重要的事情要思考，例如伊莫珍的事。」

我吸了一口氣，說：「說到伊莫珍，我今天早上看到她翹課離開學校，所以就跟蹤她。」

「去哪?賣繩子的店嗎？」她挖苦道。

「不是，是往布里克斯頓的方向。」我不是不介意她語帶諷刺，只是我急著講事發經過。

坎朵看著我，似乎在思忖著什麼。「那樣沒有違法嗎……跟蹤學生之類的？」

「或許吧，但幸好我有這麼做。妳肯定猜不到，坎朵……她去了一個可怕的地方，到處都是吸毒成癮的人。我差點被襲擊，但我想到卡洛琳會怎麼做，就對他們飆髒話。伊莫珍走到一間房子，一個可怕的男人開了門，她竟然還親吻他！」

坎朵聳肩說：「她有男朋友又如何?但我同意，她不該在上課期間溜出去找他。」

「那根本不是重點！首先，他至少三十歲，年紀比她大很多，而且……」我快速張望四周，接著壓低聲音說：「我覺得他在販毒。」

「販毒？」

這不是我第一次希望坎朵能學會小聲說話。

「對，但妳小聲一點。」

「妳怎麼會覺得他是毒販？」她耳語道。

「因為他看起來就像毒販！之後又有個可疑的男人進去了，他肯定有吸毒，真的很可怕，坎朵。我知道自己必須找伊莫珍談談，所以我就敲了門。她的男朋友開門後，就發生了很奇怪的事……我說想和伊莫珍談談時，他還以為我想買毒品。他竟然以為伊莫珍是某種毒品的名字！」

「他在耍妳。」坎朵似乎覺得很有趣。

「不是，問題就在於他不是在耍我。他好像根本沒聽過『伊莫珍』這個名字。」

坎朵沉默片刻，我給她時間思考。

「伊莉絲有跟妳提過她去美國出差的事嗎？」

我盯著她說：「坎朵，妳有聽到我剛剛說的話嗎？我覺得伊莫珍的男朋友可能在利用她把毒品偷渡進學院！」

「那妳應該跟亞當談談。」

「我會的，我只是想聽聽妳的想法。」

「我？」她硬擠出笑容。「噢，我已經不知道該怎麼想了，我不知道大家到底想幹嘛。」

我張開嘴巴，想告訴她應該更加重視我說的問題，才發現她看起來很不快樂。「怎麼了嗎？」我問。

她玩弄她的咖啡杯。「我只希望伊莉絲沒有去找葛瑞格。」

「因為現在大家都知道小薇的事嗎？」

「不是，是因為我不知道他們之間到底發生了什麼事。」

我不禁皺眉，問：「妳在暗示的事跟我想的一樣嗎？」

「妳知道伊莉絲和尼克是開放式婚姻吧？」

「但就算這樣！」她盯著她的咖啡，一語不發。「妳有問葛瑞格嗎？」

「他說他們有一起喝一杯。」

「妳不相信他？」

「我已經不知道該相信什麼了。」

我們也不知道，坎朵，我心想。我們也不知道。

♛

我沒有待太久，因為比起學院裡有毒品，坎朵更擔心伊莉絲和她老公發生了性關係。我不怪她，如果換成卡爾，我也會有同樣的感受。當然，卡爾不會對伊莉絲感興趣……不過如果他發現我做的事，可能就會找其他地方尋求慰藉了。我唯一欣慰的是伊莉絲看不上卡爾，所以這方面不用擔心。

但還有很多事情需要擔心。我一時興起，便拿出手機打給卡洛琳。

「嗨，布蓉妮。」她聽起來心情愉悅。

「我沒打擾到妳吧？」

「沒有，沒事，怎麼了？」

「我只是在想，警察有沒有查出昨天是誰撞妳們的？」

「他們有追蹤到車子，但那是出租車，所以還查不到名字。但他們有找到測速照相機拍到的照片，是個女人。」

「女人？」

「沒錯，畫質太差，看不清楚臉，但妳知道嗎……她留著金色長髮！」她得意洋洋地說。

「嗯，至少還有線索可循。」我說。

「布蓉妮，妳還不懂嗎？金色長髮……我們知道誰是留金色長髮？」

「呃……」

「伊莫珍！」

「什麼……妳覺得撞妳們的人是伊莫珍？」

「不無可能吧？我們已經確定她瘋了啊。」

「但為什麼？而且她會開車嗎？」

「她已經十七歲了，不是嗎？我不知道露比和伊莫珍誰比較糟糕。我認為她們兩個都非常危險。」

「妳告訴亞當了嗎？」

「還沒，警察剛剛才打給伊莉絲，所以我要等警察查出租車人的名字。如果沒有名字為證，亞當那混蛋只會說我太早下結論，認定我有意跟伊莫珍過不去，又在那邊囉嗦個沒完。但是布蓉妮，無論如何，我都一定會逮到那個小賤人。」

♛

等我抵達學院，時間已經過了三點。我直接前往亞當的辦公室，希望他不會訓斥我幾乎一整天翹班的事。

他不在辦公室，我便決定去找他。我前往職員室時，注意到中央大廳的公布欄上貼了一個很大的告示：**最後贏家是……《西城故事》**！！！

我心跳加速，趕緊跑過去。如果潔絲拿到主演，就算亞當沒有選《窈窕淑女》也沒差，卡洛琳還是會自鳴得意。拜託不要讓潔絲演瑪莉亞，我一邊祈禱，一邊看演員列表，不禁瞠目結舌。是蓓兒！蓓兒拿到瑪莉亞的角色了！我滿心歡喜，又為女兒感到驕傲，因為長期的努力終於得到回報了。我很想打電話告訴卡爾，但這個好消息應該要由蓓兒親口說，而不是我。

我快速往下瀏覽，看到蓓兒的候補演員是莎蒂，而不是潔絲或露比。事實上，潔絲和露比都沒有擔任主要角色，因為安妮塔的角色給了伊莫珍。我皺眉，開始揣測亞當的動機。潔絲在歌舞秀的表演被打斷，露比則根本沒機會上台，難道他是以此為藉口排除她們的嗎？我很討厭自己的思考方向，感覺好像背叛了蓓兒，但萬一她之所以拿到瑪莉亞的角色，是因為露比和潔絲都被淘汰了呢？我知道角色安排不完全取決於學生在歌舞秀的表現，但我能想像有些人會這麼想。或者更糟的是……萬一亞當讓蓓兒擔任主角，是為了感謝我呢？

「別那麼悶悶不樂嘛，布蓉妮！」亞當快活的聲音從走廊另一頭傳來。考量到我待會要告訴他伊莫珍的事，我不確定他心情好究竟是不是好事。「別人可能會以為妳看到蓓兒飾演瑪莉亞很不滿意呢。」

「我當然很滿意，真是太棒了！」我等到他走近才接下去說：「我只是不希望她拿到主角是因為……這個嘛，你知道的。」我刻意壓低聲音。

「絕對沒這回事。」他的語氣堅定。「你我都很清楚蓓兒演瑪莉亞一定會很出色。」

「但既然潔絲和露比沒能好好試鏡，或許應該再給她們一次機會。」

「不會再有第二次試鏡。」他把手重重壓在我的肩頭。「妳擔心過頭了，布蓉妮。我知道潔絲和露比會很失望，我也能想像潔絲的母親會抗議，但我把角色給了能充分發揮實力的學生……這也算是獎勵她們表現良好。」

現在我開始懷疑，他排除露比是為了懲罰她之前的霸凌行為，而排除潔絲是為了懲罰屢次失言的卡洛琳。我開始覺得頭痛，不禁希望可以晚點再跟他談伊莫珍的事。

「對了，布蓉妮，我想跟妳談一件事。妳現在有空嗎？」

「當然有。」我說，不禁心跳加速。

我跟著他到校長室，一邊鼓起勇氣。他等到我坐在他對面才開口。

「不幸的是，絞索那件事還沒水落石出。」他說。我偷偷鬆了一口氣，原來他只是要談這件事。「我知道我已經問過妳了，但在歌舞秀期間，妳真的確定沒看到任何人在更衣室嗎？」

「我很肯定。」我說，突然意識到如果我能把矛頭指向某人，人生會輕鬆很多。

「妳比我更了解學生。」亞當繼續說。「妳覺得露比有可能自己把絞索放在那裡嗎？」

「不無可能吧。」我回答得不太甘願。

他撫摸下巴說：「那長椅上的塗鴉呢？如果我記得沒錯，妳說妳大約五點離開學校。妳有看到誰在中庭附近嗎？」

「沒有。」

「那時妳也沒看到長椅上有塗鴉？」

「沒有。」

「所以露比有可能自己噴了塗鴉？」

「她幹嘛那麼做？」

「基於她去年的行為，我們知道她有一些情緒困擾。她要從儲藏櫃拿一罐噴漆，在長椅上塗鴉並非難事。妳剛剛確認五點時中庭沒人，因為學校四點半就放學了。理論上，露比有可能自己把那些字噴在長椅上，也沒人會看到她這麼做，等妳和蓓兒抵達時，她再大喊救命。」

「但我們到的時候，她已經歇斯底里了。」我指出，心裡很疑惑他為何這麼堅持露比是罪魁禍首。

「沒錯！」他得意洋洋地說。

「我不明白。」

「露比說她是五點發現長椅上的塗鴉。」

「沒錯。」

「那她三十分鐘後還在哭？這不合理。為什麼不去找別人幫忙，要在那裡哭半小時？我人就在辦公室，她可以來找我啊。」

我想亞當需要的是幾個小孩，這樣他或許就能理解，為什麼一個青少女遇到霸凌事件會哭整整三十分鐘，而不是跟校長告狀，而且她還知道校長認為她是麻煩人物。接著我才想起來，他曾經有小孩，不禁咒罵自己竟然忘記這點。

「那伊莫珍呢？」我問。

他皺眉。「伊莫珍？」

「對。」

「什麼意思？」

「潔絲的母親也說了，這一切都是她來的那天開始的。」我意味深長地看著他。「我們到底對她了解多少？」

「跟對其他學生的了解差不多吧。」他低頭看桌上的一封信，表現出「我不想再談這個話題」的態度。

「沒有，我們其實並不了解她。有件事應該讓你知道，亞當。我今天看到伊莫珍離開學校，我就跟蹤她了。」

他猛然抬頭。「妳跟蹤她是什麼意思？去哪？」

「我以為她是去祖母家。她跟我說她和祖父母住，他們身體欠佳，所以我以為一定是有什麼緊急狀況，她才未經許可離開學校。」我以為他要馬上澄清，他的確有給伊莫珍許可，但他沒有說話。「但應門的是一個男人，他太年輕，不可能是她的祖父……也不可能是她父親。」他等我繼續說下去。「他們的互動很明顯是情侶。」

「所以伊莫珍有男朋友。」他聳肩說。「我相信很多學生都有。」

「對，但他比她大十歲，可能更多，而且不只是這樣，我覺得他是毒販。」

「妳覺得？」

「我確定。」

「怎麼說？」

「因為當我上門想跟伊莫珍說話時，他似乎不知道我在講什麼，還說如果我不想要他有的貨就滾開。」

「那不代表他在販毒啊，他也可能在賣電視、手機……什麼都有可能。」

「不對。」我搖頭說。「我知道他是毒販。」我直盯著他的眼睛。「你為什麼這麼不願意相信？伊莫珍可能有危險！」

他的臉沉了下來，我很高興他終於明白事情的嚴重性了。「妳做出這種事，可能會受到懲罰，布蓉妮。」

我驚訝得下巴都要掉下來了。「因為我擔心學生的安危？如果你有看到跟她在門口親吻的男人，你一定也會很擔心！」

我不知道誰比較驚訝我用這種口氣說話，是我還是他。「即便如此，這也可以被視為跟蹤行為。」

「只有一次不算。」他看著我，看我敢不敢繼續回嘴。我和他對視了幾秒鐘，最後還是垂下眼簾。

「我只是覺得應該提一下而已。」

「而妳也這麼做了。」他很快笑了一下，表示他沒有要刻意挖苦我。「交給我吧，布蓉妮，我會處理。別忘了看看有沒有人認領失物。」他補充道，提醒我自己的職責。「有些學生現在剛好下課，妳何不拿著籃子去巡一下呢？」

♛

我離開亞當的辦公室，感覺好像芒刺在背。我反抗他實在太蠢了，如果他有意，他可以讓我的人生很不好過。

我拿著失物招領籃走到中庭，幾名男學生領走幾件運動衫，另一個男孩拿走一雙髒兮兮的運動鞋，我很高興不用再看到它們了。

「我的緊身褲！」露比高興地把一條褲子從籃子裡拖出來。

潔絲也往籃內看。「我的內衣！」她揮舞著內衣，好像在宣示勝利一樣。我不懂她的胸部那麼大，當時怎麼會沒發現自己沒穿內衣。

「那妳呢，伊莫珍，裡面有妳的東西嗎？」我試圖保持心平氣和，因為自從我看到她的另一面，就有點難直視她了。她那雙藍眼睛盯著我，眨也不眨，好像在打量我，讓我不禁懷疑她的男朋友是否有跟她提到那個找「伊莫珍」的女人，而她已經推測出真相。「快點。」我對她搖了搖籃子說。「我沒辦法在這裡耗一整天。」

她慢慢翻找，最後找到一隻暖腿襪套。我正準備移動到下一批學生那裡時，她又很快拿了一把躺在籃子最上面的梳子，藏在暖腿襪套底下，似乎不想讓任何人看到。但我已經懶得去分析她奇怪的行為了，因為我更擔心她的毒販男友。

鐘聲敲響，結束了我的擺脫失物之旅。我決定放學時站在大門口堵學生會更有效率，便把籃子丟在職員室。我渴望片刻寧靜，便急忙前往我的工作室。快到的時候，隔壁的更衣室傳出吵架聲。

「妳真的以為我會破壞自己的試鏡機會嗎，他媽的智障？」露比在大吼大叫。「蓓兒，告訴她們！妳媽在後台，如果絞索是我自己放的，她一定會看到，對不對？」

「妳在罵誰智障？」潔絲的聲音也很響亮。

「在罵她！」露比的聲音因為憤怒而顫抖。「那個他媽的怪胎！來啊，承認吧，妳這個地獄來的賤人！一切都是妳做的，不是我！」

我聽到扭打的聲音，接著伊莫珍痛得大叫。我衝進更衣室，看到好幾個人的手腳纏在一起，其中也包括蓓兒。

「我的天啊！」我大喊。「女孩們！快住手！」

蓓兒轉頭，我才發現她和莎蒂沒有在打架，而是在勸架，讓我稍稍鬆了一口氣。蓓兒和莎蒂正努力把失控的露比從伊莫珍身上拉開，伊莫珍則縮在一張長椅上大聲啜泣。我衝向她們。「到底是怎麼回事？」我擠到她們之間。「露比，夠了！露比！」

露比看著我，因為憤怒而臉色發白。「她是個謊話連篇的賤人！她指控我自己放了絞索，還把她推下樓梯！」

「妳明明就有把我推下樓梯！」

露比開始大哭。「我恨她！她還給我留紙條……」她哭到說不下去。

「什麼紙條？」我試圖讓她坐下。

「妳幹嘛不問她？」露比勃然大怒。「她瘋了！」

「五十步笑百步。」潔絲低聲說。

「看吧！」伊莫珍得意洋洋地說。「就連妳的朋友都覺得妳瘋了！」

露比猛然轉身看大家，但她的朋友們都別開視線，連蓓兒也是。

「該死的賤人！妳這個愛說謊的賤人！」露比掙脫我的手，再度撲向伊莫珍。「那妳呢？妳騙人說妳爸快死了，結果他根本活得好好的！還有聽說妳會自殘，是吧？」露比已經憤怒到不能自已。「我根本不相信！」我還來不及抓住她，她就伸手撕掉伊莫珍手上的OK繃。

「露比！」我說。但OK繃底下的不是傷口，而是刺青：頭上有天，腳下有地，心中有火。

「好痛！」伊莫珍尖叫，在其他人衝過來時急忙遮住刺青，但潔絲又拉開她的手。伊莫珍憤怒地大喊，推開潔絲，跑出更衣室。

「看吧？」潔絲得意洋洋地說。「我媽是對的，她說伊莫珍自殘根本就是他媽的胡扯。」

「不要罵髒話。」我說，但我的心思在刺青上，我好像在哪裡有看過。

「但為什麼要假裝自殘呢？」蓓兒感到很疑惑。

「為了得到關注，她根本瘋了。」潔絲用手指指著頭，畫了幾個圈。「妳們有看到露比才剛碰到她，她就開始哭了嗎？」

「不過那刺青滿漂亮的。」莎蒂說。「我也想要。」

我四處張望，問道：「露比呢？」

「不知道。」潔絲聳肩。「要我去找她嗎？」

「不，我去吧。還有剛剛的事情請別說出去，我們也不想讓亞當知道，對吧？」我嚴肅地說。

♛

我把竊竊私語的女孩們留在更衣室，心想今天真是多事的一天，而且還沒過完呢。我現在真想喝一杯茶，但必須優先找到露比。並不是說我寬容她的行為，因為無論被如何挑釁，都不能訴諸肢體暴力，但看她這麼難過，我不禁同情她。她被大家拋棄，肯定覺得很寂寞吧。

我檢查了三間廁所，但都沒看到露比。我前往中庭，一邊想著伊莫珍的刺青，真希望自己能想起來是在哪裡看到的。是好幾年前的事，或許是在一場派對或是一間美容院吧。美髮師通常都會刺青，對吧？無論是在哪看到的，它都讓我印象深刻。我喜歡那些文字讓人聯想到的圖像：一個無拘無束的人活在世界上，不用對任何人事物負責。我記得自己想過，如果哪一天決定刺青，我一定會選擇那個。但我從來就不是無拘無束的人，以後也不會是，這挺令人難過的，因為有時候，有時候我真想叫所有人滾開，包括亞當和其他母親，甚至是卡爾和孩子們。

抵達中庭時，我看到露比坐在長椅上，就是有人噴了「露比．唐納文之墓」的那張長椅。如今，在溶劑和鋼絲棉的輔助，還有鮑勃的賣力工作下，這些文字已經消失了。

我在遠處就能看到露比臉上的淚痕，不禁為她感到難過，急忙跑過去，準備給她一個擁抱。

「屋頂上有人！」伊莫珍的聲音響徹中庭，要不是她的語氣充滿急迫性，我可能會以為那又是謊言。我一抬頭，就看到一塊石板直直朝露比坐著的長椅飛了過去。

「露比！」我大喊。

她聽到我的聲音便抬起頭，但她沒意識到危險，所以沒有移動。石板飛向她，我則用全身的力氣撲向長椅。

替身

第一季第七集

全員登場

荷莉・布朗

訊息：坎朵和葛瑞格

坎朵：露比發生意外了。
葛瑞格：又是霸凌？
坎朵：不只是霸凌。你到底何時才會明白？
葛瑞格：我要怎麼明白？妳又不跟我談。
坎朵：我不是在說我們的問題，而是露比的事。發生意外了，我不知道細節，校長在電話中沒多說什麼。我正要去學校。
葛瑞格：她有受傷嗎？
坎朵：他說不嚴重，但她的情緒很不穩定。
葛瑞格：需要我的話再和我說。
坎朵：需要你？你在諷刺我嗎？
葛瑞格：天啊，坎朵，妳到底是怎麼看待我的？
坎朵：等我知道事發經過再傳訊息給你。
葛瑞格：那現在沒有可靠的消息，為何要急著傳訊息？是為了給我壓力嗎？還是為了處罰我？
坎朵：因為你還是她的父親。

葛瑞格：我也還是妳的老公。別再逃避我了，別再無視我了。
坎朵：逃避的人是你吧。我問你跟伊莉絲做了什麼，但你沒有回答。
葛瑞格：我有吧。
坎朵：沒有，你反過來怪我，怪我離開，還把露比帶走，好像你和我朋友性交是我的錯一樣。
葛瑞格：我沒有和你朋友性交！
坎朵：你說得沒錯，她跟我亦敵亦友。算了，我晚點再告訴你露比的事。

坎朵

雖然還沒到尖峰時段，但計程車還是像烏龜一樣緩緩爬行。我應該搭地鐵的，每次都是搭地鐵比較快。我也不該在慌亂之下傳訊息給風流的丈夫，那樣從來都沒有好下場。

為什麼亞當．拉奇不能在電話中告訴我露比發生了什麼事，還有她現在的狀況？他簡直是粗魯地掛斷了我的電話，代表他很害怕。

他也應該要害怕。長椅塗鴉事件是在學校發生的，他卻完全沒有處置伊莫珍，而現在露比發生了「意外」，我不會放過他，也不會放過恐嚇露比的人。世界上沒有所謂的意外。

我們在計程車專用車道上開始飛快行駛，但只持續了十秒就被一輛摩托車擋住了。我真想尖叫，應該要有警察護送我才對，我必須到寶貝女兒身邊。她可能受傷了，情緒肯定受到打擊，她需要我。我不想要其他任何人在她身邊，那樣不安全，誰知道她會說出什麼話？

「可以再開快一點嗎？」我問司機。「我趕時間。」

「好的，女士。」他是一位年長的先生，語氣刻意保持耐心，好像他對趕時間的客人已經習以為常。

「不，我是說有緊急狀況，我女兒發生意外了。」

「她幾歲？」他似乎比較投入了，雖然我無意開啟話題。

「十六歲。」

「發生了什麼事？」

「我不太清楚。」

他從後視鏡對我投以奇怪的眼神，挑起的眉毛好像在說：妳怎麼會不知道？

我想用英國俚語叫他少管閒事。我曾經被他們的俚語、口音、下午茶、修剪整齊的花園和隨處可見的磚砌建築所深深吸引。我剛來到英國時總會說：「洛杉磯的問題就在於它沒有歷史。」但我現在只看到灰茫茫的城市，只感覺到無法擺脫的溼氣。我的女兒在學校被一群瘋子包圍，我則卡在該死的車陣中。

「她一定沒事的。」他告訴我，我點點頭，只為了讓他閉嘴。

但我也不能全盤否定他那批判的眼神，我確實應該知道女兒怎麼了，那是身為母親的職責。她是我的小孩，但她一點也不好，而這是我的錯。我早就該讓她轉學了，就像卡洛琳每次威脅要讓潔絲轉學一樣。我應該帶她回美國，不對，我一開始就不該把她帶來倫敦。葛瑞格很少是正確的，但或許這次他是對的。但當時我根本聽不進任何人的話，我沉醉於自己的抗癌智慧，深信一個新的開始能治癒所有疾病。新的環境代表露比能夠重新做人，也代表我能嘗試成為全新的自己。

剛搬來時，我以為自己證明了這個理論是無比正確的。露比和其他女孩組成四人小團體，似乎很開心，我也和其他母親交上朋友。但才幾個月，露比又故技重施，欺負潔絲，現在又換她被針對了。

那些母親很自以為是，將她們對小薇的片面了解拼湊成露比的故事。當然，我必須堅持小薇之死是意外，因為我不信任她們，不能告訴她們真相。這也適用在她們的女兒身上，希望露比明白這點。

比起小薇，露比對潔絲已經算很好了，這也是我去年跳出來為她辯護的原因之一。就算在拉奇先生和其他母親眼中（特別是卡洛琳），露比的行為很糟糕，我知道她其實已經有所進步了。比起小薇那次，露比這次沒有使出那麼多狡猾手段，自我控制能力也較佳。此外，她也選擇了比較堅強的受害者。潔絲可沒那麼輕易被擊敗。

或許現在換潔絲反擊了，而且她可不是鬧著玩的。這次，有危險的是露比。

計程車停在奧拉弗琳學院門口，我塞了一大把鈔票給司機，便三步併成兩步衝進學校。我沿著走廊一路跑到校長室，但當我看到坐在桌子後面的人時，卻不禁停了下來。布蓉妮為什麼在用電腦？她這麼想待在亞當．拉奇身邊嗎？我回想起歌舞秀那天，我在後台撞見他們，以為他們兩個正要擁吻，或是剛擁吻完。

布蓉妮看起來很糟。她的頭髮蓬亂（亞當的手摸亂的？），臉頰泛紅且浮腫（因為被他的鬍渣摩擦過？），她的表情介於慌張和心虛之間。她開口想說話，卻吐不出半個字來。

「妳在這裡做什麼？」我其實不想用那麼嚴厲的語氣說話，或者我就是想這麼做？我已經搞不懂了。

「我只是，妳知道的……」她四處張望，好像希望有人（她的情人？）能夠介入一樣。

「在做資料輸入。」

現在這種工作叫做「資料輸入」啊？

拉奇先生從辦公室裡面的私室走了出來，布蓉妮便匆忙離開。他平常會精心打理儀容，到無可挑剔的地步，但現在他的髮型和俗氣的絲巾都有點歪掉了。當他握住我的手時，他的手濕冷且毫無手勁。我懂了：他太過懦弱，無法勝任這個工作，這件事卡洛琳早就明白了。

去年是她的女兒被霸凌，現在換我的女兒。是巧合嗎？

雖然我衷心希望有，但世上沒有所謂的巧合，也沒有所謂的意外。

「唐納文女士。」他今天的稱呼很正式，沒有叫我「親愛的」。「我會帶妳到露比身邊，但我想先跟妳說明事發經過。」

「可以簡短說明嗎？」一開始最好還是禮貌一點，待會要變得惡毒再說，過度的善良也能置人於死地。

「學校原本就有打算修繕屋頂，基於這次的事件，我們會優先處理，馬上動工。」

他的意思是露比從屋頂上摔了下來？

「有一塊石板脫落了。」我感覺「脫落」應該是他精挑細選的詞彙。「我們很感謝布蓉妮當時在場，保護了露比。如果沒有她，後果可能不堪設想。學院很幸運能有像她這麼勇敢且思維敏捷的員工。」

幸運的是他自己吧。

既然如此，布蓉妮剛才的行為就更令人匪夷所思了。如果她事發當時在現場，那她為何什麼也沒說就跑走了？她似乎有所隱瞞，表現得根本不像英雄，好像她根本不認識我，或是希望自己不認識我一樣。

現在亞當．拉奇想利用她掩飾自己的失職，假裝學校沒有讓露比身陷險境……不，還正好相反！校長最珍視的員工還保護了她呢。

與此同時，露比肯定嚇壞了。拉奇先生剛剛輕描淡寫帶過的是，一塊石板險些砸到她，她差點就死了。

「你怎麼能讓這種事發生？」我質問他。

他向我伸手，後來改變心意，讓手落回身體旁邊。「我真的很抱歉。但我能保證，以後絕對……」

「我必須見我的女兒。」

「當然。」他說，但沒有移動。「我只是感覺……」

「我他媽才不在乎你的感覺。我要見我女兒。」

「我的意思是，我了解妳的感受，甚至是感同身受。我們晚點再聊，我的門永遠為妳和妳女兒敞開，唐納文女士。」

他帶我走到保健室，敲了敲門。一位護士打開門，衣服燙得無比硬挺，活像電影裡的角色。在她後面，我能看到露比坐在病床上，雙腳踩在地上，腰桿挺直，一動也不動。從這個角度看她的輪廓，我看不出來她是鎮靜還是緊張到出現僵直症狀。無論是哪種都很不自然，一點也不像露比。

「妳的母親來了。」護士說完便離開了。露比馬上活了過來，飛奔入我的懷抱，開始啜泣。我也眼眶泛淚，而且那不只是同情的淚水，因為她的情緒也直接流入我的內心。她的所有恐懼，以及每一次傷心欲絕都與我共享，形成一個封閉的循環，一份牢不可破的羈絆。

看到她平安無事，我鬆了一口氣，而且她很久沒讓我這樣緊緊抱著她了。她稍微鬆手後，我才看到她右臉頰上的一大塊紗布，不禁倒抽了一口氣。拉奇先生說露比「沒有大礙」，這叫沒有大礙？她可是演員耶！

「石板掉到地上時摔破了。」他解釋。「所以有一些碎片扎到她。醫護人員已經來過了，我有告訴他們這裡是表演藝術學校，所以他們縫傷口時非常小心。」

「縫傷口？」是醫護人員做的，而不是整形外科醫生？我的內心頓時充滿恐懼。根據紗布的大小，傷口至少有十公分長，我不知道多寬，但至少深到需要縫合。

我的寶貝女兒會留下傷疤。

有一瞬間，我彷彿看到她的職涯和人生就此化為烏有。

但我注意到露比在看著我，所以我必須保持鎮定。為了她，我必須堅強起來。「謝天謝地石板沒有掉到妳頭上，也沒有碎片飛入眼睛，只有傷到表面而已。」

露比突然發出刺耳的笑聲。「媽，大家不都只會看表面嗎？」她離開我，坐到病床上。她駝著背，彷彿想蜷縮起來，直到消失為止。

我終於能好好觀察她整個人。她肯定流了不少血……她穿的淡藍色緊身衣上血跡斑斑。

我的天啊，就跟音樂盒一樣，我怎麼會現在才察覺？淡藍色是露比的顏色，不是潔絲的。那個舞者不是指潔絲，一直以來都是指露比。今天事件的罪魁禍首早在幾週前，甚至是幾個月前就開始實行計畫了。

哪個青少年能夠做出這種計畫？我想不到半個人，連露比自己也做不到。

但伊莫珍從來就不像青少年，她不是更幼稚，就是更成熟，而且還給人一種……超自然的感覺。出事時她都不在場，還有不在場證明（例如歌舞秀時坐在我旁邊），但她一直都在附近，遊走在邊緣。

「我讓妳們兩個獨處吧。」拉奇先生明明只站在我們後面，他的聲音卻好像從很遙遠的地方傳來。他出去後關上門。

露比又開始無聲地哭泣，任憑淚水浸濕紗布。她原本綁了低包頭，栗色頭髮現在卻全部散了開來，亂糟糟的。我真希望自己知道要說什麼，才能帶走她的痛苦。

我的內心隱隱作痛。我知道露比擔心自己的外表，不只是職涯發展的緣故，更是根深柢固的不安全感。她一直都很在乎美醜，也認為自己不夠漂亮。她小時候會把最漂亮的小女孩推下溜滑梯或推出玩沙區。小學三年級時，露比寫了一篇關於美麗母親和醜陋女兒的童話故事，最後小女孩在海裡淹死了。她的老師建議做心理諮商，但露比堅持說那不是我和她的故事，我也相信她了。她那時就已經擁有出色的演技了。

她今年很努力不要因為潔絲而感到自卑，就算產生這些情緒，也不要因此採取不正當的行動。我了解露比，就算傷疤很小，她也會聚焦在上面。她從我身上遺傳的藍眼睛會馬上把它找出來，就像她總是把焦點放在外表的瑕疵一樣。

「我的人生毀了。」她哽咽道。

「不，才沒這回事。」我坐在她旁邊，想再抱她，但她的姿勢很明顯把我拒之門外。

「別裝了，媽，妳也很清楚。妳一看到我就露出了厭惡的表情。」

拉奇先生至少應該先告訴我所謂「小傷」的位置吧？那樣我就能事先控制好表情，想好該說的話了。露比那麼敏感，現在我最初的反應已經在她的腦海揮之不去了。

我不是怕她，我怕的是這意味著什麼，但我不能告訴她，因為我們都還不清楚後果會有多嚴重。

「我只是很生氣學校竟然讓這種事發生，僅此而已。」我說。「我永遠都不會厭惡妳。」

她沒有回答，因為她不相信我。

「才剛發生意外，妳現在一定驚魂未定吧。」

「那不是意外，石板掉到我坐著的長椅上時，屋頂上有人。」

我本來就認為情況不單純，不只是意外，但沒想到會是這樣。如果有人知道露比在正下方，故意推落石板……

代表有人想置她於死地。

「是誰？」我問。

「伊莫珍看不出來，事情發生得太快了。」

「伊莫珍在場？」代表她是目擊者，不是嫌疑犯？

「她大喊說屋頂上有人，理查森女士就把我推開了。伊莫珍救了我的命。」真希望她的語氣不要那麼沮喪。

但她的情緒可以晚點再處理。她今晚會睡在我床上，我們會一起看電影，大啖她最愛的零食，我還會幫她塗指甲油。但現在我需要知道細節。「有別人看到屋頂上的人嗎？」

「只有伊莫珍。拉奇校長本來要打給警察局，但伊莫珍改口了。她說只是眼角餘光瞄到東西，不是真的看到一個人。」

所以伊莫珍不想跟警方扯上關係，就算她有案底我也不意外。這個女孩喜歡騙別人她那健康的父親快死了，但她同時也是露比的救命恩人。有時英雄是沒得挑的。

「但根本沒差，我現在就跟死了沒兩樣。」露比指著自己的臉說。

「不要這樣說！妳的人生不僅僅只是外表而已。」

「現在還有哪個經紀人會考慮我？」

「搞不好根本不會留疤，就算有，我們也會去找洛杉磯最厲害的整形外科醫生，他們會用雷射搞定。我們會解決問題的，我向妳保證。」我又來了，又把她帶回只看表面的角度。「妳天賦異稟，又勤奮不懈，而且富有愛心，那才是最重要的。」

她斜眼瞄我，一臉不屑。

「我很抱歉，如果我讓妳覺得……」我不知道該如何接下去。我是不是讓她以為，她唯一的價值在於是否討人喜歡、漂亮、才華洋溢又成功？我知道自己從沒這麼說，但她可能看出來了，因為我也曾以為那是我唯一的價值。「我愛妳，露比，妳比什麼都重要，只要妳在我身邊，其他什麼都不重要了。」

「我看到妳的表情了。」她說。

「我只是知道妳會很難過，僅此而已。」

「別再說謊了！」她厲聲說。「我原本就很醜了，現在根本就是怪物。」

「才不是那樣，就算有一點小疤痕，妳會明白這是增加我們的個人特色。艱難的時刻形塑了我們，我們也會從傷疤中學習。」

「我不想當二線演員！我想當主角。反正我也沒被選上，現在永遠不會被選上了。既然她們都覺得我是怪物，那這樣的外表正適合我。」

「沒有人這麼想。」

「她們問了我小薇的事。」

「誰？」

「潔絲、莎蒂和蓓兒。她們不知道小薇發生了什麼事，至少她們宣稱不知道，但她們遲早會發現真相的。她們看我的表情已經像在看……像在看……」

她再度眼淚潰堤，我捏捏她的肩膀，她卻扭身甩開我的手。

「她們討厭我。」她說。「她們也應該討厭我。」

「不，她們不討厭妳。」

「那她們在哪裡？」她故意四處張望。「沒人來看我。」

「或許她們不知道發生了什麼事，拉奇先生在保護妳的隱私。」就連我都覺得這個藉口很爛，於是我再嘗試其他說法。「或許她們以為妳被送到醫院了。」

「她們不在乎我的死活，如果真要選的話，也會希望我死掉。」

「沒人希望妳死掉。」我說，但在今天的石板事件之後，這個論點實在很荒謬。有人在屋頂上，而且還想殺了我女兒。

我該怎麼做？沒有任何一本親子教養書有提到這種情況。要叫警察嗎？拉奇先生認為沒必要，因為實際上除了伊莫珍之外，也沒人看到，而她已經改口了。但拉奇先生不想要警方介入也是有原因的。那樣所有的家長，連幾乎不和小孩交流的家長，都會知道這件事，媒體也是。他要保護的事物不可勝數。我想到他在歌舞秀對我說的話，當他給露比貼上「複雜」的標籤，我聽到背後隱藏了「危險」的意涵。他可能認為不值得為露比這樣的女孩冒險。

我可以自己打給警察局，但露比不會是令人同情的受害者。而且雖然不太可能，但如果倫敦警察聯絡洛杉磯的警察，我們就完蛋了。

所以我們只能靠自己。

「我沒辦法再這樣下去了。」露比說。「一直說謊和掩蓋事實。」

「不然要怎麼辦？」我有點生氣。我們約定好了要同進退，不能放棄也不能投降，沒人能逼我們屈服。「如果他們知道真相，妳覺得他們會怎麼做？」

我彷彿能看到她整個人洩了氣。「或許我不在乎，或許我只想要解脫。」

♛

我感到無所適從，因此決定到廚房泡茶，想說既然在倫敦就入境隨俗。就在那時，我聽到了聲響，我知道那是什麼聲音，但還是嚇了一跳。

諷刺的是，我才傳訊息跟葛瑞格說露比會沒事的。對，她的臉上有傷，但我會帶她去看倫敦的整形外科醫師，確保傷口有好好癒合。葛瑞格不需要知道露比有多麼鬱鬱寡歡，一直說大家都討厭她，無力地靠在我身上。不，他只需要知道我想相信的事：一切最終都會沒事的，我會用純粹的意志力確保這點。我打敗過癌症，這次我們也會熬過去的，絕不輕言放棄。

我聽到「砰」的一聲。

我衝向露比的房間，第一次慶幸公寓很小，我才能馬上趕到她身邊。她倒在房間地上，發出像禽獸般的可怕哀號，充滿無比的痛苦與挫敗感，而絞索還套在她的脖子上。幸好絞索是道具室拿來的，承受不住她的重量，所以她才摔到地上。

我知道她心意已決，不是想求救，而是真心尋死，因為她奔向廚房想拿菜刀。如果我沒追上並抓住她，她可能會……我無法說出口。

我永遠忘不了那一刻的痛苦，我用盡全身力氣壓制不斷扭動的女兒，她哭著求我放開她，乞求我讓她結束這一切，完成她的遺書所承諾的：

該讓大家如願了。

遺書上還寫了別的，她提到把小薇推下樓梯，還有想減輕我的負擔。她說她沒辦法再帶著這些祕密活下去了。你們贏了，她寫道。

這句話肯定是對折磨她的人說的，她已經準備放棄了，但我不會讓他們得逞。

露比現在被鎖在精神科的病房裡，至少我知道她今晚很安全，也在休息。因為她自殺未遂太過沮喪，他們必須給她施打不少鎮靜劑。儘管批判我吧，但我不能整晚坐在她的病床旁邊，我必須做點什麼。我必須知道想自殺的女兒是對誰寫了「你們贏了」四個字。因為不久後她就會出院，到那時，我必須確保她真正安全了。那就代表我不能傻傻等待，必須採取行動。

直覺告訴我要搜查露比的房間，因為她對我有所隱瞞，房間內可能有線索。我拉開所有抽屜，查看床底下，把亂扔在衣櫃地板上的衣服丟到一邊，終於找到了：三塊厚紙板，三個匿名訊息。

我不知道紙板的順序是什麼，但我猜是這樣：

我知道妳做了什麼

我知道妳是什麼人

我了解妳

我把厚紙板攤開來，試圖找出線索中的線索。黏在厚紙板上的字是從雜誌上剪下來的，看似模仿卡通般的業餘手法，同時卻又殘酷無比，就像青少女會做的事，而她也成功了，對吧？露比想尋死，如果她當初用的是真的絞索，她早就如願了。

我不知道露比是怎麼收到這些厚紙板的，或許其中一張是在石板事件後發現的，才導致她完全崩潰。難不成有人偷溜進我們的公寓，把厚紙板留在露比的房間？那她永遠不會感到安心，用她的話來說，就是她永遠無法「解脫」，因為有人對她緊咬不放。

但如果厚紙板是送到家裡，目標可能不是露比，而是我，而露比把它們藏起來或許是為了讓我解脫？

如果我想要答案，就必須自己去尋找，最好從沒有說謊理由的人開始著手，也就是不可能做這件事的人。連我自己都不敢相信，但那個人似乎是伊莫珍。

我可以感謝伊莫珍救了露比，同時探聽她是否其實有看到屋頂上的人，只是基於某種原因，害怕告訴警察。我才不在乎她有什麼內情，她也應該知道，我只需要真相，也願意給予相應酬勞。

我忍不住想，如果情況有所不同，露比可能會變成像伊莫珍那樣。露比可能會失去母親，無人指引，也沒什麼好失去的，還落入討厭的老男人手中。或許我在某方面能幫助伊莫珍，至少讓她知道在那異乎尋常的表象之下，我看到她有一顆善良的心，至少有良心啦。

奧拉弗琳學院期末演出的排練已經開始了，只有在緊急情況才會取消，而我猜露比差點被石板砸到不算。伊莫珍要演出《西城故事》，代表她應該在學校。

我又忘了搭地鐵，還是叫了計程車，只能期盼沒有錯過大家的放學時間。我最近不太走運，幸好這次是例外。女孩們三三兩兩走出校門，我沒看到潔絲、蓓兒和莎蒂，但有看到伊莫珍獨自走出來。她已經換下學校制服，穿上短版緊身連衣裙，梳了油頭且濃妝豔抹，還塗上鮮紅色口紅，肯定是為了迎合奇怪男友的喜好。我不禁為她感到難過，她只是個迷失方向的青少年罷了。

我向她招手，請她下來到大石階旁的陰影處，但她似乎有些緊張，四處張望後說：「在這裡談就好。」

於是我走上階梯，心想只要小聲說話就行了。「我想謝謝妳昨天為露比做的事，如果妳沒有大叫，露比可能會受重傷。」當然，她現在受到創傷，在精神病院休養，但在我確定能相信伊莫珍之前，我不打算告訴她這件事。

「喔。」伊莫珍彈開衣服上的毛球，好像在暗示她根本不在乎露比，露比對她來說根本微不足道。

我決定無視她的舉動及其意涵，說：「我打從心底感謝妳。」

她輕笑了一聲。

「我知道妳在演戲，但妳不需要這麼做。」

她微笑說：「噢，是嗎？妳懂我嗎？」

「就像妳在歌舞秀那晚引誘我上鉤一樣，這都是為了讓別人保持距離，他們才不會了解真正的妳，還有傷害妳的事物。」

「這是從妳看的勵志書得來的靈感嗎？」

她怎麼知道我看什麼書？難道她有來過我的公寓？不，很可能是露比有提到，或是被女孩們拿來當笑柄。還是別計較那麼多吧。

我仍頑強地繼續說：「妳幫助露比時，讓我看到了妳究竟是什麼樣的人。」

她的笑容頓時消失，好像我剛剛不是在稱讚她，而是出口傷人。「妳何不給我閃邊？」

「我不知道我說了什麼讓妳不高興，但那不是我的本意。」我告訴她。或許只有她能告訴我屋頂上的人，也就是一切的幕後黑手是誰。當露比出院時，我想告訴她一切都會結束，一切都會沒事的，而伊莫珍就是關鍵。「我希望我們能互相幫助。」

「我們要怎樣互相幫助？」她翹起臀部，我解讀成挑釁的舉動，但同時帶有「請開價」的意味，這對我來說很完美。

「或許妳會想賺一點零用錢。」我巧妙挑選用詞。「而我想要情報。如果妳有瞥見屋頂上的人，那情報對我來說非常有價值。妳不想告訴警方也沒關係，但如果妳能告訴我，我會『非常』感謝妳。」講出這些話讓我尷尬難耐，這是當然的，我甚至從沒為了換到好位置，多給餐廳服務生小費，而我現在還想用錢把青少女變成線人。我感覺自己好像皮條客。

但她似乎在認真考慮這個提案。接著她直盯著我，慢慢吐出字句：「妳他媽的根本不知道我想賺什麼，『唐納文女士』。」

她特別強調我的名字，似乎在侮辱我的人生和婚姻，暗示我表裡不一，馬上讓我理智斷線。她轉身離開時，我一把抓住她的手臂，硬把她轉向我。我不常展現出來，但我其實比人們想像得還要強壯，我緊抓著伊莫珍的手臂不放，不禁享受她瞬間露出的恐懼神情。

「發生什麼事了？」

我一抬頭，就看到亞當．拉奇站在樓梯頂端。不知道他站在那邊看了多久，這時才決定登場。一日演員，終身演員。

我放開伊莫珍的手臂，她用誇張的動作搓揉它。

他走下階梯，刻意壓低聲音問她：「妳沒事吧？」

好像我威脅了她一樣！剛剛明明是她對我罵髒話。

但我的確有對她動粗，或許還讓她瘀青了。

我內心瞬間燃起的怒火，似乎能掌控一切卻又不受控制的感覺，施暴時的快感以及被撞見的事實，這一切都讓我感到恐懼。萬一留下痕跡怎麼辦？拉奇先生會怎麼做？

露比今天差點死掉兩次，我心神不定，亞當．拉奇肯定能理解，他一直都很講道理。

「我沒事。」伊莫珍說。「我只是想回家。」她又在用小女孩的聲音說話了，拉奇先生一定能看透她的技倆吧？如果他剛剛在偷聽我們的對話，他就知道伊莫珍剛剛用什麼語氣跟我說話。伊莫珍或許救了露比，但她還是個他媽的小屁孩，而我是負責任的大人，他不可能站在她那邊吧。

不過呢……如果露比和我已經成為累贅，他想擺脫我們的話，可能就會這麼做。

他拍拍伊莫珍的背說：「好吧，親愛的，回家泡個澡，好好寵愛自己，好嗎？」

伊莫珍頭也不回地走下樓梯，拉奇先生轉向我，語氣相當冷淡。「唐納文女士，我以為妳會在家照顧女兒，她今天過得很不好，讓她獨自一人真的好嗎？」

我對他使出過不少招數，效果都很好，這次乾脆打出「自殺」牌吧。「露比現在在醫院。」

「可是我以為……？」他沒把話說完，一臉困惑的樣子。他以為我指的是石板事件。

「她在精神病院，因為她嘗試自殺。她現在被鎖在病房裡，已經施打鎮靜劑了。」

他露出震驚的表情，好像被打了一巴掌一樣。但他很快恢復鎮定，露出無比同情的表情，不對，不只是同情，是同理。噢，對，他自己也有一個女兒。

我以為他會告訴我他能理解，或是他知道我正在經歷什麼，或是他希望露比能得到需要的幫助，他會為我們加油打氣……我也不知道，總之就是校長會說的話。然而他卻摟住我，溫柔到我不禁開始哭泣。這是我第一次能夠釋放過去這一天、甚至是過去幾週來所累積的壓力。雖然這個互動絲毫沒有性暗示，但我們確實有互相吸引。我全身的細胞都意識到他是男人，而我是女人，我已經很久沒有這樣的肢體接觸了。

「『我該如何才能抱緊妳呢？』」他在我耳邊低語。「《玩偶之家》[1]。」

有一瞬間，我以為他在給我線索。我想像舞者的斷臂，就好像玩偶一樣，接著便恍然大悟，意識到那應該是他引用的劇名。

不知為何，那反而讓我冷靜下來，不再哭泣，但我沒有放手。

♛

1 *A Doll's House*，挪威劇作家亨里克・易卜生（Henrik Ibsen）的代表作。本作尖銳批評十九世紀的婚姻模式，也常被稱為第一部女性主義劇本。

我去了一趟醫院探望露比，親吻她的額頭（但她不省人事，完全沒有反應），又叫了計程車，跟隨我準確的第六感。沒錯，其他三位母親果然在那裡，伊莉絲可能已經喝到第三杯琴通寧了。她每次想大喝特喝時都很慷慨請客。

伊莉絲最愛的酒吧當然是飯店酒吧，還能有哪裡呢？她喜歡閃亮的反光表面和縞瑪瑙與銀色為主的室內裝潢，喜歡看她自己的倒影，也喜歡控制大家會面的地點。既然她勾引了朋友的老公，傷害同一個女人的女兒也是有可能的吧。

「妳好，坎朵。」她的表情沒有變化，卻語帶諷刺，好像她沒有刻意不邀請我，本來就在等我過來一樣。「見到妳真好。」

「坎朵。」布蓉妮起身擁抱我。「露比怎麼樣了？」

她一定是在指石板事件吧，她們不可能知道露比試圖自殺，因為我沒告訴任何人，病人資訊也是機密。

我有點想抱緊布蓉妮，為她冒生命危險把露比推開表達我的感激之情，因為布蓉妮如果沒抓好時機，自己也可能被砸到。但同時我也不禁懷疑：她的時機怎麼會抓得那麼準，剛好就在現場扮演英雄的角色？幾乎好像劇情已經編排過了，或是她在奉承亞當．拉奇一樣。

我選擇不回答她關於露比的問題，而是僵硬地說：「謝謝妳今天保護了她。」

「真希望我能做得更多。」她的眼神很清澈。「我是說，真希望她的臉沒有受傷。」

「我們都希望她早日康復。」卡洛琳說，好像她想盡快跳過整團麻煩事一樣。「我們在談伊莫珍的事，說那女孩的腦袋有問題。」

我真受夠她們把伊莫珍當作代罪羔羊了，拿她當目標還真方便啊，自己就可以裝無辜，假裝犯人不是她們或她們女兒中的一個人。我從腳邊的大袋子拿出厚紙板，「砰」的一聲丟到桌上。

「該死，坎朵！」伊莉絲氣急敗壞地說。「妳打翻了我的飲料。」

「不會再買一杯喔？」我輪流瞪著她們。「妳們覺得這也是伊莫珍做的嗎？」

她們開始研究厚紙板，卡洛琳似乎最有興趣，她看著我，眼睛發亮。「妳在哪裡找到的？」

「埋在露比的衣櫃深處。」

「露比沒有告訴妳這件事嗎？」布蓉妮問。

「我們的關係跟妳和蓓兒不一樣。」我說。「或許我不是像妳那麼稱職的母親吧。」

「我不是那個意思，我只是說要找到這些肯定不容易吧。妳跟她談的時候，她怎麼說？」

「她什麼也沒說，因為她被關在精神病院。」我輪流仔細觀察她們的反應。「她今天嘗試自殺，因為她覺得那是妳們……和妳們的女兒想要的。」

布蓉妮明顯很震驚和動搖，卡洛琳有點驚訝，伊莉絲則不為所動，把剩下的琴通寧一飲而盡。「她還好嗎？」布蓉妮勉強吐出字句。

「當然不好啊。」我說。這個人到底有多蠢？

「我是說，她的身體狀況還好嗎？她是怎麼……？」

「她試圖上吊自殺，幸好沒有成功。」

現在換伊莉絲眼睛發亮了，但與其說是好奇，不如說是覺得有趣。不知為何，即便發生了這麼多事，我都沒想過她竟然如此殘酷。「等等，讓我猜猜，她用了演戲用的絞索道具？然後出乎意料的是……竟然失敗了？」

我真想直接撲上去揍她。「她不知道會失敗。因為妳們和妳們女兒的關係，她是真心尋死。我想知道是誰利用音樂盒、絞索和這些厚紙板把她逼上絕路的。」

「等等，音樂盒？那是針對潔絲的吧。」卡洛琳說。

「淡藍色緊身衣是露比的。」我說。「潔絲根本沒穿過那個顏色。我今天去學校接露比時，看到她臉上傷口的血濺在她身上。這一切都是針對露比，都是為了傷害她，或是讓人以為她傷害了別人。這一切都圍繞著露比。」

「果然是自戀者的母親會說的話。」伊莉絲說。「妳有沒有考慮過這一切都是露比自己做的可能性？她推了伊莫珍，掛上絞索博取同情，再用同一條絞索假裝自殺，好像自己是逼不得已一樣。這些厚紙板是她留給妳去找的。這一切的共同點是什麼？露比去哪裡都會發生問題。」

「那些厚紙板被藏起來了！她不想讓我找到。」我看向布蓉妮和卡洛琳，伊莉絲做出這麼可憎且不道德的指控，她們真的要默不作聲嗎？我女兒人在醫院！她曾想尋死，等她醒來時或許還會抱持同樣的想法。針對那件事，我不知道該怎麼辦，所以我才來到這裡，想找出真相，得到某種程度的正義。

「面對現實吧。」伊莉絲說。「露比痴迷於他人的關注，為了得到關注，她什麼事都做得出來，跟某些人很像。」她盯著我，表達的意思很明確：她認為有其母必有其女。

「大家都先冷靜點吧。」卡洛琳說。「坎朵，妳現在急著想得到結論，我能理解。我是說，我無法理解，因為潔絲從來沒有這種傾向，不過我能想像這會讓人多難受。還有伊莉絲，我知道妳的意思，露比在奧拉弗琳學院的表現確實不太穩定。」

「我們現在還不能排除任何可能性，僅此而已。」布蓉妮似乎想安慰我，但我只感覺自己被深深背叛了。

「不能排除可能性？妳真的認為露比會自己做出這些事情？」我幾乎是向她大吼。其他桌的客人在盯著我們看，但只有這次，我他媽的根本不在乎。

「我只是覺得她可能在求救。」布蓉妮說。「訴說情緒對她來說並不容易，所以她才會用行動來表達，這是妳自己告訴我的。」

一直以來，我最信任的就是她，還對她吐露內心，現在她竟然用我的話來對付我？我憤怒到視野都模糊了。

「妳他媽的懂什麼？」我說。「妳忙著跟亞當．拉奇亂搞，就算事實擺在妳眼前，妳也看不到。哪有服裝管理員在做資料輸入的？為了靠近他，妳什麼都願意做。」

「資料輸入？」伊莉絲豎起耳朵，彷彿那是我剛剛提到最勁爆的重點一樣。我永遠也無法理解那個女人，反正我也不想。

我一直很努力不去想葛瑞格到底覺得她哪裡好。最好的情況是，他選擇了我的對照版。我也很努力不去猜想發生關係的地點……他們是在像這間飯店酒吧一樣的地方見面，還是伊莉絲睡在我的床上？

我得集中精神，現在的重點不是葛瑞格和他的不忠，而是布蓉妮的不忠。「石板掉下去時妳在現場，妳救了露比，怎麼還會懷疑她？」我質問。

不知道是因為羞恥還是憤怒，布蓉妮不肯和我對上眼，畢竟我揭發了她和亞當的私情，不管他們究竟是什麼關係。

「感覺妳需要喝一杯，坎朵。」卡洛琳說。「我幫妳拉一張椅子吧。」

卡洛琳離席時，伊莉絲和布蓉妮完全無視我。我在她們附近徘徊，內心的復仇天使像咒語一樣逐漸消失，我不確定接下來該換哪個角色上場，總是希望她們喜歡我的那個坎朵嗎？雖然似乎從來沒有成功過。還是癌症後重生的坎朵？抑或想讓大家認為她的婚姻關係穩定，因此可以經營遠距離關係的坎朵？又或是沒能照顧好有缺陷的可憐女兒的坎朵？

我的心中有滿滿的罪惡感，但我透過四處奔波調查來抑制它，到頭來卻是一事無成。現在罪惡感正毫不留情地襲捲而來。

卡洛琳搬了椅子回來，我勉強坐下，心想自己還沒告訴葛瑞格最新消息，他還不知道露比人在醫院。

沒有告訴他並非疏忽，而是我怕他會馬上搭飛機趕來，才一直拖延。他和伊莉絲做了那種事，我無法面對他，而且他很有可能會把露比的狀況怪到我頭上，我也無言以對。我彷彿還能聽到露比的遺書裡面寫的話，字裡行間不帶任何譴責，這才最令人心痛。

「我們現在要做的是檢視證據。」卡洛琳說。「盡量冷靜、理性地分析。」

布蓉妮點頭，我和伊莉絲則盯著她，好像她失去了理智一樣。在這種時候，合乎邏輯的話聽起來可能反而最瘋狂。

「沒人想要放任神經病在外作亂。」卡洛琳解釋。「沒人想讓自己或女兒被針對，所以我們必須齊心協力搞清楚狀況。」

或許卡洛琳是對的，好歹我也能趁此機會觀察她們所有人。我不知道自己現在是親近朋友，還是更親近敵人，不過露比明早才會醒來，所以我也無處可去。我的腎上腺素飆升，根本無法回家睡覺，我也不想這麼做，因為我怕做噩夢。

卡洛琳重複了一遍自音樂盒以來的所有事件，做出結論：「坎朵是對的，在所有的事件中，露比不是嫌疑犯就是受害者，除了我和伊莉絲被車擦撞的那次。」

「那可能是隨機事件。」伊莉絲說。

「不符合這個模式不代表就是隨機事件。」卡洛琳反駁。「我想到最好的解釋是：伊莫珍有共犯。我們都看得出來，伊莫珍的精神失常跟露比完全不是同一個等級，我沒有冒犯的意思，坎朵。」

沒人回應。

卡洛琳用力拍桌。「我知道了！伊莫珍可疑的男朋友就是共犯。」

「動機是什麼？」伊莉絲問。

「露比跟伊莫珍的男朋友約會，伊莫珍就對她很不爽，因為女孩子在這方面都很愚蠢，認為錯的是另一個女孩，而不是那個男的。而男朋友為了擺脫困境，就答應幫助伊莫珍騷擾露比。」

「露比才不會接近什麼可疑的毒販。」我說。她沒什麼交往經驗，對男孩子也興趣缺缺，因為她現在沒心思談戀愛。就算她改變心意，也不可能和布蓉妮描述的男人在一起。「那根本就是純粹的幻想。」

卡洛琳不為所動，伊莉絲似乎可以接受這個理論，她們對露比的評價就是那麼低。但是在我看來，卡洛琳似乎是想抓住救命稻草，讓人把矛頭指向其他地方，但其實她和潔絲這兩個莫杜家的動機比別人都強。誰知道呢，搞不好是她們寄厚紙板給露比，希望她會自殺，沒有立即見效時，就決定在石板上動手腳。

但布蓉妮的老公才是修屋頂的，或許屋頂上根本沒人，是布蓉妮在石板上動手腳，最後一刻才醒悟過來。

我真的在懷疑布蓉妮試圖殺死露比嗎？

我感到頭暈目眩，我好像在早餐過後就沒吃任何東西，隨著時間流逝，我越來越無法區分現實與幻想。

「我們都站在妳這邊，坎朵。」布蓉妮的語氣很溫柔。「我們都想要找到犯人。」

「那這樣如何？伊莫珍想取代露比在小團體中的位置。」卡洛琳提議。「於是可疑男決定幫助她。」

「不能大家好好相處就好嗎？」布蓉妮說。「這樣不是簡單多了？」

卡洛琳搖搖頭，好像覺得布蓉妮天真到無可救藥一樣。「沒辦法讓所有人都加入。無論亞當舉辦多少次友愛大聚會，學院都不可能變成什麼嬉皮公社。」

「但伊莫珍在絞索事件前就取代了露比的位置，為何還要變本加厲？」我說。

「確保露比沒辦法再奪回主權。」真令人難以置信，卡洛琳明明是法律系教授，還在沒有確鑿證據的情況下隨便將人定罪。也許她只是為了不讓自己和潔絲受到懷疑，才如此不擇手段。

又或許她只是想保護潔絲。卡洛琳可能猜想女兒有參與其中，保險起見就先發制人，幫女兒掩飾。辯護律師從不詢問客戶是否有罪，因為他們不想知道，或許母親也是一樣。

「假設伊莫珍是幕後黑手好了。」我說。「她為何挑露比下手？」

「她針對露比是因為露比曾經針對潔絲……也就是在伊莫珍看來，露比是自作自受。」卡洛琳說。

「妳難道忘了伊莫珍轉來的那天，音樂盒已經被放入潔絲的置物櫃了嗎？」布蓉妮說。「伊莫珍去年不在這裡唸書，那她怎麼會知道這一切，還有時間做音樂盒，上面還有長得像潔絲的舞者在唱她的試鏡曲目？」

「那就假設音樂盒是別人放的，或許是露比吧。」卡洛琳說。「但後來露比悔過自新，之後的事都是伊莫珍和可疑男做的，包括開車撞我們的事。」

「我真心認為不是伊莫珍。」布蓉妮說。「她是個急於交朋友的十七歲少女，所以她說了一些謊，藉此引起關注或同情……」

「她說她父親要死了耶！」卡洛琳爆發了。她顯然不會放過任何企圖捍衛伊莫珍的言語。值得稱讚的是，布蓉妮沒有因此閉嘴。「她是說了謊，但絞索被掛上時，她根本不在後台，而是和坎朵坐在觀眾席。石板掉落時，她也不在屋頂上，還出聲救了露比。」

「她肯定是先讓石板鬆脫了。」卡洛琳說。「她在石板上動了手腳，計劃出聲救人，讓自己成為英雄，還能假裝屋頂上有別人，但其實她不認為當時附近有人能救露比。」

「等等，妳真的相信伊莫珍是冷血殺手嗎？」伊莉絲問。

卡洛琳堅定地點頭。「是的。好吧，她是殺人未遂的冷血殺手，必須由我們阻止她。我們必須保護露比。」

這太荒謬了，她肯定是在幫誰做掩護，不是潔絲和她自己，就是伊莉絲和莎蒂，畢竟潔絲曾在後台叫莎蒂全盤托出，而伊莉絲也討厭我到去勾引我老公的地步。這兩對母女最可疑……不是說布蓉妮完全沒有嫌疑，但伊莉絲和卡洛琳最近的確變得很親密。

「大家都攤牌吧。」我說。「妳們誰都不想保護露比。妳們根本不在乎她或我發生什麼事。」

「妳怎麼會那麼想？」布蓉妮抗議。

「我怎麼不會那麼想？」

「噢，可憐的坎朵。」伊莉絲語帶諷刺。「她和她的寶貝女兒可以輪流扮演受害者。」

「妳從沒嘗試去了解我們。」我說。「不如就閉嘴吧。」

伊莉絲當然沒有照做。「妳今晚不請自來，火力全開，以露比住院作為籌碼占上風，要求我們其他人給出一個交代。但妳也沒有老實回答我們的問題，對吧？」我一言不發。「我當然是在說小薇的事。妳說她真的只是跌倒，露比被冤枉而大受打擊，所以才會被眾人唾棄諸如此類的，根本就是胡說八道。」她的眼睛發亮。我到底對她做了什麼？為什麼她這麼討厭我？「妳自己的老公都認為露比是會把其他女孩推下樓梯的神經病。那她為什麼會變成這樣呢？」

「去死吧妳。」我說。

「哈哈。」伊莉絲咧嘴一笑，好像她才是占上風的人。

「我們的確應該有話直說，廢話少說，坎朵。」卡洛琳說。「要確保女兒的安全，我們就必須對彼此誠實。」

「妳們的女兒都很安全，有危險的是露比。感覺無論我怎麼做，我的女兒都會死掉。」啊，我把內心最深沉的恐懼說出口了。我盯著桌面，努力不要哭泣，我不會讓她們看到我的淚水。

布蓉妮伸手碰觸我的手臂說：「發生了這些事，我感到遺憾，但我也同意其他人說的，妳必須告訴我們真相，不然我們怎麼幫忙？」

露比想要真相大白，她在遺書裡就是這麼寫的，稍早在保健室也這麼說。她想要解脫，我只是尊重她的願望而已。

不能再拖延了，該開始表演了。

「妳們說得沒錯，我並沒有全盤托出，我也叫露比要保守祕密。我不想要你們大家預先給我們定罪，也確信最糟的狀況已經過去了。但顯然……」我刻意停頓，希望能引起同情，但就連布蓉妮都沒有上當。

「首先，妳們必須先知道關於小薇的一些事。」我說。「我本來以為那不可能是她的本名，見到她的父母之後才知道真的是。他們也是劇場界的人，不知為何想要取一個有『薇』字的名字，所以就想說：『那小薇如何？』他們跟女兒一樣都不太正經。」

伊莉絲的眼神彷彿在說：講重點。

「小薇和露比一開始並不喜歡彼此，後來卻成為朋友。她們的友情進展得不太順利，因為身為菁英私立表演藝術學校的新生，她們是競爭對手。小薇和露比是最優秀的兩名學生，有時是小薇棋高一著，有時是露比略勝一籌，也就是說兩人競爭相當激烈。」

現在連卡洛琳的眼神都在催促我：講重點。

我受不了了……所有的痛苦、羞愧、不知道接下來會發生什麼的不確定性，以及對明天、後天、大後天的純粹恐懼如排山倒海而來……我不禁眼淚潰堤。布蓉妮馬上安慰我，卡洛琳和伊莉絲的態度也稍微軟化，但她們可不會輕易同情我。她們要等到我說完來龍去脈，才要決定她們對我和露比的看法。

「我很抱歉我說謊了。」我哭訴。「但我想要露比在奧拉弗琳學院能有個新的開始，所以我們才會飄洋過海來到這裡。」

「而且美國沒有一間學校願意收她。」伊莉絲忍不住插嘴。

「對，其他學校的確拒絕錄取她，但那並不公平，因為他們是基於謠言而非事實做出決定的。只是我不能親自去找所有的入學委員會說明，所以她就落榜了，這讓她大受打擊。想想妳們的女兒會有什麼感覺就知道了。」

「所以到底發生了什麼事？」卡洛琳問。

「小薇跟平常一樣在我們家亂跑，結果就跌下樓梯了。」

「真的假的，坎朵？妳真的死不改口？」伊莉絲露出厭惡的神情。

「那是我們給警方的說法。」回想到這裡，我不禁熱淚盈眶，當時我和露比都非常難受。「我們說我們兩個在樓下的廚房，聽到小薇摔下來的聲音。樓梯最上方鋪了地毯，我們移動了它，弄得像是小薇滑倒一樣。」布蓉妮一臉驚恐看著我，其他兩人不為所動。「我知道聽起來很糟糕，但妳們要想想在別人看來會是如何。小薇和露比雖然是朋友，但時有衝突，沒人會相信真相。」

「所以真相是什麼？」

「小薇和露比在樓梯上方發生爭執，而小薇是動手的人。她一怒之下抓住露比，露比做出了一般人都會做的反應，她掙脫開來，結果小薇就摔下去了。那真的是自衛——露比很害怕，因為她認為小薇可能會把她推下樓梯——但我們怕警察不會相信，就想說最好說這件事完全是個意外，我們當時根本不在小薇附近。」

「妳們覺得最好的辦法是對警察說謊？」卡洛琳總是一副自鳴得意的樣子，好像她不會做同樣的事，甚至採取更糟的手段一樣。

「是的。」我盡量低聲下氣。「事後看來，我還是不知道那是不是正確的決定。也許讓警察調查並證明她無罪會比較好，因為學校裡的所有人都任憑自己的想像力馳騁，畢竟是戲劇學院。所以他們編造了一大堆故事，捏造露比的性格，到處宣揚她是殺人凶手。萬一警方聽信眾人的說法，把露比抓去關怎麼辦？萬一她因為冤罪而入獄怎麼辦？想想如果是妳們的女兒，妳們會怎麼做。」

「我可以理解妳的兩難。」布蓉妮一臉同情。

「所以就這樣？」伊莉絲問。「這就是全部的真相？」

「這就是真相。」我說。

「我可以想像事發經過。」卡洛琳說。「我也能想像為何其他學生會相信是露比推的。」

就連她最同情我的時刻，卡洛琳都忍不住挖苦我。真希望這些母親能看到小薇死後，露比在漫漫長夜因恐懼而哭泣的模樣。她們根本不明白每天晚上抱著孩子安撫她，謠言傳出去時，連白天也要盡己所能保護孩子的感覺。她們從未經歷過逃離自己的國家，卻又踏入新的毒蛇坑的絕望。

當自己的女兒是得到角色的幸運兒，而不是在旁邊垂涎三尺的無名小卒，當然很容易對人妄加評判。當自己的女兒沒有失去最愛的祖父，同時看著母親和癌症搏鬥，當自己的孩子沒有像露比一樣經歷那麼多挫折，當然很容易對他人指指點點。是啊，她們不知道露比犯的所有錯誤，但我對她們和她們的女兒也沒有全然了解，我也覺得沒關係。我不會為了知道一切，去翻她們的黑歷史或是和她們的老公發生性行為。有些界線我是絕對不會跨越的，那她們呢？或許她們其中一人試圖殺死一個孩子，我的孩子。

無論如何，我都必須拯救露比，這是我和露比對彼此的承諾，而且不只是空談，我們已經實際經歷過了。她知道無論如何，我都不會棄她於不顧，我已經證明了這點，她也一樣。

這是她想要我說的故事，希望這些謊言能幫助她活下來。那為何我仍然感到內疚呢？

或許母親就是如此吧。

我用小餐巾紙抹掉哭花的眼妝，在這些賤人面前哭還真累人。

「有相關人士出現在倫敦嗎？」伊莉絲總是第一個回到正題的人，但現在我不介意，至少她沒有再指控露比，而是開始尋找其他嫌疑犯。

那意味著她上鉤了

這是我今晚第一次想露出微笑，但我抑制住衝動，搖搖頭說：「小薇的父母還在洛杉磯，而且據我所知，他們相信調查結果，認為是意外事故。小薇在學校不受歡迎，露比是她唯一的朋友，我想不到有誰會想替她報仇。」

「看來我們又回到原點了。」伊莉絲說。「除非我們認為伊莫珍是幕後黑手。有誰這麼想嗎？」

卡洛琳舉手，布蓉妮和伊莉絲似乎半信半疑，所以基本上，我也沒什麼頭緒。

「我不知道該怎麼做。」我說。「露比出院後，我該帶她回到作為犯罪現場的學校嗎？妳們的女兒會善待她，還是會迴避她？她們會表面上對她好，然後在聊天室對她大加撻伐嗎？無論是哪種狀況，她都會被排除在外，因為明天就要拍攝期末演出的照片了，但她還關在精神病院……」

「我知道了。」布蓉妮打斷我。「我知道我在哪看過伊莫珍的刺青了。」

替身

第一季第八集

完美表象

克萊爾・麥金托

伊莉絲

「天啊，布蓉妮，這裡面到底放了什麼東西？」坎朵幫布蓉妮從廚房窗戶下面拉出一口大箱子，它充當兩張扶手椅之間的桌子，椅子破舊到連扶手外皮都磨破了。我們從一塵不染的松木桌旁拉了椅子，圍著大箱子坐了下來。這讓我回憶起學生時代出國留學，父母寄包裹來時，大家小心翼翼地拿起和拆開每份禮物的場景。宿舍熄燈後，我們留學生會彼此分享巧克力、新衣服、罐裝飲料……還有唸不出名字的外國糖果，可以稍稍緩解鄉愁。我們都取消了今天的行程，因為布蓉妮昨晚斷然拒絕馬上採取行動。

「卡爾已經睡了，他明天要早起。」誰也不能打擾布蓉妮的老公睡美容覺，所以我們現在才在這裡開一場天殺的茶會，在雜物中翻找，希望能找出布蓉妮是在哪裡看到伊莫珍的刺青的。

卡洛琳打開蓋子。「妳要問的是裡面沒放什麼吧。」她低聲吹了口哨。箱子又大又破舊，曾經扣緊箱子的皮帶已磨損不堪。箱子的角都凹陷了，表面貼滿了各式各樣的貼紙，從度假勝地和反「水力壓裂」宣言，到迪士尼角色和溫州蜜柑上面會貼的標籤都有。我想像蓓兒或布蓉妮的兒子們從碗裡拿了一顆蜜柑，心不在焉地刮掉貼紙，貼在箱子上。不知道布蓉妮是沒注意到，還是不以為意。她的廚房寬敞且五彩繽紛，從我們頭頂上方的橫梁來判斷，原本應該是兩個房間。碗櫃擺滿了瓷器，而且很多都是幼兒手工燒製和上色的成品。每面牆都貼滿了明信片和照片，還掛了各式裱框證書，從大學畢業證書到二十五公尺游泳證書都有。

「這是我的紀念品箱。」布蓉妮說。她似乎隨時準備為自己辯護，但她看著箱子的眼神十分溫柔。真亂，我心想，但說不出口。箱子以前有分成幾格，可以看到能插入木板，把箱子分成三格的滑槽，但現在內容物都是隨意擺放。一疊紙和麥當勞兒童餐玩具、電影院的3D眼鏡等塑膠製品混在一起。壓皺的剪報和照片、國民信託住宅傳單和蒸汽火車一日遊傳單放在一起，爛掉的橡皮筋從錫箔紙包裝和一疊疊生日和聖誕禮物標籤之間露出頭來。這根本就是回收箱嘛。

「妳就是在這裡看到刺青的嗎？」我問。想到接下來的工作有如大海撈針，我就心裡一沉。當布蓉妮說她知道自己在哪裡看到伊莫珍．柯伍的刺青時，我想像的不是這口箱子——這箱垃圾。當我們被布蓉妮的興奮情緒感染，一邊趕往她家，一邊問東問西時，我完全沒有想到會是這種情況。

「我不知道啦！」我們問布蓉妮刺青到底是一模一樣還是只是相似，是照片還是文字描述，是在真人身上還是某個角色上……她最後受不了了，便這麼說。「我只知道在廚房箱子裡的某處。」剛抵達時，我原本以為布蓉妮泡茶給我們是多餘的，我們不會待太久吧？但現在，我看著面前這堆雜物，很慶幸有那壺包著針織保溫罩的伯爵茶，還有布蓉妮從聖誕巧克力罐拿出來的手工司康。

「我想是在照片裡。」布蓉妮說，但好像連她自己都不太相信。我們盯著滿滿的回憶，不知道從何著手，至少我們三個是如此。坎朵則是心不在焉，眼神空洞，仍深陷在最近發生的種種事件當中。一種陌生的情緒油然而生，我才發現儘管她一直以來都在說謊，我還是為她感到難過。

不知道她還隱瞞了什麼，不知道其他人有什麼祕密……現在已經沒有什麼事能出乎我的意料了。這個房間裡隱藏著許多真相，卡洛琳知道學校紀錄有問題，坎朵知道布蓉妮可以使用電腦系統，但只有我知道為何這兩件事可能有關聯。布蓉妮是否建了幽靈學生紀錄？難道伊莫珍．柯伍沒有入學是因為她的緣故嗎？

「肯定是戲劇表演。」布蓉妮遲疑了一下。「或是電視，也有可能是電影……但肯定是演員。」演員……妳很了解，對吧？一副忠厚老實相的布蓉妮．理查森……該不會真的是個詐騙犯？如果是的話，目的為何？除非學生人數多，她就能加薪……但那樣也不合理。不知道拉奇是否知悉此事，或者他們也可能有合作關係。

「來吧。」卡洛琳捲起袖子說。

「有沒有系統性的整理方式？」我抱著一絲希望，姑且問了一下。卡洛琳哼了一聲，我只好嘆一口氣。「那就開始吧。」我們開始挖寶，把任何可能會有用的物品放在廚房桌子上：戲劇節目手冊、舊的《舞台》週刊、剪報、和雜誌評論釘在一起的電影票。其他東西我們一律放在地上，導致廚房看起來像暴風雨過後，許多漂流物被沖到岸上的沙灘。我拾起一把小木叉，問布蓉妮：「為什麼要留這個？」

她的笑容有些害羞。「這是紀念二〇〇五年五月去惠斯塔布。蓓兒當時四歲，那是她第一次看到大海。我們在海邊喝檸檬汽水，吃炸魚薯條，孩子們在海浪中跌倒，全身都溼透了。」

我看向其他人，以為她們會翻白眼，但我的判斷錯誤。

「沒什麼比在海邊吃薯條更棒的了。」卡洛琳說。

「真是美好的回憶。」坎朵眼眶濕潤，顯然心思在露比身上，還有過去家庭出遊的回憶。

「她會沒事的。」布蓉妮輕聲說。坎朵點頭，似乎有些哽咽。

現在我也笑不出來了。我想像自己和尼克、莎蒂三人在海邊吃炸魚薯條，而不是拿尤利婭留在冰箱的飯菜回各自的房間吃。或許等尼克從格拉斯哥回來，我可以提議去海邊。我也能想像他困惑的表情。*我們幹嘛那麼做呢，伊莉絲？*

我想像野餐時喝檸檬汽水而非琴酒，想像自己的活力泉源來自海邊而非藥物。一想到莎蒂替我保守我那不可告人，又自以為隱藏得很好的祕密，因而被誤會，我就感到羞愧。

「妳是什麼時候知道的？」我當時問莎蒂。布蓉妮離開了，莎蒂也放學回家了，我知道自己不能再逃避了。我等待鑰匙插入鎖孔的聲音，身體不斷顫抖，必須用全身的意志力才能抑制住想服用鎮定劑，平衡體內腎上腺素的衝動。

「嗯……一直都知道吧。」莎蒂淚眼汪汪，突然顯得比實際年齡年輕許多。不對，我糾正自己，這才是她這個年齡，也就是青少年該有的樣子。是我和尼克對睡覺時間、電視節目分級和酒精的放任態度，才把她變成大人的。我這才明白，莎蒂之所以像個小大人，就是因為我太不成熟了。

「我會戒掉。」我告訴莎蒂。

我知道自己做得到。我會像面對其他挑戰一樣面對它：制定時間表、目標和專案計畫，「不酒不毒伊莉絲行動」現在開始。我還沒聯絡布蓉妮給我的傳單上的機構——第一步是承認自己有問題——但我會的。

我把自己拉回現在，撿起一張收據給布蓉妮看，她稍作思考。

「二〇一五年七月。」她做出結論。「喬恩的畢業典禮。我們租了他的畢業袍和四方帽，但去取件時，他們搞錯訂單，給他唱詩班男孩的衣服。直到我們到了大學，他去換衣服時才發現。」

我們四人哄堂大笑。突然間，我感到一陣溫暖，不再為花這麼多時間感到煩躁，不再一心想著現在能在辦公室完成多少工作，或是咖啡沒搭配贊安諾根本沒有提神效果。我不像莎蒂，不擅長經營朋友關係，我總是說錯話，一片好心最後卻得罪別人，所以我就不管了，告訴自己根本不需要朋友。我有尼克、莎蒂和非常了解我的同事，當我直言不諱責備他們的工作成果，他們不會被冒犯。但現在……現在這樣也不錯。我咬了一口司康，上面塗了布蓉妮的手工果醬。

我很難想像這個會烘焙、做手工藝，又有一箱充滿家庭回憶的女人會為不存在的學生建立紀錄。我忽然靈光一閃，或許是亞當・拉奇逼她這麼做的。但我光是想像他身穿黑色高領毛衣，圍著浮誇的絲巾，便一笑置之。亞當・拉奇不可能有那種能耐。

我篩選掉一堆手指畫，把它們放到地上。「其實大部分的東西都可以掃描保存下來。」我拿出手機說：「看，還有專門的應用程式。」我滑過莎蒂幼時保存下來的紀錄。「它是按日期編排，也可以用主題分類：大自然、家庭、手作活動等等，這樣就沒必要留那麼多東西了。」

「我不覺得……」

「我保證很簡單，我再把連結傳給妳。」雖然發生了這麼多事，但我的內心再度感到溫暖。朋友就是要這樣互相幫助，對吧？布蓉妮或許對數位生活有些畏懼，不過她一旦掌握訣竅，就回不去了。

朋友。人有辦法和說謊的人做朋友嗎？我們大家像好閨蜜一樣坐在布蓉妮溫馨的廚房裡，但每個人心中都藏著祕密，都在裝模作樣，都在演戲。誰會最先穿幫呢？

「我每年會做兩次斷捨離。」坎朵拉出一件T恤並重新折好，好像她在GAP工作一樣。在太平洋帕利塞德時，我趁葛瑞格去廁所時偷看坎朵的衣櫃，發現每件衣服都按顏色擺放，像色票列表一樣，衣櫃底部的鞋架可以一排排拉出來檢視。

「我的內心有太多負能量。」她說。「斷捨離能幫助我向前看，而不是回首過往。」我想到坎朵在加州的家，書架上擺滿勵志書籍，肯定有「收拾家裡，收拾心情」這個分類……想到坎朵的家，我不禁滿臉通紅，趕緊在箱子內翻找東西，試圖掩飾羞愧。我和葛瑞格上床，等於是打破了規則：不拍照片，不洩漏個人資訊，做完就斷絕關係，還有不碰朋友的老公。

「那妳呢，卡洛琳？」坎朵問。「妳會囤積東西嗎？」

我每次看著坎朵，都會感到一種陌生的罪惡感。我提醒自己當時是在進行祕密任務，詹姆士·龐德[1]（James Bond）肯定不會因他的所作所為而後悔。但儘管如此，葛瑞格和我有過肌膚之親的記憶還是在我的腦中揮之不去，好像消化不良，或是被碎片扎到一樣。

「我的辦公室堆滿了東西。」卡洛琳說。「但與其說是囤積，不如說是我不會丟東西。」我們其他人在箱子內翻找時（也順便幫布蓉妮整理雜物），卡洛琳一直在閱讀散落在廚房桌子上的各式戲劇節目手冊，我懷疑她根本沒在找刺青的照片。「我每次都覺得該清了，但總是有更重要的事要做。啊！我好像有去看這場《安妮》[2]！」她翻閱節目手冊，接著大笑一聲。「我的確有看，因為我記得孤兒不像餓得要死的樣子。」她指著一張照片，照片中的胖女孩用拖把撐著身體，露出悲傷的表情。我們哄堂大笑。

「那是二〇一〇年的聖誕節。」布蓉妮說。「我當時沒有工作，卡爾每天都會把零錢放入醃菜罐，我們才買得起門票。我們等到前往劇院的路上才告訴孩子們……妳們真該看看他們的表情！」

「妳有個很棒的家庭。」坎朵說，她捏了捏布蓉妮的手臂，眼睛發亮，聲音微微顫抖。

我想到我和尼克常常買《茶花女》[3]（*La Traviata*）、《哈姆雷特》或《推銷員之死》[4]（*Death of a Salesman*）的門票，但好幾次都因為工作繁忙而取消，浪費了門票。反觀布蓉妮在學校兼職，又是蓓兒和她的兄弟們的全職母親。

「我也這麼想。」我輕聲說，布蓉妮便驚訝地抬起頭。在所有母親當中，我和布蓉妮的共同點最少，因此我從未花時間深入了解她。但或許布蓉妮和我一樣奮發努力，只是方向不同罷了。我仔細觀察她，一邊下定決心。我真的想這麼做嗎？在大家終於和睦相處時，我真的要冒險讓一切灰飛煙滅嗎？

「妳在學院的工作想必有減輕經濟壓力吧。」我說，要做就做到底吧。我感覺到卡洛琳的視線，似乎很好奇我為何要改變語氣，布蓉妮也開始露出緊張的神色。

「對、對啊。」布蓉妮急忙伸手從箱子拿東西，任何東西都好。「這個應該是……」但我可不會輕易放過她。「但我想兼職服裝管理員應該賺得不多吧，除非妳多賺一些……外快？」

---

1 英國作家伊恩．佛萊明（Ian Fleming）筆下的虛構人物，是英國情報機構軍情六處的間諜，代號007。

2 *Annie*，百老匯音樂劇，改編自哈羅德．格雷（Harold Gray）的暢銷連環漫畫《孤女安妮》。

3 義大利作曲家朱塞佩．威爾第（Giuseppe Verdi）作曲的三幕歌劇，改編自小仲馬（Alexandre Dumas *fils*）於一八四八年出版的小說。

4 劇作家亞瑟．米勒（Arthur Miller）的作品，是對資本主義下的美國夢的批判，贏得了一九四九年的普立茲獎。

我決定賭一把，讓對方以為我知道的比實際上還多。「例如建立學生紀錄之類的……」

我應該要在玩遊戲的過程中感覺到腎上腺素激增，但總覺得少了些什麼，好像我只是在演戲，其實心不在焉。我告訴自己，我只是想念藥丸帶來的快感，但問題不在那裡。

在於布蓉妮的表情。

我的直覺是對的，但布蓉妮既沒有為自己辯護，也沒有生氣，而是看起來很受傷。這不再像一場遊戲，而是像大野狼猛然撲向鹿一樣，感覺像霸凌，一點也不公平。

我不再裝無辜了。「妳偽造了學生紀錄，對吧？」

布蓉妮像壓皺的紙張一樣完全崩潰，摀住臉大聲抽泣。坎朵馬上到她身邊，搓揉她的背。

「妳在說什麼？什麼學生紀錄？」坎朵問。

「啊！」卡洛琳馬上就領悟了。「紀錄上的學生人數比實際上還多。」她簡單說明。「而我猜紀錄是布蓉妮建的。」

「什麼？為什麼？」坎朵馬上停止搓揉布蓉妮的背。我們等待布蓉妮稍稍控制情緒。

「學校……拿到的……補助……」布蓉妮頓了一下，身體微微顫抖，她深吸一口氣，稍微平靜下來。「取決於紀錄上的學生人數。」

「所以妳是中飽私囊？」卡洛琳問。布蓉妮猛然抬頭。

「沒有！我絕對不會做那種事！」她瘋狂轉頭，輪流看我們三人。「我一毛錢都沒拿，錢都給學校了。妳們也知道建築物亟需維護，而且我們入不敷出。亞當說這樣不會傷害到任何人，藝術委員會的錢本來就該用在藝術方面……他說如果沒有補助，學校就會被迫關閉。」

「那妳有什麼好處？」我問。

布蓉妮咬住唇角。「妳說得對：兼職服裝管理員賺得不多，我的工資的確有多一些。」

我本想再問一個問題，但布蓉妮突然抬起頭，正面迎擊：「我們需要錢，跟妳不一樣。」她看著我們所有人。「孩子們小時候，我是全職母親，卡爾賺得不多，我們還有房貸要還。我只能這麼做！」

布蓉妮說完，整個人像洩了氣的氣球一樣。不知道卡洛琳和坎朵的想法是否和我相同，認為如果是一年前，在伊莫珍轉學過來、恐嚇信和露比住院這些事情發生之前，這或許很重要……但現在已經不重要了。

舞弊和嗑藥，究竟哪個比較糟？舞弊比一晚灌一瓶酒好嗎？比讓管家教女兒如何處理初經好嗎？如果世界上有年度最佳母親的比賽，我還不一定符合參賽資格呢。

「找到了。」

我們轉身看向卡洛琳，她興高采烈，輕聲說出那三個字，一舉改變事情的走向：找到了。

「怎麼了？」

「妳找到什麼了嗎？」

「妳發現什麼了？」

我們三人同時說話，卡洛琳輪流看我們，手裡拿著戲劇節目手冊，一臉得意洋洋的樣子。小冊子是闔上的，卡洛琳的手指夾在兩頁之間，此舉似乎有意讓人乾著急，幾乎帶著嘲諷意味。

我明白了，她在享受這個時刻。她喜歡掌握我們沒有的情報，就像表演者準備演出最後一幕一樣。有一瞬間，我以為她打算保守祕密，但她沒有這麼做，當然沒有，畢竟我們都站在同一陣線，至少我是這麼認為的。她緩緩將節目手冊放到膝上，手指撥弄著書頁，但還是不翻開。

「所以呢？」卡洛琳這麼愛演，連坎朵都開始失去耐心了。

「《白雪公主》。」布蓉妮嘆氣道。「那是二〇一三年的聖誕節，男孩們不想去，所以只有我和蓓兒去，然後……」

「妳找到刺青了嗎？」我阻止布蓉妮繼續回憶過往。

卡洛琳抬頭，咧嘴一笑，慢慢打開節目手冊，我必須抑制住搶過來自己翻開的衝動。我們像準備聽故事的小朋友一樣圍在她身邊。小冊子製作成本低廉，節目本身是介於業餘演出和實驗戲劇的二流演出。卡洛琳標記的那頁是演員列表，他們的頭像所占空間比演出作品列表還大。

我們同時看到了她：一頭長髮撥到一側的肩膀，性感的眼神配上若有似無的笑容，一手托腮，手肘撐在畫面外的東西上。而在她的手腕上……頭上有天，腳下有地，心中有火。

角色名字「白雪公主」下面寫著演員的名字：麗莎．戴斯利。

「麗莎．戴斯利是誰？」布蓉妮問。

這名字好熟悉……像一個小孩拉著我的手一樣，在我心中揮之不去。麗莎．戴斯利……我想不起來在哪裡看過。

「是同樣的刺青。」坎朵低聲說。

「根本就是同一個女孩。」卡洛琳撫平頁面上的摺痕，把照片拿到燈光下。雖然髮型不一樣，但卡洛琳說得沒錯，照片中的女孩毫無疑問就是伊莫珍．柯伍。

「搞不好她在正式演出時會用藝名。」布蓉妮說。卡洛琳挑眉，布蓉妮則轉頭向我和坎朵尋求支持。「很多演員都會這樣啊。」

「當然會，但這和百老匯根本天差地遠吧！」卡洛琳揮舞著廉價小冊子。

我看到布蓉妮露出受傷的神情，不禁想像她和蓓兒計劃著母女約會，精心挑選衣服、排隊買票；中場休息時買冰淇淋吃，偶爾奢侈一下；仔細閱讀卡洛琳棄若敝屣的節目手冊，再小心翼翼地存放在廚房的箱子裡，創造美好的回憶。「布蓉妮說得有道理。」我說。「麗莎．戴斯利有可能是藝名。」

卡洛琳對我瞇起眼睛，好像在說：妳何時站在布蓉妮那邊了？但我話一說出口，又不得不收回它，因為我突然想起之前是在哪裡看到那名字的。「雖然可能是藝名……但不是。」我用眼神對布蓉妮表示抱歉。「我在伊莫珍化妝包裡的處方藥上看到了麗莎．戴斯利這個名字。」

「妳現在才講！」卡洛琳大發雷霆。「妳不能早點分享這個情報嗎？」

卡洛琳就是這副德行，馬上怪到我頭上。「我有說我找到藥……」講到藥，我不禁臉紅，開始想有誰知道，布蓉妮告訴了誰。但當我們對上眼，布蓉妮微微搖頭表示：沒人知道，我沒有告訴任何人。

「妳沒說標籤上面寫『麗莎．戴斯利』……」

「我以為那不重要！我以為那是她祖母的藥，或是她偷來的，也可能是網購的。」我在卡洛琳再度開口前提高音量。「而且現在該審判的不是我吧！」

全場一陣靜默，卡洛琳和我盯著彼此，誰也不願意退讓。坎朵無意間化解了僵局。

「上面寫說麗莎．戴斯利十七歲。」她指著演員簡歷。「代表她現在已經……」她用手指計算。「二十一歲了。」她因為憤怒而提高音量。「真不敢相信她一直以來都在騙我們！」

布蓉妮滿臉通紅，畢竟她自己偷雞摸狗的勾當也才剛暴露出來。我看到卡洛琳兩眼圓睜，嘴角抽動了一下。

「五十步笑百步。」卡洛琳說，但坎朵沒有聽懂。

「正人先正己？」我提示，但她沒有聽出我語氣中的諷刺。沒想到把話說開的竟然是布蓉妮。

「坎朵，我想她們想說的是，妳自己也不是很誠實。」現在換布蓉妮一臉尷尬，因為她知道自己也沒資格說別人，我試圖用眼神給予她支持。誰料得到呢？我和布蓉妮．理查森竟然找到共同點了。

我不知道人的臉可以漲得那麼紅。一抹潮紅從坎朵衣領底下湧現，像漲潮一樣一路直達她的髮際線。她的嘴巴一開一合，啞口無言，彷彿一條離開水面的魚。

「好了，別再浪費時間了。」卡洛琳用戲劇節目手冊拍了大腿一下，放坎朵一馬，也把大家拉回正題。「伊莫珍．柯伍……還是麗莎．戴斯利，管她叫什麼名字，大半學期都把我們耍得團團轉，現在是時候扭轉局面了。」她的嘴角漸漸上揚。「我知道該怎麼做。」

「怎麼做？」

但卡洛琳不理會布蓉妮，掏出手機瘋狂打字，每按錯一個鍵就罵一次髒話。我看到熟悉的搜尋引擎，但當我靠過去看時，卡洛琳卻把手機移開，對我眨眨眼。「別急。」她又在搶風頭了……

布蓉妮把茶壺放回爐子上，坎朵把牛奶壺裝滿。卡洛琳滑手機時，我們三個坐在布蓉妮的松木桌，邊喝茶邊吃司康。我們像政客掩蓋壞消息一樣掩飾自己的謊言。我們聊學校的事，我勉強同意說龐德醫技「或許」能贊助新屋頂的募款演出。接著話題從學校轉移到衣服上，我們都一致同意要找到兼具實用性和時尚感的鞋子根本是不可能的。

「安靜！」卡洛琳突然出聲，我們三個都嚇了一跳，抬頭看她。她把手機貼在耳朵旁，另一隻手豎起一根指頭要我們安靜，臉上浮現調皮的笑容。全場一陣沉默。「喂，你好……！」卡洛琳的聲音變了，低了八度，深沉而沙啞，好像她一天抽四十根菸一樣。「請問麗莎．戴斯利的經紀人在嗎？」

坎朵和我互看一眼，布蓉妮則摀住嘴巴，好像深怕自己驚呼出聲。

「能和你聯絡上真是太棒了。」卡洛琳高興地說。「聽著，我這邊有超級適合麗莎的角色，但是非常臨時。是西區的音樂劇，里奧．道格拉斯執導，預算龐大且公演時間長……」她頓了一下，聽對方的回覆。「太好了！」卡洛琳看了一下手錶。「那就今天……中午如何？」

我屏息等待。

「真的嗎？你不需要跟麗莎確認？」卡洛琳面無表情，我們董事會會議需要像她這樣的人才。「那真是太好了，親愛的。你知道穆斯排練場嗎？噢，她有在那邊排練過？太好了！那就待會見。」

卡洛琳放下手機，頭垂在胸前，伸出雙臂，好像女主角在等待謝幕獻花一樣。「爽啦。」她抬起頭說：「小孩都這樣說吧。」

「妳該不會……」布蓉妮的語氣充滿敬畏，卡洛琳眼睛發亮。

「沒錯。」

「穆斯排練場在哪？」坎朵問。她臉上的潮紅已經消失，她身體前傾，急著想參與，想被接納。我想到如果不是因為露比住院，我們可能不會那麼輕易放過她，畢竟她騙了我們一整個學年，她女兒也是。但現在比起每個人不可告人的祕密，對付伊莫珍．柯伍更加重要，坎朵和布蓉妮都因此逃過一劫，我自己也是吧。不知道卡洛琳的祕密是什麼。

「位於康登鎮的排練空間，老闆是我朋友，跟她借一小時左右沒問題。」她起身。「妳們還在等什麼？我們有工作要忙了。」

♛

穆斯排練場位於康登鎮中心一棟不起眼的建築物中，要不是因為樸素的大門上裝飾著鼓舞人心的貼紙，與其說是排練場，看起來還更像是會計師事務所。其中一張貼紙上寫著：如果你不曾嘗試跳躍，怎麼知道自己不會飛？卡洛琳在鍵盤上輸入一串數字，門就「喀擦」一聲打開了。

在奧拉弗琳學院，穿著暖腿套的男孩在走廊上奔跑，穿著低腰瑜珈褲的女孩們三五成群，三不五時就跑到樓梯間練和聲，但這裡的走廊卻十分空蕩冷清。四扇玻璃門上分別標記了「排練室1」、「排練室2」、「排練室3」、「排練室4」，我從排練室1的門外望進去，看到空無一物的方形房間，一邊有一排舞蹈把桿，對面則是一整面鏡子。

「她會把場地轉租給老師。」卡洛琳一邊說，一邊帶我們走向走廊底端。「芭蕾舞、踢踏舞、現代舞……」左邊的告示板上貼了一些課程宣傳和足尖鞋出售的傳單，還有提醒想參加西南區嘻哈比賽的學生「必須在週五前報名！！！」走廊盡頭有一扇雙開門，走廊兩側還有兩扇窄門，分別標示為「左舞台」和「右舞台」。

兩扇側門各貼了一張寫著「入內請安靜！」的警告，粗體字下面還用紅色麥克筆畫底線。

卡洛琳推開雙扇門，打開左側面板上的燈光按鈕後，觀眾席燈一個個亮了。我們在一間劇院裡，空間很小，不超過一百五十個座位，但毫無疑問是劇院。燈光控制台位於觀眾席後方中央，卡洛琳走過去，一手輕輕拂過按鈕，似乎陷入了沉思，但隨即又轉頭看我們。「我們有一小時的時間。坎朵，找一些紙筆，做一些招牌，『試鏡請往這裡』之類的。」卡洛琳每說出一個任務，就彎起一根手指，坎朵猛點頭，無疑是想藉由討好迎合再度被接納。「我們需要試鏡時間表，要編出一大堆名字，讓她以為我們在這裡待了一整天……還有指示所有試鏡演員往右舞台或左舞台的標示，哪邊沒差。雙扇門上面還要貼大大的『禁止進入』標示。」

坎朵匆忙離開後，卡洛琳看向我，我稍微揚起下巴。來啊，我心想，敢對我發號施令就試試看……她露出了一絲微笑，肩膀放鬆了一點，好像她知道我在想什麼一樣。

「我想我們需要彩排一下。」她說。「由妳來扮演伊莫珍・柯伍如何？」她揮手示意舞台。

「我很樂意。」

「那我呢？」布蓉妮就像玩耍時落單的孩子一樣。「妳要我做些什麼？我可以幫坎朵做告示，我以前常和孩子們一起做手工藝品，我可以……」

「我有一項更重要的任務要託付給妳。」卡洛琳打斷她，我敢發誓布蓉妮聽到了這句話，整個人都長高了幾公分。卡洛琳露出狡黠的微笑說：「麗莎・戴斯利是演員，演員怎能沒有觀眾呢？」

「妳想要我去找一些觀眾？」布蓉妮的信心動搖了。我的腦中突然浮現她前胸後背都掛著廣告牌，站在康登高街上，手裡拿著大型泡棉箭頭，上面寫著「免費戲劇表演請往此」的畫面……我努力忍住不笑，走到禮堂前面準備「彩排」。

「不是『一些』。」卡洛琳故作神祕。「是『一個』。」她搭著布蓉妮的肩膀，帶她離開劇院，低聲說明計畫，等到雙扇門在她們身後關上，我就完全聽不見聲音了。雖然沒人看得見，但我還是翻了個白眼。卡洛琳簡直如魚得水，精心策劃這個計畫，指揮她的小嘍囉（當然，我不會受她擺布），一點一滴提供資訊，吊大家的胃口。

禮堂前面沒有階梯，舞台高度大概到我的腰部。我用手把身體撐上舞台，心想做瑜珈練手臂還是有成果的，便走向舞台中央。黑色布幕遮住舞台後半部，還有更多布幕擋住左右舞台入口。

我曾經在學校演出的《綠野仙蹤》[5]（*The Wizard of Oz*）裡演過一棵樹，唯一的任務就是向左轉，用手裡握著的樹枝擋住桃樂絲的去路。只是當桃樂絲和托托（法籍女老師飼養的兇惡凱恩㹴）走向我時，我看到坐在觀眾席的父親正在看手錶。「這最好值得我花時間來看。」他稍早說過。「我還為了這個婉拒了格魯喬俱樂部的晚餐聚會。」我瞬間動彈不得。

桃樂絲咳了幾聲，輕推我一下，焦急地瞥了一眼舞台右側，提詞人拿著劇本坐著的位

5 美國童話故事系列，李曼・法蘭克・鮑姆（Lyman Frank Baum）所著，曾改編成電影和音樂劇。

置，但我還是毫無反應。最後，桃樂絲只好使我轉身，自己抬起我的手臂。

「這棵樹會動！」她大喊。

「妳確定嗎？」其中一名觀眾高喊。「從我們這邊看來倒像是塊木頭。」

現場兩百名觀眾因為我父親的玩笑而哄堂大笑，我只好逃離舞台。

雙扇門打開的聲音讓我嚇了一跳，卡洛琳大步走進來，一副沾沾自喜的樣子。「陷阱準備好了！」她用戲劇化的語氣說。「現在來看看從麗莎的角度看是怎麼樣吧。」

「她一進來就會看到我們。」我穿越舞台，隨即轉身面對觀眾席，假裝自己是從舞台兩側走上台的。我看到像在電影院一樣往上遞增的觀眾席、燈光控制台、卡洛琳……「她會找藉口，或是直接跑出去，或者……」我突然住口，因為卡洛琳按下了某個開關，讓我們陷入一片黑暗。

我幾乎能感覺到那片黑暗，彷彿它觸碰到我的皮膚，包覆我的全身，使我動彈不得。我試圖回想自己離舞台邊緣多遠，試圖想起自己面對的方向，不禁心跳加速。「卡洛琳？」

一陣沉默。她在哪？我感覺有指尖順著我的脊椎向下撫摸，我猛然轉身，胡亂揮舞雙手，卻撲了個空。

接著，我看到了光，明亮熾熱的白光，刺眼到我必須用手擋在臉前面。

「妳看得到我嗎？」

我循著卡洛琳的聲音，朝禮堂中央的燈光控制台看過去。我知道她站在那裡，卻什麼也看不到，只看到明亮的白色聚光燈，聚焦在舞台中央。

「我什麼都看不到。」我聽起來有氣無力。

「那我們就準備好了。」

♛

十一點四十五分時，雙扇門外有一陣騷動。門被猛地推開，布蓉妮衝進禮堂，似乎有些慌亂，但好像又鬆了一口氣。在她後面滔滔不絕的是一臉憤怒的亞當．拉奇。

「我再問最後一次，布蓉妮，可以告訴我這是怎麼一回事嗎？我一點十五分還要上編舞課耶。」他四處張望，因為困惑而眉頭緊皺，接著看向卡洛琳、我和已經在門上貼好海報和標示的坎朵。「女士們。」亞當為了維持禮貌的舉止，暫時抑制住怒火。「真是意想不到！『混亂已經完成了它的傑作。』」他大笑，好像自己剛剛說了個笑話，便環顧四周，等有人站出來解釋，但卡洛琳只是微笑。

「我們就坐吧？」她說。

或許是她的那份自信讓亞當問不下去，又或許是我心中滿懷的興奮與期待，已經像碳酸飲料的氣泡一樣釋放到空氣中。不知為何，亞當沒有反抗，而是乖乖跟著坎朵和布蓉妮走到燈光控制台正前方的座位，卡洛琳則站在控制台後方。我們坐下時，發出窸窸窣窣的聲音，我幾乎以為會有廣播提醒我們手機要關機，還有「禁止使用閃光燈或是錄影、錄音設備」。

「安靜……」卡洛琳低聲說。雙扇門的另一側傳來一聲悶響，一扇門關上，接著是一陣腳步聲。是她嗎？是伊莫珍嗎？卡洛琳關掉觀眾席燈，打開聚光燈，在舞台中央照亮一個完美的圓形空間。又傳來一陣腳步聲，還有舞台側邊黑幕飄動的聲音，然後伊莫珍．柯伍站上台。坐在我旁邊的亞當發出了聲音，但我用手肘用力頂他的肋骨，打斷他的驚呼。

不要太快洩露祕密，先讓她自掘墳墓……

「請站到舞台中央，親愛的。」卡洛琳再度使用她打給麗莎的經紀人時用的聲音。伊莫珍聽話地走到聚光燈下，她眨眨眼，雖然我知道她看不見我們，但身體還是忍不住往後縮。

「妳的試鏡曲目是什麼？」

「〈雲端城堡〉。」伊莫珍／麗莎說。後面有人倒抽了一口氣，雖然觀眾席很暗，但我能想像卡洛琳憤怒的表情，因為這可是潔絲的試鏡歌曲。卡洛琳頓了一下，再度開口。「準備好就開始吧。」

伊莫珍的歌聲清澈響亮，有一瞬間，我甚至忘了我們為何來到此地。我閉上眼睛，讓旋律充滿整個空間。我知道一個地方，那裡從未有人迷失；我知道一個地方，那裡從未有人哭泣……我想到伊莫珍剛轉來奧拉弗琳學院的那天，也是音樂盒出現在潔絲置物櫃裡的那天，那是一切的開端。

今天會是一切的結束嗎？

卡洛琳肯定有同感，因為她突然打斷伊莫珍的歌，說：「謝謝妳，親愛的，這樣就可以了。」又馬上說。「請報上全名和年齡。」我屏息凝氣。

伊莫珍的眼神堅定不移，她直接朝燈光的方向看過來，也就是看向我們。

她看不見我們，我默默告訴自己，但我的心臟砰砰直跳，我很驚訝沒人聽到。

「我的名字是麗莎．戴斯利，今年二十一歲。」

一切都發生得很快，聚光燈暗，觀眾席燈亮，所有人都起身，亞當喃喃自語著：「現在到底是怎樣？」卡洛琳則對著伊莫珍、對著麗莎大吼：「妳這個謊話連篇的賤人！」布蓉妮懇求大家：「我們都坐下來好好談談，好嗎？」而在這場混亂當中，麗莎．戴斯利目瞪口呆地站在那裡。

我以為她會跑掉，不知道卡洛琳是否會要我們去追她，但我可不會照做。然而，麗莎一動也不動。她顯然十分震驚，但她慢慢閉上嘴巴，恢復某種程度的鎮定。她大嘆一口氣，雙手交叉在胸前，一副很無聊的樣子，就像她所扮演的心懷不滿的青少年一樣。

「我想妳差不多該告訴我們妳在玩什麼把戲了。」卡洛琳說。「『伊莫珍』。」

麗莎看向亞當，無疑是希望他像過去這個學期一樣為她辯護，但他只是站在那裡，呆若木雞，臉色發白。看來他也和我們一樣，被她玩弄於股掌之間，我幾乎為他感到難過。我把在布蓉妮的紀念箱找到的戲劇節目手冊遞給他，已經事先翻到麗莎的簡歷那頁。

「她不是學生。」我告訴他。「她是專業演員。」我看著他瀏覽頁面，嘴巴一開一合，卻半個字都說不出來。最後，他看著麗莎，慢慢移動到走道，走向舞台。

「小姐，請妳解釋一下，為什麼要謊報年齡？還謊報名字？」他一開始說話還有把握分寸，後來卻逐漸提高音量，最後變成了怒吼。

「『名字有什麼關係？』」伊莫珍／麗莎的語氣充滿諷刺。「『我們稱之為玫瑰的東西，叫別的什麼名字……』」

「妳好大的膽子！」我不清楚亞當指的是麗莎潛入他的學校，還是指她嘲笑他引用戲劇名言的嗜好，但我從沒看過他這麼生氣。他走到舞台前方，往兩側看，或許是希望有階梯能上去，看來他平常沒在練瑜珈。

「妳到底在我的學校幹什麼？」

麗莎的眼神閃過一絲心痛，她垂下肩膀。「我只是想要再一次機會。」她低聲說。

「大聲點！」卡洛琳喊道。「妳不是『演員』嗎？」她刻意拖長「演員」兩個字，就跟她女兒一樣狡猾。她走向亞當，布蓉妮、坎朵和我也加入他們，我們看著台上的麗莎，彷彿她是底座上的雕像一樣。

麗莎眼裡噙著淚水。「我沒有上戲劇學校。」她說。「我很想去，但我們付不起學費……我只有媽媽，為了養活我們兩個，她必須做兩份工作。所以我十六歲輟學，在麥當勞打工，參加《舞台》週刊的每一場試鏡，終於拿到了一個角色。」

「真令人鼻酸啊。」卡洛琳咕噥道。

「我有了經紀人，也成為英國演員權益保障協會的會員，事業終於起飛了。感覺我的大好機會終於來了……我以為自己能參與長期或高知名度的演出，媽媽年紀大時就能照顧她。」麗莎淚眼汪汪，我聽到布蓉妮偷偷吸鼻子。「結果事與願違。」她垂下頭說。「在《白雪公主》之後，我就找不到試鏡機會了，經紀人也不再打電話來。她說人們想看『新鮮的人才』，但我已經不『新鮮』了。」她開始哭泣，斗大的眼淚滑落臉頰，浸溼了她的T恤。

「所以妳謊報年齡，申請我的學校？」亞當不敢置信地問，麗莎點頭。

「我的長相看起來比實際年齡小，我十七歲時還會演十二歲的角色。你的期末公演會吸引許多有頭有臉的經紀人。」聽到這裡，亞當驕傲地挺起胸膛。「我本想說如果能在他們面前演出，他們或許會認為我也是新鮮的人才，然後，然後……」她哽咽著。「或許我就能得到第二次機會，做我唯一擅長，而且夢寐以求的工作。」自白後，她開始嚎啕大哭。

「妳把音樂盒放入潔絲的置物櫃，讓大家以為是露比霸凌她。」卡洛琳說。那不是問句，麗莎點頭承認。

「我必須成為學校的頂尖學生。我需要亞……」她馬上改口。「拉奇先生幫我牽線，給我試鏡的機會，並跟經紀人提到我。」她用懇求的眼神低頭看著我們，卻得不到我們的理解，至少我不會同情她，她再怎麼哭都沒用。

「露比簡直是十全十美。」麗莎說。「我想說如果她擔心學校有人針對她，自信心就會受到打擊，然後……」她的聲音越來越小。

「妳、給、我、女、兒、放、了、絞、索。」坎朵像發射子彈一樣，狠狠吐出每個字。

「妳寄了那些恐嚇的厚紙板！」

「我從來都不想傷害她，妳必須相信……」

「妳寫了『露比．唐納文之墓』！」坎朵大叫，她的指控響徹整個禮堂。麗莎渾身顫抖，她獨自站在台上，臉上的妝都花了，一副可憐兮兮的樣子，什麼「新鮮的人才」，真可笑。「妳能想像我的寶貝女兒是什麼感覺嗎？看到長椅上寫著她的名字，好像墳墓一樣？現在她還因為自殺未遂而躺在醫院裡！」坎朵也開始哭了，布蓉妮摟住她的肩膀。

「妳為什麼要這樣對露比？」布蓉妮問。

「她是競爭對手。」麗莎說，一邊用掌根用力按壓眼睛。

卡洛琳怒髮衝冠。「潔絲就不是嗎？」

我差點笑了出來。女兒沒被視為對手，因此沒收到死亡威脅，只有卡洛琳會認為自己被羞辱。我突然有股陌生的衝動，想待在莎蒂身邊，帶著我那不夠格收到死亡威脅的女兒離開這個有害的環境。麗莎的行為令人作嘔，我會消滅商業競爭對手，但那是公平競爭，這可不是。

「小姐，妳的母親會為妳感到羞恥。」布蓉妮這番話讓麗莎再度開始哭泣。「絞索已經夠糟了，但石板可能會砸死露比耶！」

麗莎馬上停止哭泣，她看向亞當，一臉驚慌失措。我心想這次他會不會終於報警，採取行動，帶來正義的制裁。但他卻僵立著，瞪大眼睛，全身顫抖。我想像自己如果在龐德醫技發現這種毒瘤會有什麼反應，我也可能會動彈不得，腦袋無法運作。你以為自己嚴格管理團隊，很了解和自己共事的人，但我們到底多了解我們的同事、朋友和小孩呢？

「我沒有把石板推到露比身上。」麗莎說，但她的聲音太大，語氣太迫切，我不確定我是否相信她。

「騙人！」坎朵說。

「等一下。」布蓉妮說。「是伊莫珍……」她馬上修正。「抱歉，是『麗莎』大喊她看到有人在屋頂上。麗莎沒有試圖殺死露比……她還救了她。」

我們看著彼此，這樣說不通啊。

「我看到石板滑落。」麗莎說。「它一開始卡住了，但我看到它快掉下來，所以就大叫說有人在上面。我想說那樣就能嚇到露比……讓她感覺有人針對她……」

「的確有人針對她。」坎朵說。「就是妳。」她不再大吼，但她的語氣充滿怨恨，而誰能怪她呢？

「這真是……」亞當試圖找到最貼切的形容。「駭人。」沒錯，的確很駭人。我看著麗莎．戴斯利，看著她苗條的身形、一頭金髮和引人注目的藍眼睛。邪惡會以各式各樣的形貌出現。我想到學生時期閱讀《暴風雨》[6]（*The Tempest*），裡面提到「黑暗之物」。我看了亞

6　莎士比亞的悲喜劇作品。

當一眼，天殺的，他那引用名言的嗜好似乎傳染給我了。

校長的雙拳緊握在身體兩側，脖子上的青筋都冒出來了。「我應該報警。」他說。

有一瞬間，沒有人說話。麗莎盯著亞當，她的眼淚已經乾了，眼神充滿純粹的憎恨，我不禁懷疑剛剛的淚水，還有這一切是不是都是一齣戲。

「然後讓他們發現你騙藝術委員會的錢？」

布蓉妮驚呼出聲。「妳怎麼知道那件事？」

「噢，我知道的事可多了。」麗莎露出笑容，我感覺到身旁的坎朵已經怒不可遏了。

「妳竟敢站在那裡冷笑，一副自以為是的樣子！我的女兒差點就死了！」坎朵手一撐，便輕鬆跳上舞台，不知道她有沒有興趣跟我一起上阿斯坦加瑜珈課。坎朵撲向麗莎，像母老虎不顧一切保護幼崽一樣發出怒吼，麗莎露出驚慌的神色。

她會殺了她，我心想，也跟著跳上舞台，不是因為我在乎麗莎．戴斯利的死活，而是因為我發現自己真心在乎坎朵，而且我一點也不相信麗莎。旁邊的卡洛琳使勁爬了上來，像孕婦從游泳池爬出來一樣，布蓉妮和亞當也上來了，現在只差沒拿火炬和乾草叉了。

麗莎轉身就跑，胡亂抓身後的黑幕，直到找到中間的縫隙。

「追上去！」麗莎消失在布幕之間時，卡洛琳尖叫道。我們只差幾秒就能追上她了，我感到熱血沸騰，使勁拉開布幕，但是……

「她到底跑去哪了？」坎朵四處張望，一臉困惑。

「她剛剛明明還在這裡啊。」布蓉妮說。

舞台後面是一面實心牆，一塊老舊的上色膠合板立在牆壁旁邊，一卷繩子躺在地板上，已經積了不少灰塵，但除此之外，舞台上空空如也。

麗莎・戴斯利憑空消失了。

鬼學生，想到這裡，我就不寒而慄。但隨後，我聽到劇院深處傳來奔跑的腳步聲，接著，大門甩上的聲音在走廊上迴盪。

「到底……」然後我看到了，魔術師的好朋友，也就是地板上的暗門，她從舞台底下爬了出去，接著奔向自由。

♛

奧拉弗琳學院中庭的長椅早就擦乾淨了，但塗鴉的輪廓還是依稀可見。露比・唐納文之墓，想到這些文字我就不寒而慄。我們今天都想接女兒放學，必須來接她們。連坎朵都在這裡，因為她想待在熟悉的環境，再回醫院陪露比。每隔幾秒鐘，布蓉妮、坎朵或我就會打破沉默，反覆提出無解的問題。

「她怎麼能那麼做？」

「她到底有什麼毛病？」

「我們應該要更早發現的，對吧？」

只有卡洛琳悶不吭聲，她距離我們幾步之遙，還是小團體的一員，但似乎有些抽離。她的表情陰沉，時不時會臉部抽動，好像在進行腦內對話一樣。

「我們要怎麼跟女孩們說？」布蓉妮問。

「說實話。」坎朵的語氣堅定。「如果連母親都對孩子說謊，他們怎麼知道能信任誰呢？而且我們的小孩很聰明，就算不告訴她們，她們也會自己找到真相。」

僅此一次，我和坎朵意見相同，布蓉妮有些憂慮，但她緩緩點頭。

「我想我也不能一直過分保護蓓兒。」

沒想到布蓉妮會這麼說。我瞥了卡洛琳一眼，想跟她互使眼色，但她仍然沉浸在自己的世界裡，直直盯著學校，好像她有透視眼一樣。真奇怪，麗莎認罪怎麼會讓她受到這麼大的打擊？畢竟找到麗莎照片的人是她，搭建舞台讓對方走向毀滅的也是她。不知道她是否在回想以前她指控露比自導自演，或是在想露比去年霸凌潔絲，被逼到走投無路的可能會是潔絲，而不是露比。

但當她終於轉向我們，開口說話，我才知道自己的猜測根本天差地遠。

「我不買單。」

我們都盯著她。

「為什麼學校沒有伊莫珍的紀錄？我們知道為何會有偽造的紀錄，但如果麗莎用伊莫珍這個假身分入學，為什麼沒有紀錄？」

我們同時轉向布蓉妮。

「我發誓這跟我無關！在伊莉絲告訴我們之前，我根本不知道伊莫珍……我是說麗莎沒有紀錄！」

這女的有點此地無銀三百兩……

我沒時間細想布蓉妮的聲明是否屬實，因為卡洛琳沒有要停下來的意思。「麗莎怎麼知道露比是『競爭對手』？」她用手指在空中畫引號，也沒等任何人回答就繼續說下去，雖然在場可能也沒人能提供答案，至少我是毫無頭緒。麗莎到底是怎麼知道的？

「而且為什麼是露比？」卡洛琳說。「為什麼不是蓓兒？老實說，全校學生加起來也比不上她一個人的舞台魅力。」

布蓉妮驕傲得臉都紅了。卡洛琳向左走了幾步，又轉身大步走回來，就像把觀眾玩弄於股掌之間的女主角一樣。「麗莎怎麼知道潔絲的試鏡歌曲是〈雲端城堡〉？」中庭突然颳起一陣風，一個空的可樂罐滾過水泥地。我拉起大衣領口，絞盡腦汁想找出答案。試鏡曲目會列在網路上嗎？或許麗莎有來看去年的歌舞秀？卡洛琳還在來回踱步，像大律師一樣提出質疑。

「音樂盒是在麗莎轉來的當天放入潔絲的置物櫃的。」她轉過身，用手指戳向我們，布蓉妮的身體縮了一下。「同一天耶，她怎麼能夠做到那種事？她怎麼能夠做到這一切？」卡洛琳稍作停頓，等我們理解她的意思。我覺得胸口很難受，因為我很清楚她接下來會說什麼。

「除非有共犯。」

空的可樂罐被風甩到牆上，咔噠一聲掉了下來。風在中庭盤旋呼嘯，在高牆之間發出前所未有的詭異呻吟聲。我抬頭看向屋頂，那次是意外嗎？還是麗莎真的看到有人在上面？想傷害露比的人？幫助麗莎達成目的人……

「是誰？」坎朵問。她在中庭四處張望，好像警察會突然帶人來給我們列隊指認一樣。

我讓雙手指尖互碰，試圖拼湊出完整的拼圖。我完成了邊邊角角，但中間還缺了一大塊，一切還是模糊不清。我看向卡洛琳，她沉思的表情已經消失了，眼中閃爍著光芒，令人感到不安。*每次都是妳，我心想，每次都是妳第一個抵達現場，第一個發現線索……*

「這個人認識露比。」卡洛琳說。「也認識潔絲，能夠告訴麗莎關於她們的資訊，還不想弄髒自己的手。」

布蓉妮倒抽一口氣，說：「妳不是在暗示是我們的女兒之一吧？」

又有一片拼圖歸位了。「不是。」我緩緩說，視線從沒離開我們的共同朋友。「我想她不是這個意思。」不安的感覺逐漸膨脹，直到緊緊壓住我的胸口。「我想卡洛琳是在暗示共犯是我們其中一人。」

♛

我表演得很不錯吧？根本就該讓我當主角，再演一場安可表演，最後單獨謝幕。這齣戲應該獲頒東尼獎[7]（*Tony Award*），由我擔任主角，無足輕重的合唱團成員在我的腳下亂竄。他們都以為我是其中一員，唱著同一首歌，跳著相同的舞步，但一切都是演戲。一直以來，我都是照著自己的劇本演出，照自己的計畫行事，而最後一幕即將開始……

7 美國劇場界最高榮譽，於一九四七年設立，為紀念著名女演員兼導演東妮．佩里（Antoinette Perry）而設立。

替身

第一季第九集

尋找葛蕾絲

蘇菲・漢娜

卡洛琳

布蓉妮和坎朵盯著我，震驚得下巴都要掉下來了。伊莉絲和我互使眼色，我知道我們都在想同一件事：她們真的如此天真嗎？

「我們其中一人？」布蓉妮終於開口，說到「我們」時還破音。「不，我不……大家都認為那是不可能的。」

「我認為有可能。」我說。

伊莉絲表態支持我。「沒有理由不會是我們其中一人。」

「妳們在說什麼？我可沒和任何人合謀。」坎朵緊張了起來，她看向伊莉絲，再看我，又轉回去看伊莉絲。「妳有跟別人合謀嗎，伊莉絲？」

「沒有，但就算有，我也不會告訴妳，通常都是這樣的吧。」

「那妳呢，布蓉妮？」我問。「妳有跟誰合謀嗎？」

她的臉整個垮了下來。「拜託不要告訴警察。」她低聲說。

「什麼？」不可能這麼簡單吧。「妳承認妳是共犯？妳和麗莎早就串通好了？」

最人畜無害的布蓉妮．理查森不可能會是共犯吧，是嗎？

布蓉妮一臉困惑。「不是，那不……不是。我絕不會畫傷害他人的塗鴉，或是做掛絞索那種事。」

「妳確定嗎？」我問。「服裝是妳負責的，《奧克拉荷馬！》[1]和《孤雛淚》[2]都有用到絞索。」

「妳覺得絞索是我放的……？不是我。卡洛琳，我發誓那不是我做的，只有喪盡天良的人才會那麼做。我以為妳是指……」

「什麼？」我厲聲說。

伊莉絲慢慢走向她說：「妳說『那』不是妳做的，代表有什麼是妳做的，對吧？我是說除了捏造學生紀錄以外的事。妳做了什麼，布蓉妮？不要吞吞吐吐了，妳看起來超心虛的。妳知道學校系統裡沒有伊莫珍的紀錄嗎？妳知道她是麗莎·戴斯利嗎？」

「不知道！」布蓉妮擦了擦眼睛和鼻子。「卡洛琳，我用我的生命向妳保證，我完全不知道那件事，也從來沒和麗莎串通好做任何事或折磨他人。」

「妳當然沒有。」坎朵說，一邊狠狠瞪著我，好像我做了極度失禮的事一樣。

「我連違規停車的罰單都沒收過。」布蓉妮說。「我是好人……我盡力做好妻子和母親的

---

1 *Oklahoma!*，作曲家羅傑斯與漢默斯坦（Rodgers and Hammerstein）所作的音樂劇。

2 *Oliver!*，英國音樂劇，改編自查爾斯·狄更斯（Charles Dickens）的同名小說，音樂詞曲均由萊諾·巴特（Lionel Bart）編寫。

職責，有時難免也會犯錯。」

唉唷我的老天爺啊，我不期望布蓉妮像摩斯探長[3]（Inspector Morse）一樣，但她難道從來不看電視或電影嗎？她難道不知道，一個看似無害的中產階級婦女實際上可能是瘋狂的心理變態嗎？

布蓉妮才剛承認參與了重大舞弊，她可能還做了更糟的事，但還不願承認。一個魅力十足的操縱大師會表現得比周圍的無辜人士還更加震驚和無辜，坎朵難道不懂嗎？

把「魅力十足」和布蓉妮．理查森連結在一起，讓我差點笑了出來。伊莉絲似乎也跟我一樣起了疑心。我們四個不久前在布蓉妮的廚房建立的羈絆已經開始分崩離析。

「在我們所有人當中，妳是最容易和麗莎．戴斯利合謀的人。」我跟布蓉妮說。「我不是在指控妳，只是在陳述事實。妳在學院工作，而妳剛剛也承認自己除了管理服裝外，還有做行政工作。誰知道假伊莫珍會在秋季學期轉學過來？我不知道，據我所知，伊莉絲和坎朵也不知道，但妳可能會知道。誰會在即將演出的音樂劇擔任主角？妳女兒，而那是為什麼呢？因為多虧了絞索事件，露比和潔絲都沒能表演，還真是剛好啊。」

「誰最有可能把絞索掛在露比的戲服掛鉤上？」伊莉絲加入審問的行列。「妳自己也說了：妳幾乎一整晚都待在服裝室。」

「而且妳過去還剛好和麗莎．戴斯利有交集。」我說。「妳突然說：『等等！我知道我在哪看過那個刺青了』，協助解開謎題，搞不好是雙重詭計。」

「卡洛琳・莫杜，妳是個超級大賤人。」坎朵似乎憤怒到喘不過氣來。「一個冷酷無情、沒心沒肺的掠食者！」

「坎朵，妳女兒他媽的在醫院裡，我想找到把她變成這樣的凶手。但妳要怎麼看待我都無所謂，我一點也不在乎。」

「雙重詭計？」布蓉妮脫口而出，用手背擦掉流個不停的眼淚。「妳是認真的嗎？妳到底活在什麼世界啊？」

「跟妳一樣的世界，一個青少女飽受折磨，因此離家出走或試圖自殺的世界。」

「但……但我是說……如果真要說雙重詭計，我還不是最可疑的人選呢！」布蓉妮說。接下來，如果她把手指指向我，我還能理解，但她指的卻是坎朵。「那她呢？」

「坎朵？」我大笑。「什麼，妳是說女兒試圖自殺的人很可疑嗎？那她的計畫看來出了嚴重的差錯，但……」

「是啊，有可能，因為她做得太過火了。」

「布蓉妮，妳為什麼要指控我？」坎朵一頭霧水。

「去年，奧拉弗琳學院最討人厭的女孩是誰？」我從沒看過布蓉妮的眼神這麼瘋狂。「是露比，對吧？她對潔絲做的事傳遍整間學校。那時卡爾和我常說：『謝天謝地她不是我們的

3　英國作家柯林・德克斯特（Colin Dexter）系列偵探小說的角色。

孩子，你能想像有那樣的女兒嗎？你一定會感到羞恥。』」

現在換坎朵淚流滿面了。

「然後今年，在新的學期，新的開始，發生了什麼事呢？假伊莫珍出現了，一個成年人裝成青少年，冒充學生，結果可怕的事情就發生……在露比身上。突然大家都開始同情她，覺得露比很可憐，又說你們看，伊莫珍的行為舉止顯然就是個怪人，而一切都是從她來到奧拉弗琳學院那天開始的。」布蓉妮停下來喘口氣，滿臉通紅。

「所以妳的推測是……」伊莉絲催促道。

「或許坎朵雇用了麗莎．戴斯利，付她一堆錢來當假伊莫珍，扮演比露比更糟糕的賤人。這樣所有女孩就能團結在一起對抗共同敵人，露比就不會顯得那麼糟糕，因為有一個真正可怕的神經病來當新的壞人。」

「是有可能，但可能性不大。」伊莉絲客觀地說。「不過至少比布蓉妮和麗莎．戴斯利共謀的可能性大吧。」

「為什麼？」我的賭注還是壓在布蓉妮身上。她驚慌失措，身體靜不下來，我覺得她就是犯人。

「如果我們那神祕的陰謀家把石板推下屋頂，那就不會是布蓉妮。石板掉下來，差點砸死露比時，她和麗莎都在中庭裡。」

「那妳呢，伊莉絲？」布蓉妮說。

「我怎麼樣？」伊莉絲微微一笑，反擊道。

「妳最不在乎這一切，妳散發著一種優越感，一副高高在上的樣子，好像這一切都不會影響妳或莎蒂一樣。」

「我有嗎？我想妳說的也不無道理。但妳倒是問問自己：如果我是犯人，我還會散發出妳所謂的『優越感』嗎？我應該會為了融入大家，像妳們一樣把事情搞得越亂越好吧？」

「那卡洛琳呢？」坎朵說。「誰都無法否認她可能討厭露比到想逼她自殺的地步。」她轉身面對我。「妳和妳那自以為聰明的『雙重詭計』！」她的口水噴到我臉上，我刻意用誇張的動作抹掉。「最聰明的雙重詭計就是扮演想把事情查個水落石出的人，但其實自己就是幕後黑手。」

「這個推測不錯。」我承認。「可惜我有確確實實的不在場證明作為鐵證。我那天在布里斯托大學審查一篇博士論文，題目是『多層貿易管制中，基於主體的法律模型』，聽起來超好玩的吧。」

我轉身背對她，拿起包包走向門口。「這樣下去根本沒完沒了，這種攻防戰就算進行一整天也毫無意義。」

「那妳打算怎麼做？」伊莉絲在我身後喊道。

「與其在這邊爭論不休，還不如採取行動。」我告訴她。「『獨自』採取行動。」我離開現場，確定她們聽不見時，又喃喃自語道。有一個人能告訴我冒牌伊莫珍在學院的同夥是誰，她也會告訴我的，就算我要動用暴力從她身上榨取真相，我都在所不惜：就是麗莎本人。

麗莎．戴斯利，我來囉。

♛

十五分鐘後，我買了保麗龍杯裝的咖啡，在地下室一間骯髒昏暗的網咖裡肉搜麗莎．戴斯利，因為我剛好沒帶筆記型電腦，這麼重要的事也不能靠小小的手機螢幕解決，潔絲肯定會笑說這是因為我「老了」。

其他三台電腦的使用者都是年輕男性，而且都一臉衰樣，垂頭喪氣、衣衫襤褸，一副被人生踐踏的模樣。他們似乎都沒有意識到彼此和我的存在，這樣很好。

麗莎經紀人的網站雖然放了她的名字，卻沒有提供有用的資訊。她顯然沒有演出太多作品，因為幾乎找不到真正的麗莎．戴斯利，也就是冒牌伊莫珍．柯伍的資料。

我只在一個叫「曼迪」的工作平台上找到一個有用的搜尋結果。網站上寫著三年前，麗莎曾在肯特郡的布羅姆利小劇場出演《連恩與艾茲拉》（*Len and Ezra*）的費莉西雅．蒙提萊格勒（Felicia Montealegre）。二〇一六年，她還在喜劇《一僕二主》[4]（*One Man, Two Guvnors*）飾演瑞秋．克拉比（Rachel Crabbe）。

我喝完咖啡，跟櫃台後面那個兩眼無神、頭髮油膩的男人再買一杯，又坐回電腦前。

我不知道還能搜尋什麼，只好繼續瀏覽「曼迪」網站，試圖找到麗莎演出的兩齣戲的更多資訊。

我開始閱讀《連恩與艾茲拉》的簡介，是關於兩個男人嘗試一起寫音樂劇的故事，突然感覺喉嚨緊縮。莫杜妳這天殺的白痴，妳一定要一看到「音樂劇」三個字，就開始羨慕不已，深怕這齣劇比妳自己的更好、更成功嗎？

這甚至不是真正的音樂劇，只是作為戲劇主題的假想音樂劇罷了，不可能比我的還好。但我還是忍不住閱讀戲劇簡介，看看能不能推測出《連恩與艾茲拉》裡面的音樂劇如果真實存在，品質到底如何。

我的天啊，竟然有人會創造出這種爛作品，真是不可思議。這齣戲聽起來糟透了，我的競爭心理欣喜雀躍，但這也證實了這個世界根本沒有所謂的正義。明明是一齣關於糟糕透頂的假想音樂劇的爛戲，還是能搬到舞台上演出。

我又讀了一遍劇情簡介，確認它到底有多糟糕：「自從《西城故事》風靡全球，已經過了很長一段時間，美國音樂劇作曲家李奧納德·伯恩斯坦[5]（Leonard Bernstein）深怕自己的輝煌歲月已經一去不復返。他羨慕安德魯·洛伊·韋伯[6]的音樂劇《貓》（*Cats*）大獲成功，

4 由理查·賓（Richard Bean）編劇，改編自義大利同名喜劇。
5 猶太裔美國作曲家、指揮家、作家、音樂教育家、鋼琴家。
6 知名英國音樂劇作曲家，曾為《耶穌基督超級巨星》、《艾薇塔》、《貓》、《歌劇魅影》等音樂劇作曲。

因此決定他也必須和現代主義詩人合作，以證明自己沒有過氣。他去找艾茲拉．龐德[7]（Ezra Pound），他的一首詩『沉思』第一句寫著：『當我思考狗的古怪習慣……』，連恩便提議兩人仿效洛伊．韋伯和T．S．艾略特[8]（T. S. Eliot）的成功祕訣。基於龐德的詩，他們的音樂劇名不是《貓》而是《狗》。但只有一個問題，就是龐德可疑的政治背景……」

我實在是看不下去了，便關掉網頁，點開麗莎．戴斯利的另一場演出《一僕二主》。瀏覽演員列表時，我看到一個不尋常又莫名熟悉的名字：凱．蒙頓。究竟是在哪……？

我的腦中還沒形成完整的問句，就有了答案。我關閉網頁，回到《連恩與艾茲拉》的頁面，點進演員列表。

就是這個：凱．蒙頓也飾演艾茲拉．龐德，他和麗莎．戴斯利一起演出了兩場戲，不知道他們倆熟不熟。演員不都會在演出結束後一起去喝酒喝到凌晨嗎？

我回到Google搜尋引擎，輸入凱．蒙頓的名字，出現了不少結果，看來他有主演一些作品。不久後，我就找到他的經紀人了，謝天謝地和麗莎．戴斯利的經紀人不是同一個人，所以沒有理由起疑心。

經紀人是獨立藝人集團的西蒙．洛文斯。我把電話號碼存入手機，關了電腦，拿起包包走出去。

我等待兩輛大貨車開過去後才撥打電話。西蒙．洛文斯不在座位上，但他的同事找到了他。等他報上姓名，詢問可以如何協助我時，我已經決定要誠實以對了。「我的名字是卡洛琳．莫杜。」我告訴他。「你是凱．蒙頓的經紀人，對吧？」
「沒錯。」洛文斯似乎很開心。
「我有急事要跟蒙頓先生談談，是關於我們共同認識的人：麗莎．戴斯利。」
「我恐怕無法……」
「我知道你不能給我他的電話號碼，但你能給他我的，請他打給我嗎？這真的很重要。」
「是什麼事？」
「拜託，當然，如果他不想聯絡我也沒關係，我只是想請你把幫助我的選擇權交給他。」
「妳是什麼人？」
「卡洛琳．莫杜。」我講得特別慢，好讓他寫下來。
「不，我是說……」洛文斯沒把話說完。
「噢，你是說我是演藝圈的什麼人嗎？是不是大人物？不是。」只要凱．蒙頓的經紀人願意代理我和我的音樂劇半成品，就能改變這個事實，但我抑制住請他幫助我的衝動。「我什麼人也不是，我其實是劍橋大學的法律系教授。」

7 美國著名詩人、文學家，是意象主義詩歌的代表人物之一。熱衷於中國古典詩歌和哲學，改編並翻譯了《詩經》、《論語》等儒家經典。
8 美國英國詩人、評論家、劇作家，一九四八年榮獲諾貝爾文學獎。

「噢。」洛文斯清了清喉嚨。「好吧，我會打給凱……他的彩排應該差不多結束了，我會轉達妳的手機號碼和請求。」

「非常感謝。」我說。

十分鐘後，我的手機響了，螢幕上顯示「未知來電」。我的心跳稍微加速，這就是我在等待的來電嗎？事情會這麼順利嗎？雖然以前從沒這麼做過，但這次我學西蒙．洛文斯，接電話時直接報上姓名，而不是說「喂」。

「我是凱．蒙頓。」

「噢……嗨，謝謝你打電話來。」

「不會，妳想談麗莎的事？」

「是的。」

「她沒事吧？」

「嗯，她……我不是因為她發生了什麼不好的事才打電話來。」

「我不在乎。」

「什麼？」

「我跟她不熟，以前也從沒親近過。」

「但你有跟她演出兩齣戲，對吧？《連恩與艾茲拉》和《一僕二主》？」

「對啊。」

「那你們應該多少認識吧？」我繼續說。一個演員的聲音怎麼會完全沒有抑揚頓挫？或許他把他的表達能力都留到舞台上才用吧。

「幾乎等於不認識，有說過幾次話，妳為什麼想知道？」

告訴他真相會有什麼後果嗎？我想不會。他認為這只是一通無聊的電話，談一個對他來說根本無足輕重的女人的事。我想用真相動搖他那無所謂的態度。

「從九月開始，麗莎．戴斯利謊報自己的年齡和身分，假裝她是十七歲的少女，用『伊莫珍．柯伍』這個假名入學奧拉弗琳學院，一間位於倫敦的表演藝術學校。她還幹了很多非常邪惡的勾當，包括故意跌下樓梯，再誣陷別人推她，還有用絞索威脅其他學生之類的。」

「靠。」凱．蒙頓壓低聲音說。「真的假的？」

「是真的。」

「我無法想像我認識的麗莎會做那種事。」

我翻了個白眼，心裡慶幸他看不見我。「為什麼？」為什麼只有我能輕易想像認識的人做壞事，而且認為任何人都有可能是壞人？

「她一直都很……這樣講有點難聽，但她很無趣，彩排時都不和我們其他人聊天，大部分的時間都坐在角落滑手機。我無法想像她會有那種想像力，會想到要偽造身分幹壞事之類的。」

「所以你們一起演出那兩齣戲時，麗莎都沒有和你們其他人交際嗎？」

「幾乎沒有，她常常要趕去做其他工作，去酒吧打工之類的，她的手頭一直都比我們其他人拮据。就算她跟我們一起去喝酒，行為也很怪異。」

「怎麼說？」

「有一次，她說了一件奇怪的事，是關於一個自殺的朋友……我都準備同情她了，但她一直說自己有多麼生氣，覺得朋友都沒有考慮到她的心情之類的。」

「你還能想到什麼關於她的細節，可以幫助我找到更多資訊嗎？她的家庭、背景，或是比你更了解她的人？」

「抱歉，我只知道這麼多。噢……這可能沒什麼幫助，但我知道她和阿德瑞娜・德・米基爾唸同一所高級寄宿學校，她對這點十分自豪，還想寫在《連恩與艾茲拉》節目手冊的演員簡介裡面，人家告訴她空間不夠時，她還大發脾氣呢。」

我從沒聽過阿德瑞娜・德・米基爾這個人。向凱・蒙頓道謝後，我在手機上搜尋她。她是電視劇《濾鏡》中的明星之一，我聽過但沒看過。而她曾就讀的高級寄宿學校則是位於肯特郡的維利爾斯中學。

最了解一個人的真實性格與家庭的，莫過於中學時期和他們朝夕相處的老師了。雖然麗莎・戴斯利已經不是十七歲了，但她也才二十出頭，很多教過她的老師很可能還待在維利爾斯中學。而且它是寄宿學校，所以如果我現在出發，抵達時應該還有不少職員留在校內。

或許我沒能從凱・蒙頓那裡獲得什麼有用資訊，但至少我知道接下來該去哪裡，這樣就足夠了。

♛

真不敢相信這是一間學校，我知道它是，畢竟大門上都這麼寫了，但完全沒有學校的感覺。看到遠方的大片原野、綠樹成蔭的大道、綿延起伏的山丘，以及包圍這一切的堅固高牆，如果要我瞎猜，我會猜是大型郊野公園或是某個貴族的領地。

抵達時，天色已經開始暗了。我從車站搭計程車過來，下車付錢後，便穿越巨大的鐵門。在綠意盎然的景色中，遠方可見幾棟建築物，我不知道要前往哪一棟才好。

我沿著學校的主要道路走了幾分鐘，抵達一個路標，每個方向都指向不同的道路。我看了幾個路標名稱，還是毫無頭緒：達維爾、艾斯圖、岡祝梨，這些到底是什麼鬼？謝天謝地，有一個標示寫著「接待處」。

我沿著指示的道路走了將近十分鐘，抵達正面有門廊的大型建築物。有一扇堅固的橡木門，看起來重達三十噸，要一整個軍隊合力才能拉開，我不管怎麼使勁拉門把，門都文風不動。

我按了門右邊的門鈴，靜靜等待。

約莫三十秒後，一名中年婦女打開了門，她的脖子上掛了一副玳瑁框眼鏡，頂著一頭銀髮。「請問有什麼事嗎？」她問，微笑中帶有戒心。她身穿淡藍色西裝，搭配黑色的大翻領毛衣，脖子上的兩串珍珠項鍊似乎是貨真價實的。她的黑色鞋子上面飾有藍色蝴蝶結，完美襯托整套服裝。

我的心思馬上飄到現在沒有、也可能永遠都不需要煩惱的問題：音樂劇作詞者卡洛琳．莫杜會穿什麼呢？她需要跟法律系教授卡洛琳．莫杜截然不同的服裝。現在的卡洛琳已經好幾年沒去美容院處理那頭難以駕馭的亂髮，每天穿黑色長褲、磨損不堪的黑色包頭淑女鞋，以及第一件從衣櫃裡掉出來的罩衫。卡洛琳教授絲毫不在乎外表，但如果我能轉行，我想要像面前的女人一樣，穿著得體，完美符合我所扮演的角色。我不知道她是誰，在這裡擔任什麼職務，但光看她的髮型、服裝和舉止就知道，她是全國最負盛名、學費最高昂的寄宿學校的資深員工，要說她是其他地方的什麼人都會有種強烈的違和感。洛伊．韋伯都穿什麼衣服啊？或許如果我……

拜託妳專心點！

「我的名字是卡洛琳．莫杜。」我微笑說。

「很高興認識妳，我是維利爾斯中學的副校長奧黛麗．麥克比斯，妳是來找誰的呢？」

「不好意思，我沒有預約，我只是想找任何能幫忙的人談談貴校的其中一位校友。」

「啊！想必是阿德瑞娜．德．米基爾吧。」

「不，不是她。」

「不是嗎？」奧黛麗．麥克比斯挑眉說。「所以妳不是記者囉？」

「不是，我是劍橋大學的法律系教授，工作比記者乏味多了。」對西蒙．洛文斯說出我的身分是有用的，「劍橋大學教授」這個名號不可能對維利爾斯中學的副校長毫無效果吧。

「那妳想談的是哪一位校友呢？我們有不少知名校友，但阿德瑞娜是其中最傑出的。」

「麗莎．戴斯利，妳對這個名字有印象嗎？」

「當然有。」奧黛麗．麥克比斯絲毫沒有遲疑。「幾乎所有的女孩我們都記得，特別是像麗莎這種拿全額獎學金的學生。她家裡一貧如洗，但麗莎以前非常聰明，相信現在也是，我對她印象深刻。」

「她在這裡唸了多久？」

「直到畢業為止。」

而妳不喜歡她。

我不知道自己為何如此篤定，奧黛麗．麥克比斯沒有做出任何不專業或不適當的發言或舉止，但我相信自己的直覺。

「所以是從……幾歲？十一、二歲到十六歲？還是十八歲？」

「不，我們的女孩從九年級開始唸，雖然不是所有人，但大部分的學生都會留下來修讀完普通教育高級程度證書，麗莎也是，所以她是唸完十三年級畢業。」

「也就是十八歲嗎？」

「沒錯，妳為何對麗莎有興趣？」

「我很樂意告訴妳，但說來話長。」我說。「我們能不能……？」我向她身後鋪了石板的寬敞大廳點了點頭。

「當然，請進。」她把門拉開並向後退。「不好意思，一直讓妳站在門口。但我的辦公室堆滿了工人的梯子，噢，別問，我會哭。」但她反而笑了出來。「他們兩週前就該整修完畢了。這邊請，我們去德林的辦公室談吧。」

我跟著她走過兩條走廊，木板牆上掛著裝框的畫作，大部分作品的原創性和品質，比起我在劍橋和倫敦美術館看到的陳腐劣質品，以及根本稱不上藝術的矯飾作品還高上一百倍。「貴校的學生顯然天賦異稟。」我說。

「嗯？噢，妳說畫呀！是啊，藝術是我們的強項之一。其實我們科學方面也很強，但沒辦法掛在牆上，哈！」

不知道麗莎·戴斯利是否擅長繪畫，她的畫作有沒有掛在牆上。我在奧黛麗·麥克比斯身旁走著，不禁想像如果過了下個轉角，看到冒牌伊莫珍和布蓉妮手勾手的油畫，麗莎·戴斯利的《與邪惡死黨的自畫像》，我會作何感想。

我搖搖頭，覺得自己實在太愚蠢了。奧黛麗說：「我們到囉！」門上有一塊金色名牌寫著：德林·西蒙斯校長。

走廊那麼漂亮，我對辦公室也抱有極大的期待。

它果然沒有讓我失望。從大型直櫺凸窗望出去，可以看到我這一生見過最完美的矩形草坪。向內凹的落地書櫃覆蓋了整整兩面牆，前面有幾張扶手椅擺成半圓形，而房間的另一頭則有一個大型灰色檔案櫃、一張寬大的皮面辦公桌，以及一張高背皮椅。辦公桌後面的牆上掛了好幾排維利爾斯中學的照片，一個畫框緊挨著另一個，每張照片似乎都容納了整間學校的師生。看著排排坐著的人群，那些密密麻麻的人臉，讓人有點暈頭轉向。

「麗莎．戴斯利在照片裡嗎？」我向照片點點頭，問奧黛麗。

「可能好幾張照片都有吧，畢竟她在這裡待了好幾年。請坐，要喝杯咖啡或茶嗎？」

「不用，謝謝。」

當她坐在桌子邊緣，而不是後面的皮椅或其中一張扶手椅上時，我就確信當她問我要不要喝點什麼時，語氣中含蓄的勸阻意味不是我自己想像出來的。她希望我婉拒，雖然她表現得很友善，但她不想要我久留此地。

為什麼？是因為她很忙，還是因為我對麗莎．戴斯利有興趣？

「告訴我關於麗莎的事吧。」我說。

「妳想知道什麼？我已經告訴妳了，她很聰明，而且家境貧困。如果妳不介意，可以告訴我為何對麗莎有興趣嗎？難道她……」

「難道她做了什麼嗎？這是妳想問的嗎？」

她微笑以對，似乎有些無計可施。「我只是想知道我能如何為妳效勞罷了。」

我想就單刀直入吧。「說來話長。」我提醒她。

她走過來，坐在我旁邊的椅子上。「我有一些時間。」她說。

「我女兒的學校發生了一些麻煩事，而一切都是從一個叫伊莫珍的女孩轉學過來時開始的。」我告訴她一切，包括音樂盒、藥瓶上的名字、女孩失足、塗鴉、絞索、石板，以及冒牌伊莫珍說過的所有奇怪的話。「校長完全沒有幫我們。」我苦澀地說。「是我們，我是說我和其他三名母親揭穿伊莫珍的真實身分，把她攆走。」奧黛麗或許已經猜到了，但我還是補充道：「她就是麗莎．戴斯利。」

「這樣啊。」奧黛麗．麥克比斯說。

「妳有想到麗莎會這麼做的可能原因嗎？」

「沒有，完全想不到。」

我等她繼續說，她最好吐出一點情報來。

她看我一言不發，終於開口：「我不能說自己很了解麗莎……跟妳聊過的演員說的也有幾分道理，要了解她並不容易。她的父母……就如同我和同事常說的：見到家長後，就會瞬間明白為何會有那樣的小孩。」

「什麼意思？」

「麗莎的母親說話唐突且尖酸刻薄，父親則是有嚴重的社交障礙，其實兩個人都是。真是個古怪的家庭。啊，就這樣！」她拍拍大腿。

她滿足了自己的好奇心，暗示我可以走了。

「妳還可以告訴我任何關於麗莎的有用資訊嗎？」我問。

「要用來做什麼？我不太明白……妳說她用假身分潛入妳女兒的學校，所以……現在她走了，未來也不會再添麻煩了吧？」

「妳對露比．唐納文這個名字有印象嗎？」我問她。

「完全沒有，她是誰？」

「妳確定嗎？」

「我很肯定。」

「那蓓兒……安娜蓓兒．理查森？或布蓉妮．理查森呢？」

「兩個名字都沒聽過。」

「伊莉絲或莎蒂．龐德？」

「沒有，抱歉。」

「有人幫助麗莎對其他女孩做這些可怕的事情，我想說如果妳認得哪個名字，代表他們和麗莎有某種關係……但顯然妳都沒聽過，所以……」我長嘆一口氣。「老實說，我不確定自己為何要來這裡，我只是……發生了這麼多令人困惑的事，我想搞清楚到底是怎麼回事。」

我起身走到窗戶旁，望向外面的草坪。當我確定奧黛麗完全看不到我的臉時，我讓聲音微微顫抖，讓對方以為我可能在哭。「我想說如果能找到認識麗莎的人，或許就會知道她為何會做出這些事情……」

「我明白妳的心情。」奧黛麗說。「但我恐怕……」

「噢，不是妳的錯。」我說。「只是我女兒去年被霸凌，但霸凌者完全沒受到制裁，現在麗莎又假裝是伊莫珍，霸凌別人，但我完全不知道為什麼……」我一邊吸鼻子，一邊顫抖，原來演戲這麼有趣。

「這樣好了。」奧黛麗，麥克比斯的語氣比剛才都溫柔。「妳何不在這裡稍等，我來煮一壺濃茶，拿些衛生紙給妳，好嗎？德林的桌上通常會放衛生紙，但現在好像沒有。」

真教人難以置信，她竟然是「一壺濃茶治百病」主義者。*核戰摧毀了你的家園？那就喝一杯熱呼呼的濃茶吧！它會治癒一切！*

我喃喃說這樣小題大作真是不好意思，奧黛麗馬上走過來摟住我的肩膀，向我保證等她泡完茶回來，就會告訴我她記得關於麗莎的一切。當我確信自己已經贏得好幾座奧斯卡小金人時，她終於把我獨自留在辦公室。

拜託，希望檔案櫃沒上鎖。

我一走進房間，就馬上觀察了每個抽屜右上角的小小鑰匙孔，沒有任何鑰匙插在裡面，所以如果抽屜是鎖上的……

抽屜沒上鎖，但令人惱火的是，裡面也沒有任何包含地址或機密紀錄的文件。最上層抽屜放了一雙Reebok運動鞋和幾顆網球，第二層抽屜塞滿了香水瓶：一千零一夜、驛馬車、Jo Malone的琥珀與薰衣草香水，還有一個我沒聽過的品牌，叫「遁香」，還沒打開瓶子就聞到了濃烈的檸檬香氣。

每個抽屜都令人失望，沒了，房間裡沒有其他可搜索的地方了，辦公桌也沒有抽屜。看來我只能靠奧黛麗・麥克比斯告訴我關於麗莎的事了，希望能在其中找到線索。

我必須知道，到底是誰在協助她？

雖然布蓉妮在石板事件有不在場證明，但我很想找到她是共犯的確鑿證據。我怕幕後黑手是伊莉絲，也不希望是她。我再怎麼絞盡腦汁，都想不到伊莉絲會想請麗莎・戴斯利殺死露比、嚇唬潔絲，或幹這些勾當的原因。

那坎朵呢？或許她暗中想殺死自己的女兒？我也不怪她，畢竟她的女兒是超級大賤人露比・唐納文。或許某天晚上在一間酒吧，坎朵身體前傾，對麗莎耳語道：「好，計畫內容是這樣，首先，我們要把潔絲・莫杜嚇得六神無主。我有一個音樂盒……」

我突然靈光一閃：不管是誰要麗莎散布恐懼和製造不和諧，那個人肯定要求她表現得像個怪胎一樣，因為她從未試圖融入人群或表現得像正常人。她從來到奧拉弗琳學院的第一天就很詭異，盡可能讓他人產生戒心。

這樣大家就會相信，所有威脅事件都是她的所作所為。

他們的計畫應該是讓大家確信伊莫珍是壞人，為什麼呢？這樣如果露比被石板砸死，就算伊莫珍不可能是凶手，但大家還是會懷疑她？「無論如何，一定是她做的。」我們會如此斷言。「一定是她事先安排好的。」但我們無法證明。與此同時，殺死露比的真凶，也就是雇用麗莎·戴斯利的人就會逍遙法外。

我低聲咒罵，這樣推理根本想不出個所以然。我走向掛在牆上的學校照片，相框裡的每張照片底下都註明了拍攝日期，還列下了照片中所有老師和學生的名字。

麗莎是何時在學呢？我努力算出年分，找到對應日期的照片，希望能找到她。我近距離細看每個人的臉，不久後便找到了冒牌伊莫珍，她的頭髮短很多，比現在稍微胖一點，但毫無疑問是她。雖說如此，我還是想確認，便開始瀏覽第二排學生的名字。找到了：「麗莎·戴斯利」就在一串名字的中間。

我眨了眨眼，向後退了一步。*不會吧……*

讓我頓時失去重心的不是麗莎的名字，而是旁邊的名字，應該就是站在麗莎右邊的女孩。沒錯：照片下方的標題寫「左至右」。

我盯著站在冒牌伊莫珍旁邊的女孩，她的臉上沒有笑容，戴著圓框金屬眼鏡，濃密的赤褐色長髮編成辮子，披在一邊肩膀上。

根據我眼前的名字列表，她的名字是伊莫珍·柯伍。

「我應該一開始就告訴妳的。」喝茶時，奧黛麗說。「每次妳問我有沒有聽過哪個名字，我都很害怕妳會問到『伊莫珍·柯伍』，因為那個名字在維利爾斯中學可說是眾所周知。雖然妳剛剛沒有提到姓氏，但妳說麗莎假冒名為伊莫珍的學生，後來又問起我從沒聽過的人名。」

我應該也要問「伊莫珍．柯伍」這個名字的，看奧黛麗對她有沒有印象，當初怎麼沒想到呢？「為什麼伊莫珍．柯伍在維利爾斯中學眾所周知？」我問，一邊提醒自己，現在說的是綁著赤褐色辮子的女孩，不是麗莎．戴斯利。

「維利爾斯中學裡沒有人喜歡談這件事，因為這是我們良好聲譽的一大污點。」奧黛麗說。「我們並未受到官方譴責，但也沒有做足夠的努力去阻止悲劇發生。如果我們當初沒那麼天真，更積極介入……」

「到底發生了什麼事？難道麗莎．戴斯利傷害了真正的伊莫珍．柯伍嗎？」這太離奇了，該不會麗莎殺了伊莫珍，再盜取她的身分吧？

奧黛莉的表情告訴我，自己的猜測與事實相去甚遠。「不是，我不知道為何麗莎使用伊莫珍的名字，特別是……」她突然住口。

「什麼？拜託妳別再吞吞吐吐了。」

「伊莫珍．柯伍是個讓人頭痛的女孩。伊莫珍的學業成績十分優秀，但她的競爭心理幾乎到了病態的程度，如果她認為有人得罪她，她就會討厭對方，然後……迫害他們，我只能這樣形容。所以當另一個叫葛蕾絲的女孩比她更出色，使她相形見絀時，就變成了她的攻擊目標。」

「伊莫珍霸凌了她？」

「對，非常嚴重，而葛蕾絲是個敏感的女孩。她有向老師求助，我想伊莫珍也有被訓話，但霸凌行為沒有停止。伊莫珍很聰明，找到了巧妙的新方法來折磨葛蕾絲。」

就跟露比一樣。

「最後，葛蕾絲結束了自己的生命。」奧黛麗幾乎是耳語道。「那真是可怕的悲劇，一個前途一片光明的女孩，可愛、親切又才華洋溢……」她摀住嘴巴。

如果我哪天被診斷出罹患絕症，我向上天發誓，我人生的最後幾個月會致力於追殺邪惡的青少年霸凌者，而露比就是第一個目標。

「伊莫珍．柯伍後來怎麼了？」我問。如果伊莫珍還沒受到制裁，她就會是我的第二個目標。

「他們家為了給她一個新的開始，搬到美國去了。」

跟露比一模一樣，為了逃離充滿罪孽的可怕過往而穿越大西洋，露比往這邊，伊莫珍．柯伍往那邊……

「關於葛蕾絲．拉奇之死的報導，從來沒有公開伊莫珍的名字，但維利爾斯中學的相關人士都知道，而且……」

「妳說什麼？」我從椅子上跳起來，不小心把茶杯甩到房間的另一頭。「妳剛剛說葛蕾絲．拉奇嗎？拉麵的拉，奇怪的奇？」

奧黛麗點頭，我感到一陣天旋地轉、呼吸困難，潑到右手上的茶從指尖滴落。

「妳記得葛蕾絲父親的名字嗎？」我費力吐出字句。

「我記得。」奧黛麗說。「真是可憐的男人，他徹底心碎了。當然，他們全家都很難過，但他特別受打擊。他的名字是亞當，亞當．拉奇。」

♛

過去的我不會相信，這個世界充斥著暴行和邪惡的罪行，而且就在我們身邊。舉例來說：一個青少女自殺，身為父親，你傷心欲絕，卻被告誡不要隨便談論自殺，因為會讓別人感到不適，甚至誘發負面情緒和行為。

你不能說如果青少女被狠狠霸凌，她們可能會像我親愛的葛蕾絲一樣上吊自殺，因為更多被霸凌的青少女可能會產生自殺的想法。如果你指出這個不言而喻的事實，還有另一個風險是更多霸凌者會認為：「噢，如果我讓她生不如死，她就會吊死自己，這樣我就贏了。」為了避免鼓勵霸凌和鼓勵自殺的雙重風險，以如此駭人聽聞的方式失去女兒的父親不能說：「霸凌會導致自殺。」

沒錯：你不能說霸凌是愛女自殺的罪魁禍首。就算你知道那是事實，還是會有一大堆人告訴你不是，而且不只是敵人或陌生人，就連和你最親近的人（那些還沒上吊的人）也會這麼說。當你說伊莫珍．柯伍把你女兒葛蕾絲霸凌致死，別人會皺眉說：「這個嘛……」和

「咳，我不確定……」以及「啊，但你想想，換作是別人的小孩就會說『操你媽的』，然後就釋懷了。而且你和妻子最近不是不歡而散，以離婚收場嗎？而且……當然沒人認為是你的錯，但是……」

但是，但是啊……你唯一的孩子不會死而復生，這個事實是無法改變的。

你當然可以殺死把你的孩子霸凌致死的惡魔，雖然不能讓心愛的女兒死而復生，但會感覺爽快多了，至少正義會得到伸張。只是她越洋逃到另一個大陸，你抓不到她了，而就算你一路追到亞利桑那州，在那裡殺死她，而不是在肯特郡或倫敦，你也會被處死，因為亞利桑那州並沒有廢除死刑。

你已經心如死灰，又不能做上述合理的事情來稍微緩解情緒，那該怎麼辦呢？我希望我能說，你想到了絕佳辦法，糾正了世上所有的不公不義，但我說不出口。你幻想自己去美國狩獵那個披著人皮的怪物，但你心知肚明自己永遠不會那麼做。所以你試圖接受自己的命運：永無止境的痛苦與悲傷，內心的冤屈有如永不熄滅的烈火，不斷焚燒自己的靈魂。你接受一切，試圖繼續過著空虛又生不如死的人生，希望有一天，心中的痛苦能稍微減輕一點。

與此同時，還有不少事可以轉移注意力：主要是隱藏真實的自我，那個充滿悲憤辛酸的自己。一旦釋放寄生於內心的猛獸，就沒人會喜歡你了，所以必須將其隱藏在演員的面具之下。

但有一天，一切都改變了。你曾經渴望制裁霸凌殺人犯伊莫珍・柯伍，卻無能為力，但現在這沒那麼重要了，因為另一個女孩進入了你的生活——她也是霸凌者，也很惡毒，跟伊莫珍一樣卑鄙。更棒的是，她來自美國！伊莫珍過去了，而命運將這個女孩送來英國作為交換，送來給你。

新的怪物名叫露比．唐納文……

♛

我沿著維利爾斯中學的主要道路，一路跑出校區。一出校門，我就停下來喘口氣，再從包包裡掏出手機。我有二十三則新訊息：丹和潔絲各一則，其他訊息都來自伊莉絲、布蓉妮和坎朵。

妳在哪？

發生了什麼事？

這太瘋狂了！

我們必須見面談談。

卡洛琳，妳不能這樣搞失蹤。

不行嗎？

我傳訊息給丹和潔絲：別擔心，沒事，我晚點回去再解釋。接著，我在聯絡人清單裡找到亞當．拉奇的手機號碼。去年，他帶潔絲和其他學生去紐約參加百老匯的專業人士舉辦的一週工作坊，因此給了我手機號碼，但這是我第一次撥打。

「我是亞當．拉奇。」

這個名字曾經是我日常生活的一部分，聽到了也不會多想，但現在聽起來卻截然不同，我已經不知道「亞當．拉奇」代表什麼了。在我得知所有真相之後，聽到這個名字的主人報上姓名，我感到雙腿發軟，無所適從。

擁有這個名字的男人拿了一個普通的音樂盒，花了好幾天，甚至好幾週的時間改造成嚇唬人的道具，放在潔絲的置物櫃裡嗎？擁有這個名字的男人身為校長，應該要保護自己的學生，盡其所能確保他們的安全與福祉，卻暗中……

什麼？

我試圖在腦中拼湊出故事的全貌，至少是我能想到可能性最大的版本。拉奇的女兒葛蕾絲在維利爾斯中學被伊莫珍霸凌致死，伊莫珍從未受到懲罰，還跑到美國展開新生活。幾年後，露比．唐納文從美國搬來，因為她也是出了名的難搞，所以沒有任何一間表演藝術學校願意錄取她。但是……亞當．拉奇怎麼會知道呢？難道坎朵和露比欺騙了我們其他人，卻告訴他小薇之死的真相，以及露比在其中扮演的角色？

等等，不對，我知道她們沒有對他說出真相，因為我曾經偷聽過拉奇和坎朵的對話。那是去年的時候，我對露比惡劣對待潔絲一事提出第二次申訴後，被拉奇叫去會面。我們已經進行過無數次的正面交鋒，但毫無意義，他只會不斷重複陳腔濫調，例如：「我相信一切都能解決，因為她們都擁有善良的本質。」我則對他大吼，如果好人什麼都不做，邪惡只會滋生壯大。

那天他遲到了，所以我在校長室外面坐著等。我聽到門後面傳出美國口音的抑揚頓挫，不禁懷疑……該不會是超級大賤人露比的母親？我走到門邊，耳朵緊貼著門，果然是坎朵沒錯。亞當又在廢話連篇，說他相信露比的出發點是好的，她是如此才華洋溢的可愛女孩，還有如此亮眼的推薦信，美國所有戲劇學校都搶著要她。拜託了，為了亞當，坎朵能不能說服露比和潔絲和解？

他們不可能知道我貼著門偷聽，代表亞當並不知道坎朵和露比說謊，還有露比的推薦信是假的。他不可能知道，而如果他不知道露比的過去，為什麼會叫「伊莫珍·柯伍」來折磨她，完成象徵性的復仇呢？這樣的話……到底是怎麼回事？

「喂？」亞當說。「有人在嗎？」

「亞當，我是卡洛琳·莫杜。」

「妳好，莫杜教授。」

「我有急事要跟你談，還有叫我卡洛琳就好。」

「呃……我恐怕……」

「沒有商量餘地，我兩小時後到你那裡，告訴我你在哪，或是要在哪見面。」

「我還在辦公室。」

「在學校嗎？好，等我，我馬上過去。」

「我可以問……」

「面對面時，你要問什麼問題都行，但不要透過電話說，待在那裡等我就對了。」

我結束通話，並撥打稍早儲存在手機裡的當地計程車公司號碼。一個女人接起電話時，我問：「從維利爾斯中學到倫敦市中心的費用多少？」

♛

我抵達亞當．拉奇的辦公室時，門是打開的，他站在窗邊，遙望遠方聖保羅大教堂的尖塔。

我走進辦公室後關上門。他還沒開口請我坐下，我就大步走向他的辦公桌，坐在他的椅子上。他頓時目瞪口呆，和撲克臉相反的神情告訴我他十分震驚，又急忙說服自己這沒什麼好驚訝的。這個人可是卡洛琳．莫杜，他心裡肯定在想，她的言行舉止總是相當無禮，記得嗎？我也不是沒遇過惱人的家長，但這個女人比其他人都討厭得多。但是她竟然走過來坐在我的椅子上，也太厚顏無恥了……

我把手肘撐在一疊紙上說：「那麼，你有話要跟我說嗎？」

「妳說我？」

「我是這麼問的吧。」

「有急事想見我的是妳耶。」

「是啊，你覺得急事是指什麼呢？」

「我毫無頭緒。」

「我去了維利爾斯中學，我知道葛蕾絲的事。」

他站在窗戶旁一動也不動，我完全無法解讀他的表情。

「我也知道殺了她的凶手是誰：真正的伊莫珍．柯伍。」

「殺了她的凶手？看來妳似乎被誤導了，我的女兒是自殺身亡。」

「因為她被伊莫珍．柯伍霸凌。在我看來，那不叫自殺，叫霸凌謀殺。」

亞當猛然轉身背對我，讓我看不到他的臉，全身開始劇烈顫抖。看他這副模樣，我的內心感到沉重又悲痛。萬一潔絲因為被露比霸凌而自殺，在我往後的人生中，結束露比的性命肯定是我的第一要務，也是唯一的目標，而且我可不會讓她死得痛快。

不要這麼快就開始同情他，妳還不知道事情的全貌，別忘了音樂盒的事……

「我想你一定會說，我無法證明你和麗莎．戴斯利勾結，一切都只是旁證。」我故作開朗地說。

「不。」亞當轉身面對我，他已淚流滿面。「妳說得沒錯，就是我，一切都是我做的，麗莎只是我聘來幫忙的，跟她無關，我才是幕後黑手。」他仰頭望向天花板，笑了出來。「我以為無論是什麼情況，我都不可能會承認。」他突然對我微笑，好像剛剛才注意到我在這裡一樣。「霸凌謀殺，如果妳沒有說出這幾個字……」

這太奇怪了，明明臉是一樣的，但他和我平常熟悉的亞當・拉奇完全是兩個不同的人。

「請在這裡稍等。」他說。

他離開辦公室，關上了身後的門。

我坐立難安，只好來回踱步，思考為何聽到「霸凌謀殺」這四個字會讓他想要告訴我真相。他要給我看的東西或許能解釋這一切，到底是什麼呢？

除非……我倒吸一口氣。萬一他在耍我呢？萬一……

我跑到門邊，開門呼喚他的名字，但沒有回應。

該死，現在該怎麼辦？他可能會回來，我不想隨便亂跑。

我相信他會回來的。

最好是啦，這個男人從妳見到他的那一刻起，就一直隱藏著自己真正的性格和目標。妳一點也不了解這個男人。

萬一我回到他的辦公室，他拿著某種武器回來怎麼辦？我能肯定他不會傷害我嗎？可以，我能肯定，這個想法太荒謬了，他實際上又沒殺過人，他不會這麼做的。

會嗎？

我注意到亞當辦公室外的走廊似乎跟其他地方不太一樣。那扇門是什麼？為什麼是打開的？我從沒注意過，或許是個櫥櫃吧。

我走向那個門。「亞當？你在裡面嗎？」或許他在翻找一些舊資料。「亞當？」

我拉開門，看到石階，才發現這不是櫥櫃，而是連接走廊的樓梯，只是平常門關著，不會注意到。冷空氣向我襲來，好像有人把冷氣一股腦倒在我身上一樣。我抬頭看到遠處有一片長方形的天空，才驚覺這樓梯通往外面，通往屋頂。

他在屋頂上。

「亞當！」我大喊，全速飛奔上樓梯。

我一踏上屋頂，就看到他了，他站在邊緣，身體前後搖晃。「看來我花太多時間做心理準備了。」他語帶抱歉。「永別了，卡洛琳，還有謝謝妳，我是真心的。」

「不要！」我尖叫道。「亞當，不要跳！」我撲過去抓住他的手，他開始用力拉扯。

替身

第一季第十集

最後一幕

荷莉・布朗、蘇菲・漢娜、克萊爾・麥金托、B・A・芭莉絲

卡洛琳

我什麼也做不到，他比我強壯許多，而他正迅速把我拉向屋頂邊緣。我放聲尖叫，腦袋一片空白，剩下純粹的恐懼，只能不斷尖叫。突然，我沉默了，因為我的身體感覺到了一個重要的變化。睜開眼睛時，我才發現原來自己剛才緊閉著雙眼。亞當放手了，我的身體感覺到他放開了我。他站在不遠處，但仍然離邊緣很近，可以輕易跳樓。

「對不起。」他說。「我沒資格帶妳陪葬。」

快動腦，卡洛琳，妳應該說什麼？

我把頭髮撥到耳後，才不會一直被風吹到臉上。「你欠我一個交代。」我告訴他。

「或許是吧。」他點頭說。「的確，或許是這樣。如我所說，妳是唯一說出伊莫珍・柯伍殺死了我女兒葛蕾絲的人。她謀殺了她。」

「這不是當然的嗎？難道以前都沒人這麼說過？」

「沒有任何一個人說過。以前，在我放棄之前，我會這麼說，但人們總是反駁我，解釋為何我是錯的，真令人難以置信。」

「我能理解。」

亞當整張臉皺起來，露出不解的樣子。「為什麼？妳從未……我是說，或許妳也親身體驗過。妳曾經失去過對妳意義重大的人嗎？」

「沒有，但是……」媽的，我根本不適合勸阻一個想跳樓的男人。我總是很生氣且渴望復仇，不知道要如何善解人意、關心他人。「亞當，你不需要親身經歷悲劇，就知道人心有多醜陋。你只要睜大雙眼、動腦思考，還有網路可用就夠了。」

「我想妳是對的，有很長一段時間，我寧願相信人性本善，葛蕾絲就很善良。」他發出了動物般的奇怪聲音，並蹲了下來，試圖用手臂環抱住頭。我走向他，但他又倏地起身，一副不知所措的樣子，好像他不太清楚剛才發生了什麼事，身體做出了什麼反應。

「有些人是好人。」我說。「但很多人不是，伊莫珍．柯伍不是，露比．唐納文也不是。但去年，每次我這樣跟你說，你都叫我要試著去理解可憐的露比，她可能很想念在美國的家人朋友，心裡很不安。」

「我必須那麼說，對吧？妳對我施壓，要我讓她退學，但我不想那麼做。我必須讓她留在這裡，才能給她教訓。」亞當長嘆一口氣。「我的計畫是給她一個永生難忘的教訓，那一直都是我的用意，是為了讓她改過自新，不然我和麗莎所做的事根本完全違背道德。」

「你是想給她一個教訓，還是想殺了她？還是逼她自殺，就像伊莫珍．柯伍把你女兒逼上絕路一樣？」

「我一直認為露比自殺未遂是最理想的結果，現在也這麼認為。她徹底搞砸了，對吧？

妳知道嗎，自從來到學院之後，我就經常上來屋頂。我通常不會到邊緣來，而是坐在妳現在站著的位置，沒人看得見我，然後思考事情，想著葛蕾絲。」

「但有時你會直接走到邊緣，對吧？」我說。

「對啊，妳真聰明。」他轉頭對我微笑，今天是我第一次見到他真正的面貌。「我的確會這麼做，為了讓自己安心，如果真的痛苦到生不如死的話……而有一天，她就在那裡：露比坐在下面，一副無辜的樣子。我必須承認，我當下忘了要給她教訓的初衷，在那一刻，我只想讓她從這個世界上消失。如果麗莎和布蓉妮沒救下露比……我必須幫麗莎平反，我和她締結契約時，從來沒有跟她說要殺人，只叫她做一些糟糕的惡作劇。我也真是的，看到露比坐在中庭，就忍不住……即興演出一下。啊，不過總的來說，幸好麗莎和布蓉妮壞了我的好事，現在的狀況可說是兩全其美。我想露比這次有學到教訓了，妳不覺得嗎？」

「我不知道。」我誠實以對。

「噢，我相信她有的，身為我和麗莎的小小戰略的受害者，我想她短期內不會再霸凌別人了。我也向自己證明，我說要伸張正義，並不只是空口說白話：我試圖殺死露比，為了葛蕾絲，也為了露比在美國殺死的女孩，她的名字是小薇。一條有罪且毫無價值的生命，抵兩條無辜的生命，我認為這很合理。」

「你知道露比在美國的過去？所以坎朵有對你說實話嗎？」

「沒有，她謊話連篇，但我很狡猾，有需要的時候，我可以變成狡猾的傢伙。」他兩眼無神，不帶感情地說。

「我同意。」我告訴他。「狡猾到捏造不存在的學生來拿更多錢。」

「啊，那件事妳也知道？妳的消息可真靈通。可悲的是，藝術和當今大部分有價值的東西一樣，資金嚴重不足。」

「你怎麼知道坎朵偽造了露比亮眼的推薦信？」我問他。

「嗯？噢，那個啊，我是偶然發現真相的，而這是多虧了妳。」

「我？」

「是的。去年，當妳告訴我露比對潔絲做的事之後，我就馬上想到伊莫珍．柯伍是如何折磨葛蕾絲的，覺得兩者有驚人的相似之處。我心想：『一個會做出這種行為的女孩，怎麼會有亮眼到令人難以置信的推薦信？』我感覺事有蹊蹺，就打電話給露比在洛杉磯讀的最後一間學校，很快就得知真相了。同時，我也看到了一個機會：又一個青少女奪走了同學的性命，卻未被懲罰。我真心認為命運將露比作為某種……禮物，送給了我。」

「為什麼要讓麗莎．戴斯利參與其中？」我問。「我是說，你應該有付她錢吧？」

「我高高興興地支付了豐厚的酬勞，她也出色地完成了任務，每一分錢都值得。」他從邊緣退了一步，低頭看著自己的腳，刻意用右腳踢了地板——我是說屋頂。

「但你為何需要她？身為奧拉弗琳學院的校長，如果你想讓露比受苦……」

「命運再一次幫助了我，有幾件事出乎意料地同時發生。妳不覺得這種情況經常發生嗎？當你想知道該怎麼做，完美的解決方案就降臨在面前，好像魔法一樣。」

「什麼意思？」

「葛蕾絲被『霸凌謀殺』的兩年後，我去參加愛丁堡國際藝穗節[1]，認出了一位年輕女子，我曾在一場糟糕透頂的低成本演出看過她。」

「就是麗莎？」

亞當點頭，走回屋頂邊緣往下看，彷彿想確認中庭還在那裡一樣。「我對她自我介紹後，她對我痛失愛女表示同情，並說了葛蕾絲的好話。當我告訴她自己是這裡的校長後，她就纏著我不放。她非常渴望我能利用自己的影響力，幫助她在倫敦找到一些演出機會。她說自己已經破產了，看她衣衫襤褸的模樣，我也相信她。我試圖巧妙擺脫她的糾纏，但她仍堅持給我自己的聯繫方式，我有留著，但無意聯絡她。妳看，這不就是命運嗎？果然君子報仇，十年不晚。數年後，當我開始制定對付露比的計畫……好吧，雖然不是在德爾豐麥金托劇場（Delfont Mackintosh theater）扮演《紅男綠女》[2]（*Guys and Dolls*）的主角，但我給麗莎一個有趣且特別的任務，也給予優渥的報酬。她欣然接受整個計畫——當然，錢是一大誘因，而且她也想做點什麼弔念葛蕾絲以及幫助我。我不知道她這麼喜歡葛蕾絲，她們的關係似乎滿好的。」

「我還是不懂你為何需要她。」我說。

「這是對稱的概念，我想以其人之道，還治其人之身，讓露比知道，當另一個跟自己無冤無仇的女孩突然處處針對自己是什麼感覺。我想讓露比感到孤身一人的苦楚，了解有人欺負她，而且只針對她一個人的感覺。那個人絲毫不在乎公平正義，不但誣賴你、欺負你，你明明知道是她，她卻矢口否認。」亞當笑了出來。「接下來，當我們進展到絞索和威脅訊息時……我想讓她認為自己可能會死，如果她決定死亡是她唯一的出路更好。」

「你原本計畫的結局是什麼？如果我和其他人沒有發現麗莎的真實身分，她也沒有逃跑，會發生什麼事？」

「噢，一旦她把露比折磨得一團糟，再也回不去了，一旦露比割腕或選擇其他方式嘗試自殺，『伊莫珍』……」他用手指在空中畫引號。「……就會再次轉學。」

或許這不重要，但我還有一個問題要問。「麗莎是很糟糕的演員嗎？還是是你叫她扮演令人毛骨悚然的神經病？我是說……她演得很誇張，基本上從一開始，她的行為舉止就完全符合我們對反社會人格者的刻板印象。」

「是啊。」亞當點頭說。「那是我的指示，我叫她演得過火一點，放手去做。我說：『露比和坎朵．唐納文絕對無法證明是妳做的，因為妳有不在場證明，所以妳演得越明顯卻不受懲罰，就越能折磨她們。』」

1　Edinburgh Fringe，一九四七年創立，每年八月在蘇格蘭首府愛丁堡舉辦，是世界規模最大的藝術節之一。

2　改編自達蒙．朗伊恩（Damon Runyon）短篇小說的音樂劇。

「為什麼要用音樂盒針對潔絲？」我問。

「露比才是目標，我知道大家都會確信是她做的，我也不想做得太明顯，不然會暴露計畫。但是卡洛琳，我絕對不會傷害潔絲。」他似乎覺得自己被冒犯了。有一瞬間，他變回過去熟悉的亞當，但新面貌又馬上浮現了。「我喜歡潔絲，真的，很抱歉去年不能公然站在妳那邊，希望妳能理解我是真心感到抱歉。我當時常常心想：『看卡洛琳多麼不贊同我的作法！如果她知道真相，肯定會改變心意！』我其實是在保護潔絲，我希望她在這裡感到安心。」

「所以你去年就開始制定……計畫了？」

「沒錯，這麼複雜的計畫需要花好幾個月的時間籌備。」拉奇皺眉說。「沒想到還是出錯了。」

「你的計畫沒有出錯。」我告訴他。「就如你所說：你保護了潔絲，露比也學到了教訓。你不必……」我指向屋頂邊緣，他現在十分靠近，也頻頻往那裡看。我感到難受，萬一我阻止不了他呢？

我必須阻止他，也想這麼做，原因很簡單，因為他一直以來都站在潔絲這邊。他試圖從露比手中救出潔絲，竭盡了全力，還花了一大筆錢。

他突然往邊緣踉蹌了幾步。

「亞當，你不必去坐牢。」我急忙說。

他停下來盯著我，好像我瘋了一樣。「妳在說什麼？」

「或許我們能……達成協議，做個交易，我替你保守祕密，你也保住工作。」

他的眼睛一會兒看向我，一會兒看向邊緣。

我真的要這麼做嗎？看來是的。「我不是在開玩笑。」我告訴他。「我可以說服其他人麗莎‧戴斯利是單獨犯案。你能保住你的工作、你的人生，所有的一切。」所有你還沒失去的東西。「至少先進來吧，我們來談談。」

我緩緩走向他，伸出我的手。

伊莉絲

在舞台上，一名運動細胞發達的學生做了個後空翻，跳下巧妙繪製的紙板和泡棉塊製成的「大理石」樓梯。她一落地就劈腿，身體撲倒在台上，臉朝下並伸直雙臂，一動也不動。我緩緩搖頭，既不敢置信，又不禁對卡洛琳肅然起敬，她確實挺有種的。

「你跌下來，跌得快、跌得狠……」合唱團來勢洶洶，在他們朋友俯臥的身體周圍踏出步伐，聲音此起彼落、層層疊疊，讓我不禁想到小時候聽過的童謠。「但跌得太深就會支離破碎。」

期末演出其實是呈現去年發生的事件，而且幾乎不加掩飾，但似乎只有我注意到。亞當將這齣劇介紹為「自《漢密爾頓》以來最激動人心、最具原創性的音樂劇」，而布蓉妮和坎朵從開場的歌聲響起後就全神貫注地看表演。她們看到溫和矮胖的美姿美儀老師和曾經明豔動人，現在已風光不再的禮儀女王，肯定知道那就是指自己吧。

卡洛琳的《注意舉止》是一齣以謀殺案為主題的音樂劇，背景設定在一九四〇年代的女子精修學校，但整齣劇的設計顯然是為了展現潔絲過人的才華。卡洛琳改變了部分事實（她畢竟是學法律的，巧妙避開了誹謗問題……），所以只有三個朋友而非四個，有兩個壞人而非一個，還有大量客串和合唱角色，以及一些意外琅琅上口的曲調。第一幕的其中一首歌還在我的腦海揮之不去。

人生不是只有賺錢買單支付
在公司做牛做馬可不會致富
我有錢財揮霍，但現在我必須贏得
你的愛

我會心一笑，不用猜都知道卡洛琳是以我為基礎創造這個角色，至少是以過去的我為基礎。我現在還是勤奮工作，但傍晚就會關電腦，至少大部分的時候，不，是有時候會這麼做。重點是我在嘗試改變，我和莎蒂花更多時間相處，她時不時會跟我一起做瑜珈，我也會跟她一起去看電影，努力抵抗偷看信箱的誘惑。我開始晨跑，至少運動上癮對身體無害，回家時我會做水果奶昔，也拿一杯上樓叫莎蒂起床，幾乎像個盡職的母親……

伊莫珍事件發生之後，卡洛琳顯然在隱瞞些什麼，至少我馬上就看出來了。或許布蓉妮沒發現，她對壞消息的鴕鳥心態有時很惱人，有時又令人羨慕。蓓兒在台上演唱二重唱，這首歌比她平常的音域再高一些。我看布蓉妮握著卡爾的手，看著舞台上的女兒，笑得合不攏嘴，不禁有些嫉妒，胸無大志的人生肯定很輕鬆吧。她發誓她不再捏造幽靈學生營私舞弊，但我發現自己其實不在乎。事實上，知道她時不時也會違反規定，反而讓我更喜歡她。蓓兒唱道：

無論他們說什麼，有我罩你

無論你受到多大傷害，受到什麼攻擊

我都會在你身邊，準備替你反擊——有我罩你

卡洛琳沒有坐在觀眾席，而是在舞台側邊，一本線圈裝訂樂譜緊抱在胸前。表演者進退場時，布幕會向一側擺動，我們就能瞥見她穿著黑衣的身影。她的嘴唇在動，動作極其細微，跟著說每一句台詞，唱每一句歌詞，簡直是如魚得水。

剎那間，我明白自從我們和麗莎攤牌以來，自己隱隱覺得不安的理由。當時卡洛琳怒氣沖沖地離開，說她已下定決心找出麗莎的同夥，回來時卻一副漠不關心的樣子，說一切都解決了，沒什麼大不了的，所有謎題都解開了，這裡沒什麼好看的……

亞當．拉奇。

無論卡洛琳挖掘到什麼真相，都重要到亞當為此和她達成協議：為她身為音樂劇作家的

初次演出提供舞台。

他收買了她。

亞當也改變了，他消瘦了不少，還掉髮，短短一學年就好像老了十歲。曾經，他在校園裡昂首闊步，好像自己是勞倫斯．奧立佛[3]（Laurence Olivier）一樣，但現在他連在走廊上都偷偷摸摸的，成天躲在辦公室，也不再矯揉造作地引用戲劇名言了。儘管他那天的「表演」讓人拍案叫絕，我堅信亞當．拉奇知道麗莎．戴斯利的真實身分。或許他甚至知道她在學校裡幹了什麼，還有她的計畫，畢竟學校系統裡完全沒有麗莎，或者說伊莫珍的紀錄，布蓉妮也發誓自己對麗莎的到來一無所知。

亞當難道幫助了麗莎嗎？不然還有什麼會讓他緊張到把著名的期末演出交給名不見經傳的劇作家？畢竟學校名聲取決於學生素質和演出品質。

我不在乎，麗莎走了，亞當．拉奇把學院的控制權拱手讓人，那已經不關我的事了。莎蒂和其他女孩即將離開奧拉弗琳學院，分道揚鑣。潔絲已經有一份工作了，卡洛琳毫不掩飾自己的喜悅。雖然只是合唱團，但是《悲慘世界》，還是西區的舞台，而且……好吧，或許她的確有能力在演藝圈闖出一片天，我們拭目以待。露比要參加西區《第四十二街》[4]（*42nd Street*）的試鏡，據莎蒂所說，她過去這一週瘋狂練踢躂舞，好像雙腳著火一樣。她根本沒機會錄取，但我得承認那女孩很有種。

蓓兒在舞台上轉圈，跳入一個看起來年紀很小的男孩懷中，再唱了一遍兩人的二重唱。

不知道她有沒有告訴父母自己的試鏡計畫。

「布蓉妮不可能會答應。」當莎蒂告訴我時，我說。

「蓓兒已經下定決心了，食宿全免，一週一百英鎊，還可以到世界各地增廣見聞。」

我也覺得相當吸引人，而且郵輪的季節性合約肯定比在西區劇院拼命試鏡還要穩定，但我不認為蓓兒能輕易掙脫布蓉妮過度保護的束縛。

至於莎蒂……我驕傲的心情肯定不亞於卡洛琳吧。我一直很害怕年底無可避免的生涯規畫討論，很早就開始做心理準備，告訴莎蒂關於未來的逆耳之言。百分之九十的演員都會經歷失業階段，只有極少數人的收入足以養家餬口……

到頭來，我什麼都不必說。

「我打算創業。」莎蒂宣布，並遞給我和尼克一疊紙，上面打了密密麻麻的字。我們坐在餐桌吃晚餐，這也是我們過去幾個月所做的改變之一。我把紙攤開來仔細看，發現是一個非常棒的商業計畫，包括SWOT分析、財務預測、潛在客戶與投資者列表、對需求的明確論點，以及對市場競爭的深入研究。

醫流戲劇有限公司將讓角色扮演演員協助醫療培訓，讓實習醫生有機會練習對「家屬」

3 英國電影演員、導演和製片人，奧斯卡獎得主。獲獎無數，被認為是二十世紀最偉大的戲劇演員。

4 美國音樂劇，改編自一九三二年布拉福德・若普斯（Bradford Ropes）的同名小說和一九三三年的同名電影。

傳達壞消息，或是向棘手的病人解釋診斷結果。我當然有出錢投資，這可是不可多得的好機會。尼克、莎蒂和我花了好幾小時修改創業計畫的文字內容。

我都會在你身邊

有我罩你（我也一樣）

有我罩你

蓓兒和搭檔唱完二重唱，大家開始鼓掌。我瞥了一眼坐在同一排的坎朵，她在布蓉妮旁邊興奮地鼓掌。露比有時還是會來我們家，但她不再像以前一樣吵鬧喧嘩，莎蒂還說露比有時半夜會哭醒，因為絞索套在脖子上的感覺仍在惡夢中揮之不去。當然，坎朵有讓她接受心理治療，不知道有沒有用就是了。葛瑞格說一小時要八十五英鎊。

葛瑞格。

我不禁心軟，他真是個好男人，事情差點變得一發不可收拾……當男人將性愛與更複雜的感情混為一談時，常常就會變得棘手。

當他說我們倆很合得來，在一起會很順利時，我馬上指出：「但你和坎朵並不順利，而且你還有女兒。」

「但這個……」我們躺在床上，他沒把話說完，而是用一根手指輕輕拂過我的乳房之間。

我的語氣堅定：「這個感覺很棒是因為很新奇，如果每天都這樣，你很快就厭倦了。」

我也一樣，我暗自補充，但沒必要傷了那男人的自尊心。

「我和坎朵的關係已經破裂了。」

「那就修復它。」

「我不知道該怎麼做。」

於是我告訴他方法。不忠行為雖然受社會譴責，但面對現實吧：如果一個月有幾次外食的機會，平常吃家裡煮的普通飯菜也會開心多了吧？葛瑞格說他和坎朵的關係好轉了，我去舊金山出差也多了一些樂趣。所有人都是贏家，坎朵真的應該感謝我。好啦，我是打破了以一夜情為限的規則，但規則就是用來打破的，不是嗎？

我仔細觀察她的輪廓：柔順的頭髮、無辜的雙眸、脆弱的骨架。妳可騙不了我，坎朵·唐納文。儘管她發表了一大堆譁眾取寵的勵志言論，分享自己的「抗癌之旅」以及存在焦慮，坎朵並不是好人。

葛瑞格終於告訴我一切了。

他告訴我關於露比、校園霸凌和小薇之死的事，關於坎朵那通歇斯底里又語無倫次的電話，以及他們分秒必爭，試圖挽救已逝的生命，卻終究只是徒勞。他告訴我露比受到心理創傷，坎朵拼命想讓情況好轉，而所有人都貿然斷定是露比的錯。

接著他告訴我居家安全系統的事。「坎朵生病後開始擔心很多事情，她變得神經質，甚至到了偏執的地步。即使花園圍牆有三公尺高，她還是買了窗簾，以免有人偷窺我們家。她擔心家裡會遭小偷，或是有人會在露比放學回家路上綁架她。」

「所以你們裝了警報器？」我的確有在葛瑞格和坎朵家的大門外看到閃爍的燈光。

「還有監視器。」

我挑起一邊眉毛。

「坎朵害我也開始緊張了。萬一家裡真的遭小偷怎麼辦？如果警方沒能及時趕到，裝了警報器又有什麼用？」葛瑞格請安全系統公司在所有出入口上方安裝監視器，門廳也裝了一台，面向樓梯。「如果有人從樓上的窗戶爬進來，他們逃跑時，門廳的監視器就會拍到他們的臉。」葛瑞格解釋。

明明餐廳裡面很溫暖，我卻覺得脊背發涼。我想阻止他繼續說下去，我不想聽，但同時我也必須知道真相。

「你沒告訴坎朵你裝了監視器，對吧？」我幾乎聽不見自己的聲音。

葛瑞格搖頭說：「我怕她認為我也開始擔心了，就變得更加偏執。但老實說，我也很少想到監視器的事。」

直到小薇死掉的那晚。

面向樓梯的門廳監視器沒有拍到口袋塞滿貴重銀器的入侵者，而是拍到了露比、小薇和坎朵。

監視器拍到了事發經過。

我想像葛瑞格坐在昏暗的書房，螢幕的白光照亮他的臉龐，監視紀錄一幀一幀地揭露醜陋的真相。

我回憶起和葛瑞格上床，回想自己戒毒、減少飲酒量並幫助女兒創業。過去這一年發生了這麼多變化，而我問心無愧。

我看著坎朵。該懺悔的是妳。

布蓉妮

有時候，我以為此刻永遠不會到來，我們永遠不會迎來期末音樂劇，以及隨之而來的暑假。雖然我熱愛我的工作，但我還是很高興能暫時離開學院和裡面的人，真是不可思議。這一年真的發生了很多事。雖然伊莫珍（我還是無法叫她麗莎）一月就不在了，但我到現在仍能感受到她的行為所帶來的影響。學校內部發生了根本性的變化，學院生態和以前大不相同，我不確定這是好事還是壞事。

唯一我確定的好事，就是我不再替亞當做非法工作，至少晚上能睡個好覺。我認為自己能全身而退很幸運，但那主要是因為其他母親的支持，她們說亞當不該強迫我捏造幽靈學生，暗示如果不照做就會丟了飯碗。她們逼他立刻收手，雖然之後可能會有報應，畢竟假裝二十名學生突然決定下學期轉學還是有風險，但到目前為止，有關當局似乎沒有發現異狀。當然，我的薪資也恢復正常，代表不能再買真絲洋裝了，但我不在意，因為每次看到衣櫥裡的那件洋裝，都會讓我想起自己的所作所為，告誡自己絕不再做非法勾當。幸好卡爾不知道，也希望他永遠不會發現真相。我討厭對他保密，但歸根結柢，大家都有不為人知的祕密。

雖然我為學院的幽靈學生建立資料，但我不知道伊莫珍沒有註冊，難怪沒有家庭背景調查，不然肯定會發現她是假冒他人身分。亞當說這是他的疏忽，我到現在還不知道該不該相信他。或許這就是他的祕密，他肯定對伊莫珍的事有所隱瞞，但說實在我根本不在乎，只要她走了，不在學院作亂就好。

老實說，在那場假試鏡，當伊莫珍說來到學院是她一圓演員夢的最後機會時，我都差點同情她了，畢竟二十一歲就過氣肯定很難受。但她竭盡全力消滅自己視為競爭對手的人，這個事實很快就消除了我對她的一絲同情。我永遠不會忘記，當卡洛琳發現伊莫珍把露比視為對手，卻沒把潔絲放在眼裡時，她臉上的表情。這也是伊莫珍的故事其中一個疑點，明明任何人都能告訴她，最有望成功的學生是潔絲，為何她會把露比視為最大的競爭對手呢？而且她怎麼知道潔絲去年被露比霸凌，並且利用這個情報達成目的？很明顯有了解學院內部情況的人和伊莫珍聯手，但我們互相指控一輪後（我真不敢相信卡洛琳竟然認為是我！），我們都欣然接受她是單獨作案，或許是因為我們都不想再追究了吧。

伊莫珍失蹤後，還有其他事情也跟著不了了之，包括卡洛琳和伊莉絲捲入的惡意衝撞事件。卡洛琳自從看到了即時影像監視器錄到的金髮駕駛人，就確信那是伊莫珍，所以就她而言，只要伊莫珍不在了，這件事就不再重要，而伊莉絲似乎打從一開始就毫不在乎。

「這次能坐在觀眾席，不用待在後台，妳應該很開心吧。」當一首歌結束，觀眾鼓掌時，坎朵對我耳語。

「是啊。」我低聲回答。「而且幸好家長們也很享受演出。」

我簡直不敢相信卡洛琳竟然寫了一部音樂劇，而且亞當還拿來當期末演出，而不是選已經搬上舞台、有品質保證的音樂劇。表演新作品總是有風險，因為觀眾喜歡跟著唱耳熟能詳的歌曲。但亞當堅持給卡洛琳機會展示她的才華，我也必須承認這的確是部好作品。我看到她站在舞台側邊大力拍手，掌聲只針對潔絲，而非台上所有學生。我不知道她的祕密是什麼，但最近幾個月，她走路有風，一副躊躇滿志的樣子。她和亞當變得相當親密，進出校長室的頻率簡直和去年的我有得比，我說的學院生態改變就是指這件事。也許她的祕密就是，她想以音樂總監之類的身分擠進學校團隊，若是這樣我也不意外，而且大家都知道她早就厭倦了法律工作。

「該露比出場了。」我們鼓掌完，靠回椅背上時，我對坎朵說，還捏了一下她的手表示支持。「她一定會很棒的，真可惜葛瑞格沒辦法來。」

坎朵臉色一沉，我瞬間很懊惱自己提出那麼敏感的話題。她和露比以為葛瑞格會來，因為他保證過了，但後來又說工作太忙而改變了心意。

露比走上台，坎朵不禁滿懷期待地身體前傾。我轉頭看到伊莉絲，她和我們相隔幾個座位，一看她的表情就知道，她的心思已經飛到十萬八千里外了……又或許只有八千里。我想我知道她的祕密。過去六個月來，她去了美國不少次，我懷疑她和葛瑞格偷情。我之所以會懷疑只是因為不久前，我偶然看到她在寄一封email，而收件者竟然是葛瑞格。如果他們之間什麼也沒有，她為什麼要寄信給他呢？我有點想跟坎朵說，因為換作是我就會想知道，但坎朵要操心的事已經夠多了。她大半時間都看起來擔心得要死，好像心中藏著可怕的祕密，深怕哪天會被揭穿一樣。她無時無刻不盯著露比，好像在為她擔心，或是怕她做出什麼傻事，這我也能理解，畢竟露比曾嘗試自殺。卡洛琳和伊莉絲認為她只是在發出求救訊號，但我不敢肯定。伊莫珍的霸凌行為的確把露比逼向絕境，但請想像一下，即使是自我防衛，一生都必須背負殺了人的包袱究竟有多麼痛苦，難怪坎朵不想告訴我們真相。雖然有點難以啟齒，但伊莫珍的確讓露比學到了教訓。她已經洗心革面，看到四個女孩又變得形影不離，真令人欣慰。真希望我們這些母親也能重修舊好。

「她真的很棒。」露比唱完時，我對坎朵說，她也報以感激的微笑。我們的關係還不錯，她時不時就提起我拯救露比的恩情她沒齒難忘，明明我只是做了大家都會做的事罷了，她人真好。我還是不知道自己當時是怎麼趕上的，怎麼及時拉近我和露比的距離，把她推開，或許恐懼能激發出連自己都不知道的力量吧。不過還有一件事前後矛盾，就是伊莫珍一開始堅持她看到有人在屋頂上，暗示石板是某人故意推落的，但她隨後又改口，說自己肯定是看錯了，而大家似乎也就這麼接受了。

雖然卡洛琳和伊莉絲對露比自殺未遂的事意見一致，但兩人關係不再親密。我們四人上次聚會時，氣氛真的很糟糕。我邀請她們來家裡喝茶吃司康，作為幫助我了結幽靈學生一事的謝禮，但伊莉絲一直盯著卡洛琳，彷彿想搞清楚什麼一樣。她還頻頻對坎朵投以無比厭惡的眼神，我完全無法理解，明明小薇的悲劇不是坎朵的錯啊，但或許伊莉絲會如此討厭坎朵，是因為她沒有告訴我們全部的事實，等於是再次欺騙了我們。伊莉絲現在對我的態度比以前都要好，雖然她再也沒提起自己的戒毒、戒酒狀況，但沒關係，她也不需要對我報備，我只希望她有得到需要的幫助。我問過蓓兒是否知道些什麼，她說莎蒂告訴她伊莉絲「正在努力中」……不知道到底是什麼意思。但我總是提心吊膽，她隨身帶著一瓶水，每次她喝水時，我都在懷疑裡面到底是不是水。她彷彿聽到了我的心聲，俯身向前，舉瓶做出「乾杯」的動作，便灌了一大口。然後她眨了眨眼，對我露出燦爛的笑容，我只好也以笑容回應，但我仍心存疑慮。

當我告訴大家伊莫珍男朋友的事時，卡洛琳是唯一給予正面回饋的人。當我說自己跟蹤了伊莫珍，還和她男朋友對峙時，卡洛琳甚至說我「太棒了」，並用欽佩的眼神看著我。不僅如此，她也認為伊莫珍的男朋友或許有利用她在學院販毒，但我們永遠無法證實這點，因為在我們能採取行動之前，伊莫珍又消失了，而且是一去不復返。

卡洛琳陪我去警察局報案，我們後來得知伊莫珍的男朋友確實是毒販，他現在已入獄，能協助警方逮捕毒販讓我感到自豪，也稍微彌補了過去所犯的錯誤。這也告訴我，我不需要任何人的認同也能感到自豪，當然也不需要獲得卡洛琳、伊莉絲或坎朵的認可。我不再敬畏她們，何必呢？歸根結柢，卡洛琳是個把他人玩弄於股掌之間的陰謀家，伊莉絲完全不講道德，而坎朵則是個騙子。這樣講或許很苛刻，但我不會再以她們為榜樣了，人生也因此輕鬆許多。

「輪到蓓兒上台了。」舞台清空，準備換下一幕時，我對卡爾說。

「她一定會很棒的。」卡爾握住我的手時，坎朵對我耳語。

「希望如此。」我靠向她。「對了，謝謝妳捐了那麼多東西給服裝部，它們真的很棒。」

「因為我不需要那些東西了。」她說。「看，蓓兒上台了！」

我調整姿勢，準備觀賞女兒的演出。坎朵說得對：既然她的頭髮留長了，就不需要再戴那頂金色假髮了吧。

正如我所說，每個人都有祕密。

坎朵

很快就會結束了。

對許多大大小小的事情，我都這樣告訴自己。雖然我很努力想重拾過去的心態，但區分大小事並非總是那麼容易。我巴不得找回得知癌症緩解時的那份平靜，當時，我深深體會到生命的寶貴，絕對不能浪費，我也知道真正重要的是什麼，當時這一切都輕而易舉。真希望露比自殺未遂一事也能有同樣的效果，但我還是經常為煩躁與不滿的情緒所困擾。

謝天謝地，這些情緒不是針對露比，我們比以往都更加親密，因為我們充分意識到，在這個世界上，我們只能依靠彼此。我們再看看《第四十二街》的結果如何，如果她沒能獲得演出機會，我們就去紐約市，她會在百老匯得到自己應得的舞台。希望其他女孩和她們的母親也得到她們應得的。

這齣戲何時才會結束？

露比的表演已經結束了，所以我差不多可以走了。她的戲份非常少，真是羞辱人，明明沒有露比這個關鍵人物，卡洛琳也無法抄襲真實事件，寫出這部滑稽化的作品。露比甚至不是出演一九四〇年代版本的自己！不過至少真正的反派不是露比的角色，而是伊莫珍。只要結果好，就一切都好，正如亞當·拉奇，不對，我是說正如威廉·莎士比亞所說。

我只要感到慶幸，並忍到劇終就好，之後再對卡洛琳說聲恭喜，一切就結束了。

但這實在令人難以接受，卡洛琳天大的祕密難道就是她想寫音樂劇？尖酸刻薄的卡洛琳會為琅琅上口的副歌而瘋狂？

我才不買單。

我記得卡洛琳說伊莫珍／麗莎有同夥，我認為那個人一直在我們身邊，就是卡洛琳。或許她無意傷害任何人（至少無意使人受傷流血），只是事情變得一發不可收拾，或許是伊莫珍不受控制吧。卡洛琳的目的可能是威脅學校聲譽，使拉奇先生顯得無能，再來讓他知道，只要演出她的音樂劇，她（和伊莫珍）就會收手。面對現實吧，這場表演糟到如果不是透過敲詐勒索，根本不可能搬上舞台。

如果她敢惹我或露比，我就會竭盡所能挖出罪證，但我最近很少看到她，可能是因為她每場排練都到場，深怕哪個細節不到位吧。這樣我心中的怒火就只能發洩在伊莉絲和布蓉妮身上了，我永遠不會忘記他人的背叛。

布幕很快就會降下來，我就可以把今晚拋在腦後了。不久後，奧拉弗琳學院和其中的所有演員都會成為遙遠的記憶，化為露比演藝生涯的養分，希望她有朝一日能將這些經驗轉化成舞台上的角色。無論是掠食者還是獵物，各種角色都難不倒她，只要她心無旁騖，繼續抑制自己的衝動就好。她每週接受兩次心理治療，自尊心已迅速提升。她已經知道自己的價值，所以我不再擔心她會傷害自己，至於其他人嘛……

她並沒有威脅他人，相反地，她還是模範學生和同學眼中的好朋友，不過我還是會擔心哪個突發狀況會使她失控。

我很了解那種感覺，因為我和露比很像，我們心地善良，不過一旦受到挑釁，我們的劣根性就會接手。我不會縱容她的行為，也不會縱容自己，我知道自己不該租那輛車窗貼膜的車，去嚇唬卡洛琳和伊莉絲，雖然當時心裡真的很爽快（而且得癌症時戴的假髮終於又派上用場了）。在那之後，我深受良心譴責，就跟露比每次犯錯一樣。

我得到了結論，伊莉絲和葛瑞格發生關係不是為了找我碴，甚至不是為了展現敵意，伊莉絲只是予取予求，因為她就是這麼為所欲為的人，這就是她的本質。有些夜晚，想到這件事就讓我憤怒至極，但我尚能控制自己，不過可能哪一天就失控了，或許那樣也不錯呢。

我有我的幻想，而伊莉絲並非其中唯一的角色。專制又高高在上的卡洛琳有時也會登場，她肯定知道葛瑞格和伊莉絲的事，她們倆私底下一定在笑我。而布蓉妮有時也會進入我的幻想，因為某方面來說，她對我傷害最大。

只要有受邀，我一定會去喝茶，因為要親近你的敵人，對吧？繼續監視，去了解她們知道什麼，參與她們的祕密對話和猜測，維持正常、和藹的形象，讓她們永遠不會揭穿我的最後一個謊言。

真相究竟是什麼？露比打從一開始就討厭小薇了，她不喜歡小薇的個性，但對方不對她構成威脅。露比認為小薇毫無才能，老師們卻認為她才華洋溢，把露比應得的主演給了小薇。我和露比同為憤怒的夥伴，這實在太不公平了，露比怎麼可能輸給像小薇這種微不足道的小人物？至少潔絲確實有實力。

沒想到有一天，小薇竟然出現在我們家廚房，兩個女孩有說有笑。我問露比怎麼回事，她說沒事，只是交個新朋友罷了。後來有次演出的機會，小薇搞砸了試鏡，而露比拿到了最棒的角色，我才明白：露比親近小薇是為了擾亂她，種下自我懷疑的種子，巧妙地否定她，並不著痕跡地散布謠言。果然成功了，小薇動搖了，露比也取代了她的位置。

對此，我五味雜陳，一方面來說，這不過是公平競爭，畢竟露比本來就該拿到主演。此外，我越了解小薇就越討厭她，她確實很煩人：過於戲劇化且驕傲自大，她從小就受到他人的吹捧，我卻連半點才華也看不到。

我也不是什麼都沒做，我試圖說服露比收手，畢竟她已經得到自己想要的了，小薇不再構成威脅，也不再是競爭對手，她已經被殲滅了。然而，露比仍繼續扮演小薇的知心好友，幾乎好像在享受坐在最前排，親眼目睹小薇毀滅的過程。但露比會做出這些行為，其實只是因為看我經歷化療，內心無比痛苦，不知道如何面對失去我的恐懼罷了。

小薇死掉那天，我回家時聽到她們倆在樓梯上面爭吵，小薇似乎終於發現過去幾個月暗中搞破壞的人就是露比，因此怒不可遏。小薇批評露比的外表和才能，還說她會在學校毀了露比。

我聽夠了，便衝上樓梯，發現不是露比抓住小薇，而是正好相反。露比似乎僵住了，動彈不得，而小薇是攻擊者。

我只是想把兩人分開，想確保小薇不會一怒之下把露比推下樓梯，於是就猛然推開小薇，但我一定是沒拿捏好力道，因為下一秒，小薇就躺在樓梯底部了。

我本打算報警，告訴他們實情：小薇攻擊露比，我不得不介入，才發生了意外，還是那算自我防衛？

露比說我不能那麼做，她說：「媽，是妳把她推下去的。」她的眼眶盈滿淚水。「妳不能告訴他們真相，不要離開我。」

她多麼害怕我會被癌症病魔奪走，所以我絕對不能冒著入獄的風險說出真相，不能讓她再經歷一次失去我的恐懼。

她堅持要對警方說謊，也非常有說服力。我們口徑一致，而且因為母女倆都是出色的演員，此事最終以意外結案。但不知為何，露比霸凌小薇的謠言傳了出去，因此在公眾輿論中，小薇成了受害者，而露比則被懷疑是凶手。

唯有玷汙我的聲譽，才能洗刷她的罪名，但露比不想要那樣。沒有學校願意收她時，她就想到了來倫敦的辦法。

就連在遺書中，她也沒有改變說詞，一方面，這讓我十分內疚，但另一方面，這代表她對我的愛勝過一切，正如我對她的愛。她願意為了我犧牲自己，謝天謝地她沒有成功。

一直以來，我以為只有露比和我知道真相，但沒想到葛瑞格不但知道，他還有證據。他在說出這件事的那次對話，也含淚坦承自己和伊莉絲上過床。「只發生過一次，在那之後我才明白自己有多麼愛妳。」他說。他並不是要勒索我，但我才不相信巧合。「我想要挽回我們的家庭。」他告訴我，我還能回答什麼呢？「我也想挽回我們的家庭。」我擠出幾滴眼淚，實際上卻是怒火中燒。

我說既然他有監視畫面，他一定知道掩蓋罪行是露比的主意。不幸的是，監視錄影沒有聲音，但我敢肯定他相信我的動機很純粹。

令人驚訝的是這一切對我們的性生活所造成的影響。確認葛瑞格和伊莉絲上過床這件事激起了我的鬥志，所以我開始精進自己的床上功夫。為了修補家庭關係，葛瑞格來拜訪過幾次，我們開始進行一些精心設計的幻想性愛遊戲，Skype性愛說實在也不賴。大多數情況下，我滿喜歡角色扮演的，但葛瑞格的一些提議，例如他當警察、我當嫌犯，或是他當典獄長、我當囚犯，都不時提醒我他手中握有王牌。我滿足葛瑞格的性需求是別有用心的：為了拯救我自己。

有時，做愛之後，我會感到自己被糟蹋了，甚至是無處可逃，我不知道還能持續多久，自己還能忍受多久。在露比自殺未遂前，她曾說想得到解脫，那我又會為了自由付出什麼呢？

我的眼角餘光瞥見動靜，轉頭看到露比站在我這排觀眾席尾端，還穿著戲服，妝也沒卸，招手要我跟她走。由於禮堂燈光昏暗，走到外面大廳，我才看到她橫眉怒目、咬牙切齒的模樣。

「他們還在繼續見面。」她告訴我。「伊莉絲和老爸，我聽到莎蒂在笑這件事。」

我不知道露比或莎蒂知道一夜情的事，何況是……

「我真想殺了他們！伊莉絲、老爸、莎蒂！還有在旁邊笑的蓓兒和潔絲！我真想殺了他們所有人。」

我應該要努力安撫她，這是稱職的母親該做的事：控制住露比最糟糕的天性，並嘗試灌輸正確觀念。

然而，那份背叛，那龐大無比的背叛重重落在我心中。布蓉妮坐在我旁邊裝沒事，但她肯定知情，卡洛琳肯定在後台冷笑，而伊莉絲竟然還告訴她女兒，她女兒再跟朋友說，眾人哄堂大笑。還有我老公，露比的父親……

結果露比和我又被排擠了，我們那麼努力當好人是為了什麼？明明沒有任何人是好人。也許這不是露比最糟糕的天性，而是她最棒的天性。

或許是時候進一步跟女兒增進感情了。

卡洛琳

「這是我們的問題，但你卻視而不見，還要我自行解決，為什麼？」

「因為這一切都是你……做的。」

「『造成的』，不是『做的』。」我在舞台側邊低聲說道。「他媽的。」請他們不要毀了我精心撰寫的優美台詞，這樣的要求有很過分嗎？

「我不能再吵了，我得去工作。在我走之前，有需要什麼嗎？」

「喔，別說了，你走吧。」

我看著飾演男人的男孩照做，從上舞台右區退場，卻漏講了一句台詞。

我惱怒地搖頭，我實在不懂為何歐利．內文斯會飾演男主角。他的確很帥，而且歌聲有如天籟，但他的台詞根本背不起來。他的問題就是不注重細節，會擅自換句話說並改變語序。潔絲說他最大的嗜好是抽大麻，我也不意外，如果他不注意點，天籟嗓音很快就會離他而去。

當然，我也能堅持換掉他，亞當也會二話不說照做，但那晚我和亞當達成協議時，也和自己做了約定。我不想成為敲詐者，不想要因為握有某人的把柄，就一而再，再而三地使用，逐漸習慣天天脅迫他人，並開始將其視為日常。

我對亞當只有一個要求，而他也達到了。就我而言，他現在是自由之身，期末演出選誰當主角都是他的自由。或許他選歐利・內文斯是對的，誰知道呢？他擁有明星素質和讓人驚嘆的第一印象，或許念錯幾句台詞也瑕不掩瑜。在場觀眾包括眾多西區音樂劇界有頭有臉的人，他們似乎都很愛歐利。從我坐著的位置，我能看到卡梅倫・麥金托的側臉。他坐在第二排，顯然對歐利和整體演出印象深刻。

他似乎也被潔絲迷住了，真令人高興。我不認為亞當選潔絲當女主角純粹是為了討好我，她擁有不可思議的魅力，亞當也深知這點。在奧拉弗琳學院，沒有任何學生像潔絲一樣能歌善舞且演技精湛，台詞背得快又不會講錯，難怪露比會嫉妒她。不過事實上，露比出院後就對潔絲非常友善，連她被選為年度最重要演出的女主角，也就是學院裡每個女孩入學以來的這兩年都在極力爭取的角色時，露比也恭喜她，並說這是她應得的。

露比在自殺未遂後彷彿變了一個人，一個全新的露比，雖然有點羞於承認，但我不會不喜歡這樣的她，更不用說討厭了。露比性格的改變使我無法對亞當抱持憤怒的情緒和苛責的想法。他的所作所為確實是錯的，但……他看到了邪惡，因此採取行動，很少人會這麼做。我並不認為過去的露比是完全邪惡的，我現在明白事情沒那麼簡單，但……沒想到亞當那駭人聽聞，甚至殺人未遂的行為所帶來的結果竟然是……好的，而且還是非常好。露比和潔絲成為真正的好朋友，而四人組簡直形影不離。上週末，她們去蓓兒家烤肉，明天則要去莎蒂家辦睡衣派對。

我是否在乎，如果亞當更仔細瞄準，露比就會被石板砸死，我們也不會迎來現在這麼好的狀況呢？或許我應該在乎，但無論如何，我都無法對亞當抱持負面的想法。他在令人難以想像的悲劇中失去了愛女，而他也是唯一真正採取行動保護「我女兒」的人。

潔絲唱完最後一句歌詞，觀眾馬上起立鼓掌，這是今晚第一次，希望不是最後一次。我趁大家鼓掌時溜進觀眾席，穿過人群，坐回丹的旁邊。

他握住我的手，靠向我，對我耳語：「潔絲真的很棒，對吧？」

我點頭，不禁熱淚盈眶。

「這首歌本身也很棒，妳不讓我搶先看劇本和聽歌是對的，雖然我當時試圖說服妳，但我很高興妳堅持立場拒絕了。」

我揮手示意要他安靜，他們應該很快就會布置好場景，下一幕馬上就要開始了。既然先前完全禁止他看劇本，我希望他現在一分一秒都不要錯過。

「妳知道身為作者，妳最後也會上台接受喝采吧？」丹低聲說。

我突然緊張起來。多年來，我一直夢想著寫出自己的音樂劇並把它搬上舞台，但我真傻，竟然沒想到如果真的實現了，我就得上台鞠躬，站到鎂光燈下。這些年來，我只希望深藏於心中的音樂能夠傳出去，在世界上立足，被盡可能多的人聆賞。不過……鎂光燈也不錯啦，只要是被褒獎，不是被公審就好。

這就是我和亞當那晚在屋頂上所做的交易，要我保守祕密的條件是：他必須答應在期末演出上演我寫的音樂劇，讓慕名而來的製作人、經紀人和戲劇明星能夠看到。亞當馬上答應，他也別無選擇，對吧？為了保住工作和自由，這點代價不算什麼。

我認為伊莉絲有猜測到部分真相，至少她知道我有事情瞞著她。身為控制狂，當她發現我不會把所知的一切都告訴她時，她就沒興趣當我的朋友了。老實說我也不在乎，我擁有我所需要的一切：我的家人平安快樂，音樂劇也搬上了正式的舞台，就算只是學校演出也沒關係，它很快就會登上更大的舞台，對此我深信不疑。

亞當讀完劇本、聽完歌曲後打電話給我，我永遠不會忘記他那吃驚的語氣：「其實還滿……優秀的？」他的語氣讓這句話聽起來像是問句。一個完全沒有音樂或戲劇背景的法律系教授，怎麼能寫出這麼厲害的作品？他內心肯定想這麼問。我不知道答案，也不知道以後是否會繼續寫音樂劇，我只知道：這是我這一生寫出最棒且最重要的作品，我才不管劍橋大學法律系怎麼想呢。

現在，我必須保持耐心坐在這裡，別無所求，試圖為自己的演出感到高興和感恩，而不要去擔心卡梅倫・麥金托、尼克・阿洛特[5]（Nick Allott）和索妮雅・弗萊曼[6]（Sonia Friedman）是怎麼想的。幫助我把作品帶出奧拉弗琳學院，繼續向外發展的會是他們嗎？現在還無法知道。

禮堂一側的一扇門打開了，一道光線透入，在門關上後又消失了。有人進來了嗎？還是有人在偷看裡面？在這種極度興奮的狀況下，可能是我自己太過敏感，想像出來的。

我把這件事拋到腦後，試圖把注意力放回下一幕。

麗莎

她蹲在門附近的牆邊，反正這次演出座無虛席，也沒位子給她坐。觀眾似乎很享受演出，她卻無法理解，除了《洛基恐怖秀》[7]（*The Rocky Horror Picture Show*）之外，她從來

5 英國戲劇製作人。
6 英國西區和百老匯戲劇製作人，是《哈利波特：被詛咒的孩子》的製作人。
7 一九七三年李察・歐布萊恩（Richard O'Brien）所創作的音樂劇，諷刺一九三〇年代的科幻恐怖B級片。一九七五年改編成同名歌舞驚悚喜劇片。

就不喜歡音樂劇。大部分的音樂劇角色都很自以為是，只會讓你明白他們有多麼愚蠢。

她曾以為自己想當演員，但現在她不那麼肯定了，甚至愈發認為這不是她注定該做的事情。她在台上總感覺不自在，雖然她也沒幾次上台的機會就是了。這些年來，她幾乎沒拿過什麼好角色，經紀人基本上已經放棄她了。

有時，人必須面對殘酷的事實，她就是不夠好，不夠有才華，僅此而已。看著台上才華洋溢的人們，以及觀眾充滿敬佩的眼神，或許過去的她會感到嫉妒吧。但現在不會了，畢竟這是他們的職業，是他們天生注定要做的事情。這是他們擅長的事，但對她來說並非如此，那也沒關係，她可以接受。

她去年發現自己有其他才能，她擅長的是另一種表演，不涉及舞台或買票的觀眾。另一種觀眾更適合她：不知道自己在看表演，或甚至不知道有人在表演的觀眾。

或許有些人會稱其為說謊、詐騙、欺騙，但事實上，無論這些詞彙有多麼難聽，對她來說都不再重要，因為它們定義了她真正的才華所在。人一旦知道自己擅長某件事，就會情不自禁想繼續做下去。奧拉弗琳學院的所有人都認為她是危險、令人毛骨悚然，又強迫性說謊的伊莫珍．柯伍，這個角色沒人能演得比她更好。

她看到前方的陰影中有人影在動：有人跟她一樣沒有座位，在舞台側邊的黑色布幕旁徘徊。

是他，是亞當。

她不禁感到一陣焦慮，如果他轉身看見她在這裡……

不，他不會大叫大嚷，把她轟出去，因為他不會想讓別人發現她的存在。

如果他不想再和她有任何瓜葛，她也能接受，她只需要占用對方五分鐘的時間，稍微談談就好。他給了她豐厚的報酬，現在肯定認為已經不欠她什麼了，但她不同意，就算她錯了也不在乎。屋瓦掉落時，她看到他在屋頂上，對方也心知肚明。她能讓警方逮捕他，並以殺人未遂罪名起訴，希望不會動用到最後手段，但這取決於亞當的態度。

如果他把她趕走，那是他的損失，在各方面都是。她平常不是怨氣滿腹的人，但她有時想到對方是怎麼看待她的，就會越想越生氣：毫無才能且可有可無，這就是他選擇她的原因。是啊，當然還有維利爾斯中學的那層關係，以及她和葛蕾絲的交情，但不僅僅是如此。他知道她在演藝圈毫無身分地位，或許也認為她是個無藥可救的失敗者，因此想像就算給她再怎麼微不足道的工作，她都會滿懷感激地接受。

觀眾起身鼓掌，掌聲震耳欲聾。亞當・拉奇消失在黑色布幕後面，她便跟了上去。

他停下，轉身，彷彿感覺了到她的存在一樣。

「麗莎。」

他沒有權利用這種眼神看她，好像她是從垃圾箱掉出來的發霉垃圾一樣。她想對他大吼：「明明他媽的都是你的主意！我只是照做而已！」但她只是微笑。多年來，她已經學會隱藏情緒，因為讓任何人知道自己的沮喪以及背後原因，等於是暴露自己的弱點。

「你好，亞當，看來演出很順利，對吧？觀眾似乎很喜歡。」

「我告訴過妳再也不要回來。」他看起來很害怕，但似乎又在猶豫是否該生氣。

「我知道。」她告訴他。「我記得。」

「那妳到底……」

「來這裡做什麼？我想知道你有沒有更多工作要給我。」

「妳知道我沒有。麗莎，我們已經達成協議了，我請妳不要再聯絡我，妳也保證過了，妳明明知道的。」

「而你似乎忘記了我還知道些什麼。」

他相當不自在，左右移動重心。他對此無話可說，她把他逼到走投無路了。

「所以妳是來威脅我的，是這樣嗎？要多少？要多少錢，妳才會答應再也不回來？」

「那不是我想要的，我要的不是勒索錢財，而是『工作』。我只想要你聽我說，給我五分鐘就好，之後我就會離開，再也不回來，只要你確定那是你所希望的。」

「我不是已經表明我很確定了嗎？」

「是啊，但……重點是，亞當，這一點道理也沒有。我明明幫了你，你想折磨露比・唐納文……」

「小聲一點。」

「……我也幫你達成了目的，徹底折磨了她。而當你在屋頂上失去冷靜，決定殺了她，而且這根本不在當初談好的計畫中，我救了她，所以你才沒有淪為殺人犯。你難道不高興嗎？我是說，你難道不該感謝我嗎？」

「妳不是來這裡要我道謝的，麗莎，少拐彎抹角了。」

是時候切入重點了。「亞當，我在想……關於真正的伊莫珍．柯伍的事，就是把葛蕾絲逼到自殺還逃過制裁的那個人。」

他整個人往後縮。「她怎麼樣？」

「當你一開始告訴我露比的事時，包括她所說的和所做的一切，以及對潔絲的霸凌行為，我就知道你想懲罰她，是因為你懲罰不了伊莫珍，所以才拿露比作為復仇的替代品，我說對了嗎？」

「那又如何？」

麗莎微笑說：「你難道不想知道伊莫珍到底在哪裡嗎？例如她的地址之類的？」

他沉默片刻，眼神左右游移，思索該怎麼回答。

「請妳馬上離開，麗莎。」他勉強擠出了聲音。「我現在是禮貌請妳離開。」

「或許你不想知道。」她說。「或許你就是個徹頭徹尾的懦夫。你要折磨露比很簡單，沒人有理由懷疑你，但另一方面，如果真正的伊莫珍．柯伍發生了什麼事，而你又在美國的話，就很難脫罪了，對吧？所以我想你一定會需要幫手才能成功。」

「不要再講她的事了。」亞當的聲音很虛弱。

「我很快就會閉嘴了。」麗莎・戴斯利說。「只要你回答我的問題。」她微笑，任何人看到，一定會認為他們只是在進行再正常不過的對話。「你要付我多少錢，讓我替你處理這件事？」她問。「去美國找真正的伊莫珍・柯伍？」

臉譜小說選 FR6572

替身

The Understudy

原著作者	蘇菲・漢娜（Sophie Hannah）、B.A.芭莉絲（B. A. Paris）、克萊爾・麥金托（Clare Mackintosh）、荷莉・布朗（Holly Brown）
譯　　者	楊睿珊
書封設計	蕭旭芳
責任編輯	廖培穎
行銷企畫	陳彩玉、楊凱雯
業　　務	陳紫晴、林佩瑜、葉晉源
出　　版	臉譜出版
發 行 人	涂玉雲
總 經 理	陳逸瑛
編輯總監	劉麗真 城邦文化事業股份有限公司 臺北市民生東路二段141號5樓 電話：886-2-25007696　傳真：886-2-25001952
發　　行	英屬蓋曼群島商家庭傳媒股份有限公司城邦分公司 臺北市中山區民生東路141號11樓 客服專線：02-25007718；25007719 24小時傳真專線：02-25001990；25001991 服務時間：週一至週五上午09:30-12:00；下午13:30-17:00 劃撥帳號：19863813　戶名：書虫股份有限公司 讀者服務信箱：service@readingclub.com.tw 城邦網址：http://www.cite.com.tw
香港發行所	城邦（香港）出版集團有限公司 香港灣仔駱克道193號東超商業中心1/F 電話：852-2508 6231　傳真：852-2578 9337
新馬發行所	城邦（馬新）出版集團 Cite（M）Sdn. Bhd. 41, Jalan Radin Anum, Bandar Baru Sri Petaling, 57000 Kuala Lumpur, Malaysia. 電話：603-9056 3833　傳真：603-9057 6622 電子信箱：services@cite.my
一版一刷	2021年3月 版權所有，翻印必究（Printed in Taiwan）
I S B N	978-986-235-900-6 售價380元 （本書如有缺頁、破損、倒裝，請寄回本社更換）

城邦讀書花園
www.cite.com.tw

國家圖書館出版品預行編目（CIP）資料

替身／蘇菲・漢娜（Sophie Hannah）、B.A.芭莉斯（B. A. Paris）、克萊爾・麥金托（Clare Mackintosh）、荷莉・布朗（Holly Brown）著；楊睿珊譯. -- 一版. -- 臺北市：臉譜出版：英屬蓋曼群島商家庭傳媒股份有限公司城邦分公司發行, 2021.03

面；　公分. --（臉譜小說選；FR6572）

譯自：The understudy

ISBN 978-986-235-900-6（平裝）

874.57　　109021457